왕의 기사들

현석 지음

도서출판
어

왕의 기사들

이현석 지음

발행처·도서출판 **청어**
발행인·이영철
영 업·이동호
홍 보·천성래
기 획·이용희
편 집·방세화
디자인·이수빈
제작부장·공병한
인 쇄·두리터

등 록·1999년 5월 3일
(제321-3210000251001999000063호)

1판 1쇄 인쇄·2018년 8월 20일
1판 1쇄 발행·2018년 8월 30일

주소·서울특별시 서초구 효령로55길 45-8
대표전화·586-0477
팩시밀리·586-0478

홈페이지·www.chungeobook.com
E-mail·ppi20@hanmail.net
ISBN·979-11-5860-580-3(03860)

이 도서의 국립중앙도서관 출판시도서목록(CIP)은 서지정보유통지원시스템 홈페이지(http://seoji.nl.go.kr)와 국가자료공동목록시스템(http://www.nl.go.kr/kolisnet)에서 이용하실 수 있습니다.(CIP제어번호: CIP2018024910)

왕의
기사들

저자의 말

태초에, 어둠밖에 없는 우주 공간에 빛이 있었다. 이 빛은 모든 빛들의 아버지이자 온 우주가 하나의 점에 불과할 정도로 그 넓이와 길이와 높이와 깊이를 헤아릴 수가 없는 존재였다. 이 빛 안에는 모든 아름다움의 시초와 생명의 뿌리, 모든 존재의 근본인 DNA가 무한히 담겨 있었다. 이 DNA의 근원지는 바로 '사랑'이라고 불리는 것이었다. 이 사랑으로 충만한 빛은 무한하고도 방대한 에너지를 온 우주에 걸쳐 방출했고, 그 위력에 시간마저도 빛 속으로 빨려 들어갔다.

결국 밝은 빛은 시간에서 벗어나, 홀로 존재했다.

맨 처음 온 우주는 공허하고 흑암으로 가득했는데, 이것을 원치 않았던 빛은 창조의 능력으로 우주 공간을 채우기 시작했다. 먼저, 빛의 손에서 각종 물질들이 온 우주에 풀어졌다. 그리고 빛은 행성을 만들고 그 안에 가스와 수많은 원소들을 불어넣어 신비스럽고 아름다운 수많은 별들을 만들어냈다. '신'이라는 단어밖에는 표현할 수 없었던 이 존재는 그 이후로 수천 억 년동안 더 웅장하고 아름다운 행성들을 얻기 위해 모든 노력을 쏟았다. 무수한 세월이 흘러 우주는 별들로 가득해졌지만, 신을 만족시킬만한 아름다운 것은 단 하나도 얻을 수 없었다.

영겁의 고민 속에서 신은 비로소 깨달았다.

'생명이 없는 것은 스스로 완전하여 아름다울 수 없으니, 나의 생명이 있어야 한다. 완전해지기 위해선 나와 하나가 되어야 하므로 나를 형상을 닮은 피조물만이 이것이 가능하다. 그들이 나와 영원한 기쁨을 누리는 것이야말로 사랑이며, 진정한 아름다움이다.'

신은 행복한 상상에 빠져, 곧 모든 만사를 제쳐두고 이 일에 몰두했다.

그가 가장 먼저 한 것은 행성에 생명이 살 수 있는 모든 조건을 빠짐없이 충족시키는 것이었다. 피조물은 신과는 다르게 아주 나약하고 의존적이었다.

태양에서 아주 살짝만 더 가까워도 모든 생명이 불타버렸고, 또 아주 미세하게 멀어져도 생명이 모두 얼어붙었던 것이다. 고심 끝에, 신은 아주 조그만 생명조차 살 수 있도록 한 치의 오차도 없이 우주공간 그 최적의 위치 한가운데에 행성을 두었다. 그리고 그 안에 생명이 살 수 있도록 물과 대기를 가득 채웠고, 생명들이 광활하고 캄캄한 우주를 보고 두려움에 빠지지 않게끔 구름으로 하늘을 살포시 덮어놓았다.

그렇게 오직 생명을 위한 단 하나의 행성, '지구'라는 별이 탄생했다.

마침내, 어떠한 행성보다 더 아름답게 만든 그곳에 영으로 들어갔고 이를 운행하다가 강력한 권능으로 천지를 개벽하기 시작했다.

가장 먼저는 빛과 어둠을 나누었고, 하늘의 물과 땅의 물을 갈랐다. 그리고 천하의 물을 모아서 땅을 드러냈다. 땅에 모든 식물들을 만들고 두 개의 광명을 두어 낮과 밤을 주관하게 했다. 이어서 온갖 형상들 즉, 동물들을 창조했다. 이 모든 동식물을 만든 목적은 하나였다. 온 우주에 유일한 신의 형상 즉, 인간이 생육하고 번성하며 동식물들을 다스리며 기뻐하는 모습을 보기 위함이었다.

신의 전능한 생각에서 한 가지의 종류의 동식물이 곧 천 가지로 뻗어나갔고, 천 가지가 곧 만물로 형질이 되어 그대로 생겨났다.

신의 강력한 권능이 담긴 말씀은 선포하는 대로 모든 것이 꼭 알맞게 태어났다.

결국 산과 바다 그리고 모든 동식물의 창조가 닷새 만에 모두 끝났다.

그리고 마침내, 신은 가장 중요한 날을 맞이했다. 아침이 밝아 오자, 그는 무척이나 떨리는 손으로 그 무엇보다 아름답고 섬세하게 흙을 빚기 시작했고, 그의 표정은 진중했다. 5일 동안 천지만물을 창조했던 신은 그것을 만드는데, 꼬박 하루가 걸렸다. 그리고 다른 창조물과는 비교할 수 없는 작품 하나를 빚어냈다. 신은 이 흙에 자신의 생명을 담아 생기와 영혼을 불어넣었다. 신의 형상과 가장 흡사하고 지구상의 모든 생물과는 비교할 수 없을 정도로 뛰어난 존재, 천사보다 조금밖에 부족하지 않고 영광과 존귀함으로 머리에 뛰어난 지각을 준 존재, 그 이름은 바로 '아담'이었다.

신은 이 인간에게 어떠한 동물의 지성으로도 설명할 수 없는 다른 차원의 형질을 마음에 새겼는데, 그것은 바로 '선한 양심'이었다. 신의 마음과 생각이 항상 선하므로 자신을 닮은 피조물인 인간도 선하게 살길 바랐다. 그리고 인간은 양심에 따라 선하게 살지 않으면, 절대로 마음의 평안과 참된 행복을 얻을 수 없도록 지어졌다.

첫 인류가 태어났고, 그들은 땅을 정복하고 동식물들을 다스렸다. 그것도 모자라, 신은 그들에게 영원한 삶과 자신의 정원인 '에덴동산'과 그에 속한 전부를 주었다. 인간은 신의 주권 아래, 완벽한 만족을 느낄 수 있었다. 온 우주를 지었지만, 더 이상 신에게 그것은 아무런 의미가 없었다. 신은 지구 이외에 더 이상 어떠한 것도 눈에 차지 않을 정도로, 인간을 심히 기뻐하고 사랑했다.

태초에 인간을 먼저 사랑한 단 하나의 존재, 하나님으로 불리는 그 존재의 이름은 '여호와', '엘로힘', '엘 샤다이' 등 오랜 세월동안 여러 이름으로 불리었다. 인류는 여호와의 정원이자, 모든 하나님의 생명 공급지인 '에덴동산'을 살아가면서 모든 즐거움을 누리며 살았다. 한동안 인류는 하나님을 왕으로 모시며 살았지만 그들은 선악과를 먹으면 신이 될 수 있다는 뱀의 거짓에 속았다. 결국 인류는 스스로가 신이 되기를 선택했다. 선악과를 먹은 이후, 그들의 육신은 거룩함을 잃어버려 타락하기 시작했다.

이것을 안 하나님은 그들을 애타게 찾았지만, 그들은 빛을 피해 수풀로 숨어들었다. 하나님은 언제라도 용서해주려 했지만, 불순종을 선택하여 등을 돌린 아담에게 뱀이 다가와 '이미 늦었다'라고 속삭였고 결국 그는 죄책감에 빠졌다. 끝내, 부모의 품으로 돌아가지 않았다.

결국 신이 되길 원했던 인류는 하나님을 거역하여 에덴동산에서 더 이상 머무를 수 없었고, 이내 쫓겨났다.

그 후부터 인류에게 흐르던 하나님의 생기도 끊어졌다. 애초에 흙으로 지어진 인간에게 생명이란 언제 죽을지 모르는 짧고 한시적인 것이었다. 하나님의 생기가 끊긴 인류에게 가장 먼저 들이 닥친 재앙은 사망이었다. 온 세상은 이 '죽음'에 지배당했고, 누구도 피해 갈 수 없었다.

첫 조상인 아담 이후로 몇 세대가 지났다. 한 번의 잘못된 인류의 선택은 세월이 흘러가면서 거짓말, 살인, 이기심, 우상숭배 등 급속도로 죄가 커지고 변질되었다. 하나님은 인간에게 '영원을 사모하는 마음'을 주었지만, 인간은 땅위에서 80년 남짓한 삶에 자신의 지성을 믿고 살아갔으며, 당장 눈앞에 보이는 온갖 쾌락을 육안으로는 보이지 않는 신보다 더 사랑하게 되었다.

하지만 사람들은 일순간의 쾌락 말고는 공허한 마음을 도무지 채울 수가 없었다. 매 순간, 그들을 하염없이 지켜보던 신은 사람의 죄악이 세상에 가득함과 그들의 마음으로 생각하는 '모든 계획이 항상 악할 뿐'임을 보며 땅 위에 사람 지었음을 한탄했다.

신은 알고 있었다. 자신의 생명을 벗어난 인류에게는 오직 비참한 고통스러운 삶의 나날들밖에는 없다는 것을, 이는 창조주와의 깊은 사랑 이외에는 애초에 다른 만족함을 예비하지 않았던 근본적인 이유에 있었다.

에덴동산에서 늘 하나님과 친구처럼 지냈던 인간은 죄에 깊이 빠지면서 점차 거룩한 하나님을 보는 것이 힘들어졌다. 그들은 대신, 마음이 편하고 익숙한 '죄'에 머물기를 선택했다.

하지만, 노화되어 육의 생명이 끝난 그들의 영혼은 길을 잃었다. 하나님께 가는 유일한 길이 어둠 즉, 죄 때문에 가로막혀 버린 것이다. 이윽고 오랜 시간 동안 방황하던 타락한 영혼들은 하나둘씩 모여 군중을 이루었다. 그들은 아담과 하와가 하나님을 피하여 숨었듯, 땅 밑 깊숙한 곳에 숨어들었다.

이로서 세상은 빛을 잃었다. 사람들은 깊은 흑암에 갇혔다. 세대가 지나도 공허한 마음을 도통 채울 수 없던 그들은 술과 색욕, 재물, 명예욕 온갖 악을 추구하다가 점차 죄에게 속박되었고, 이윽고 죄의 종이 되어 살아가야 했다.

하지만, 하나님은 인류가 자신을 떠나가는 뒷모습을 보면서도 결코 그들을 포기할 수 없었다.

'나를 떠난 인생들이 번민과 고통으로 땅 위에 가득함을 내가 보았다. 인생이란 흙에서 태어나 결국 흙으로 돌아갈 뿐인 것을 깨닫지 못하는구나. 그들에게 죄가 대물림되어 내게 오기를 원하여도 오지 못하니, 불쌍하여 어찌한단 말인가. 죄 때문에 빛으로 오지 못한다면, 내가 그들을 구원할 유일한 길을 열어 주리라. 나의 기쁨이자, 참으로 사랑하는 아들인 예수 그리스도를 희생시켜서라도 인류가 지은 모든 죗값을 대신 치르리라. 그리고 나의 자녀, 잃은 영혼들을 반드시 되찾아 오리라.'

결국, 신은 자연계를 초월하여 우주를 뛰어넘는 모든 권능과 무한한 영광을 포기했다. 이후 만물의 왕좌에서 친히 두 발로 내려왔다.

그리고 하나님 본체를 완전히 비워내고 종인 사람의 모습으로 와서 인생의 모든 희로애락을 겪었다. 그뿐만 아니라, 예수는 인류 역사상 가장 고통스럽고 잔혹하게 죽어야만 했는데, 하나님이 그것을 원했기 때문이다. 예수는 인류가 맞아야 할 채찍과 수모를 대신 겪었다. 그리고 친히 나무에 매달려 죽었는데, 이는 온 인류가 십자가에 그리스도와 함께 못 박혀 죽어야 했기 때문이었다. 죄를 알지도 못한 이, 오직 순결한 그리스도의 피가 모든 사람에게 흘러 들어갈 수만 있다면, 모든 이를 죄에서 씻기는 것도 가능한 일이었다. 그가 흘린 보혈을 믿는 자에게는 예수의 의로움이 전이되어 하나님은 비로소 그들을 점도 없이 흠도 없이 바라볼 수 있었던 것이다. 결국 사람들은 평화를 누릴 수 있었다.

어느 별이 빛나는 밤에, 유성이 하늘에 길게 스쳤다.

신은 조용히 지상으로 내려왔다. 그리고 가난한 집안 어느 처녀에게 성령으로 잉태되어 태어났고, 더러운 마구간에 살포시 뉘었다.

목차

저자의 말 _ 004

프롤로그 _ 012

1장 • 회의장의 어둠 _ 015

2장 • 뱀의 혀와 방랑자 _ 063

3장 • 여왕의 증표 _ 099

4장 • 붉은 연합군 _ 135

5장 • 해방의 군대 _ 175

6장 • 왕의 성배 _ 211

7장 • 최후의 심판 _ 245

에필로그 _ 285

프롤로그

어두컴컴한 곳에 어느 사내가 기둥에 몸을 기대어 앉아 있었다. 그 남자는 기운이 없는 듯, 양다리를 길게 뻗었고 새벽 내내 잠들지 않으려 애를 썼다. 창문 밖의 날씨는 추웠고, 그 사내의 입에서는 하얀 숨이 새어 나왔다. 그의 입술은 바짝 메마른 낙엽처럼 굳어있었다. 시간이 갈수록 그의 눈꺼풀은 무거워졌고, 자꾸만 조는 것을 막을 길이 없었다.

정신을 놓지 않으려고 했던 굳은 결심은 추위에 온몸이 굳어가면서 점차 희미해져 갔다. 오지 않을 누군가를 기다리며 버텨왔던 긴 새벽이 끝나가고 있을 무렵, 창밖에서부터 해가 지평선에서 떠올랐다. 빛이 안으로 들어오자, 격한 싸움으로 부서지고 갈라진 파편들이 바닥에 보였다. 바닥의 타일 사이에는 선명하고 붉은 피가 여전히 흐르고 있었다. 그 흐르는 피를 따라서 무장한 병사들의 시체가 무질서하게 놓여 있었다. 두 눈을 뜬 채로 죽은 병사, 괴로운 표정이 가득한 병사, 미묘하게 웃고 있는 병사까지 제각기 위치는 다르지만, 마치 한꺼번에 줄이 끊어진 인형극의 인형들 같았다. 이 병사들과 긴 싸움 끝에, 심하게 다친 그는 겨우 숨만 붙어 있었다. 아침이 되어 따뜻한 햇볕이 그의 얼굴을 비추자, 차츰 마음이 평온해지더니 점차 호흡도 옅어졌다.

죽은 병사들의 시체를 본 사내는 '이 정도면 충분하다'라고 생각했다. 그리고 그는 서서히 눈을 감기 시작했다. 거슬리는 소리가 환청처럼 들려오긴 했으나, 그는 영영 깨어나지 않을 꿈속으로 빠져갔다.

그가 다시 눈을 떴을 때는, 굳게 닫혀있던 건물의 문을 누군가가 밖에서 부수고 있었다. 그는 생각할 겨를도 없이 충혈된 눈으로 이리저리 주변을 살폈고, 금세 바닥에 놓인 피 묻은 단검을 발견할 수 있었다.

알 수 없는 바깥사람들은 점차 문을 크게 뒤흔들었고 부서지기 일보 직전이라는 것을 느낀 그는, 검을 집어 들고 어서 일어나 싸우려 했다. 하지만 그는 앞에 놓인 검을 집을 수가 없었다. 오른손으로는 분명히 검을 잡았다고 생각했는데, 무언가 이상했다. 그는 고개를 살짝 돌려 자신의 팔을 보았다. 그곳엔 있어야 오른팔이 없었고, 대신 피 묻은 얇은 천만이 둘둘 감겨 있었다.

그제야 자신의 팔이 잘려나갔다는 사실을 깨닫는 순간, 문은 부서졌다. 그러자 강렬한 햇빛이 안으로 한꺼번에 쏟아졌다. 눈을 제대로 뜰 수 없던 그는 남은 왼팔로 얼굴을 가려야 했다. 문이 부서지자, 어느 기사가 빛을 등지고 서 있었다. 그 기사는 한 걸음씩 쓰러져 있던 사내에게 서서히 걸어왔다. 갑작스러운 위험에 다급해진 사내는 남은 왼손으로 검을 집어 그를 향해 크게 휘둘렀다. 하지만 익숙하지 않은 탓인지, 낯선 기사의 재빠른 칼날에 그의 단검은 튕겨져 날아갔다. 마지막 희망까지 잃어버린 사내는 여전히 왼팔로 얼굴을 가린 채, 기사와 대면했다.

"누구냐! 정체를 밝혀라!"

격렬한 전투로 기운이 다 빠졌지만, 지금 이 순간이 자신의 최후라고 생각하니 그의 목소리는 강하고 담대했다.

"네가 모셨던 왕도 잡혔다. 이제 곧 왕이 죽게 되었으니, 기사인 너도 마땅히 이곳에서 죽어야 할 것이다."

왠지 모르게 친숙한 목소리였지만, '죽음'이라는 단어만은 생생하게 그의 귀에 꽂혔다. 그 사내에게 이제 죽음이란 말이 반갑게 들렸다.

"나야 죽는다 해도 기사로서 왕을 지키지 못했으니, 이미……."

"네가 막을 수라도 있었단 말인가?"

"슬프게도 막을 수 있었으나, 또한 절대로 막아서도 안 되는 일이었다."

허탈한 웃음을 보인 사내는 천천히 몸을 움직였고, 조용히 한쪽 무릎을 꿇었다. 그리고 머리를 내밀어 기사에게 자신의 목을 베라고 말했다.

그러자 기사가 웃으며 말했다.

"네 머리를 벤다고 누가 만족하겠는가. 얼굴을 통째로 도려낼 것이다……."

"어서 쳐라! 애초에 왕의 자비가 아니었다면 죽었을 목숨이었다."

즉시, 기사는 큰 검을 하늘을 향해 번쩍 들어 올리고 말했다.

"이것이 내가 네게 주는 마지막 자비이다."

칼날은 사내를 향해 무겁게 떨어졌고, 묵직하고도 날카로운 소리가 건물 안에 울려 퍼졌다. 바로 건물 옆 마구간에 있던 주인을 잃은 흰 말이 이 소리를 듣고는 날뛰었다. 결국 그 말은 묶여 있던 줄을 끊어트리고는 넓은 들판을 향해 내달렸다.

회의장의 어둠

“나의 왕이시여! 지금 프랑스 국경을 통과하여 레치아의 군대가 움직이고 있습니다. 프랑스의 항구에서도 배들이 분주한 움직임을 보입니다!”

웃고 있던 에드워드 왕은 그 소식을 듣자마자 눈이 커졌다. 그리고 그는 일어서서 궁의 창문을 열고 밖을 바라보았다. 근처 숲속에서는 수많은 새가 공중으로 날아올라 하늘을 검게 뒤덮었다. 가까운 훈련소에서는 긴급하게 종을 울려 병사들을 소집하고 있었다.

“이게 어찌된 영문이란 말인가…….”

회의장의 어둠

파랗게 질린 시체의 얼굴이 바닥에 엎어져 있었다. 그 시체의 벌거벗겨진 몸은 값싼 쓰레기처럼 모퉁이 한구석에 처참히 구겨있었다. 회색빛 거리를 지나는 사람들은 우스꽝스러운 노란 모자를 쓰고, 손수건으로 입과 코를 막은 채 시체 사이를 지나다녔다. 길가는 이러한 시체들로 넘쳐났고, 이를 신경 쓰는 사람은 아무도 없었다. 그로 인해 거리에는 악취가 진동했다. 그 냄새는 아침부터 저녁까지 온종일 사라지지 않았고, 우울한 런던의 하늘은 검은 구름이 가득 껴서 금방이라도 비를 쏟을 것처럼 울렁거렸다. 사람들은 어두워진 날씨를 보고 서둘러 집으로 돌아갔다. 곧이어 구름이 점차 몰려왔고, 지상에는 안개까지 몰려왔다. 비를 가득 품은 하늘은 겨우 참다가 새벽이 다 되어서야, 물방울을 놓아주며 도시 곳곳을 청소하기 시작했다. 굵은 비는 새벽이 깊어갈수록 시끄럽게 새벽의 창들을 두드렸다. 그곳에서 멀지 않은 숲속, 진흙으로 범벅이 된 길에 달그락거리는 소리가 들렸고, 어느 수레가 굵직한 바퀴 자국을 새기며 어디론가 향하고 있었다. 그 수레는 무거운지, 빗소리와 함께 기분 나쁜 끼-익 소리를 내었고, 그 소리가 멈춘 것은 수레가 런던의 남쪽 성문에 다다랐을 때였다. 비로 인해 거리의 냄새가 어느 정도 사그라졌지만, 도시는 흰 안개가 자욱이 끼어 있었다. 수레 소리를 들은 어느 문지기가, 낡고 녹슨 성문을 조심스레 열었다. 그는 주변을 한차례 살핀 뒤, 낯선 방문객을 맞이했다.

"아무래도 안 되겠어……. 위험수당으로 5실링은 더 받아야 하겠네."

"애초에 계약했던 것과 다르군."

검은 두건을 뒤집어쓴 사내가 머리숱이 다 빠진 문지기에게 말했다.

"위험한 일이니, 나도 어쩔 수 없네! 지금도 처자식이 굶주리고 있는데 내가 뭔 짓을 못 하겠나?"

순간, 말해선 안 될 것을 언급했는지 그의 눈이 커졌고 조용히 침을 삼킬 뿐이었다.

"……."

거뭇하게 수염이 난 이방인은 그의 눈동자를 바라보더니 씨익 웃고는 보자기에 싸인 돈을 건넸다.

"성직자가 처자식을 위해 온갖 악을 저지르는군."

수레를 끌던 사내는 끌끌 웃으며 성문을 통과했다. 밤새 빗방울은 더욱 거세졌다. 길가에 울퉁불퉁한 돌 사이에는 까만 눈동자가 박힌 쥐들이 코를 씰룩거리면서 재빠르게 안방처럼 지나다녔다.

그날, 도시의 거리는 낯선 이방인 외에 아무도 돌아다니지 않았다. 다만, 그가 끄는 수레바퀴 소리만이 집마다 천천히 들려올 뿐이었다. 이방인이 끄는 수레는 검은 천으로 덮여 있었는데, 길이 울퉁불퉁하여 덜컹거림이 심해지자, 한번은 천 밑으로 사람의 발이 살짝 삐져나왔다. 한참 후에야 이것을 발견한 그 사내는 재빠르게 그것을 다시 안으로 집어넣었다.

놀란 그는 주변을 신속하게 둘러보았으나, 다행히도 아무도 본 사람은 없는 듯했다. 유일한 목격자인 지붕 위의 검은 새들만이 시체 냄새로 가득한 거리를 향해 불길하게 까-악 깍 거릴 뿐이었다.

검은 두건으로 자신의 존재를 숨긴 이방인은 이에 안심했고, 기분이 좋은지 무언가를 중얼거리며 다시 앞으로 나아갔다. 그가 지나간 길목의 옆으로는 오래된 낡은 벽돌집들이 비좁게 다닥다닥 붙어있었다. 그 집들의 창문은 마치 입을 꼭 다문 아이처럼 굳게 닫혀 있었다.

날씨는 비바람으로 더욱 궂어져, 창들이 비바람에 흔들리기 시작했다. 그 중에서도 가장 낡고 오래된 것처럼 보이는 집이 있었다. 그 집은 싸구려 나무와 벽돌로 만들어진 집이었는데, 지붕이 주황빛이었으나 날씨가 흐려 붉게 보이기도 했다. 그 집의 바람을 막는 지붕의 판자는 거의 다 무너졌고, 벌어진 벽돌 틈 사이로 어느 여인의 가늘게 떨리는 흐느낌이 새어 나왔다. 자세히 보니, 안에 삐쩍 마른 팔로 아이를 부둥켜안고는 어느 여인이 울고 있었다. 그녀는 온몸이 메마르고 수척했으며, 얼굴에도 생기라곤 도저히 찾아볼 수 없었다. 며칠을 굶은 듯, 움푹 팬 볼에는 눈물자국이 선명했다. 그녀는 자신의 품 안에서 잠든 아이의 볼에 연신 입을 맞추었다. 그리고 조금씩 몸을 흔들며 아이를 편안하게 재웠다. 하지만, 그녀의 눈동자는 누군가에게 쫓기는 것처럼 떨렸고, 이마에는 식은땀이 송골송골 맺혀 있었다.

그러다 갑자기, 창밖으로 번개가 '쾅' 하며 한차례 지상에 강타했다. 온 도시는 일순간 번쩍이며 밝아졌다가, 다시 어두워졌다, 그녀가 뚫어지게 보고 있던 방문 너머 계단 아래에는 비에 흠뻑 젖은, 한 남자가 어느새 서 있었다. 새 모양의 부리를 쓴 남자였다. 가죽장갑을 낀 그의 손에는 녹이 슨

굵은 쇠사슬이 반쯤 감겨 있었다. 한동안 미동도 없이 잠잠하던 그 새는 여인의 흐느낌을 눈치 챘는지, 진흙이 묻은 무거운 쇠 신발을 떼어 계단을 천천히 오르기 시작했다. 한 칸씩 나무 계단을 밟을 때마다, 육중한 무게로 인해 부서질 듯한 삐걱대는 소리가 복도에 울려 퍼졌다. 그 소리는 숨어 있던 그녀에게도 생생하게 들려왔다. 그러자, 그 여인은 모든 것을 체념한 듯 입술을 꽉 깨물었다. 그리고 이 순간이 꿈이길 바라면서 간절히 기도했다.

그녀의 가녀린 손은 삐쩍 말라 있었지만, 자식을 끌어안는 힘만은 대단했는데 어느새 품 안의 잠들었던 아이가 답답한지 깨어났다. 어머니는 눈을 감고 여전히 아이의 머리에 영혼이 담긴 입맞춤을 떼지 않았다.

삐걱대는 나무 계단 소리가 가까워질수록, 여인의 손도 가늘게 떨려왔다. 아무것도 모르는 아이는 소리가 나는 쪽으로 고개를 돌려 문을 바라보았다. 그러자 문고리는 덜컥 소리와 함께 돌아갔고, 끼이익- 소름 끼치는 날카로운 소리를 내며 낡은 문이 서서히 열리기 시작했다. 그 사이로 사람의 얼굴이 아닌 검은 새의 큰 부리가 차츰 들어왔다. 새의 탈을 쓴 남자가 방 안에 들어와서는, 곧바로 문을 잠갔다. 방 안에는 악한 기운이 흘러넘쳤고, 이어서 부리 모양에서 굵은 중저음의 목소리가 흘러나왔다.

"신이 분노했다."

그러자 여인이 절규하듯이 외쳤다.

"이 아이만은 안돼요. 제발, 차라리 저를 데려가세요."

여인의 간절한 흐느낌은 낯선 남자에게 그대로 튕겨 나가 바닥에 떨어졌다. 아무리 호소해도 듣지 않자, 희망이 없다고 생각한 여인은 주변을 살폈다. 그녀는 남자로부터 아이를 지킬 무기가 필요했고, 눈에 들어오는 것은 방구석에 놓인 낡은 파이프 관뿐이었다.

그녀는 아이를 침대에 살포시 눕히고는, 생각할 겨를도 없이 그것을 냉큼 집어 들었다. 그리고 두 손으로 꽉 잡고 서서 그를 향해 겨누었다. 하지만 그 남자는 여인을 아랑곳하지 않고 아이를 향해 다가갔다. 이에 여인은 소리를 지르며 있는 힘껏 그의 머리를 향해 내리쳤다. 깡—! 쇠 파이프가 더 단단한 것에 부딪히는 큰 소리가 났다. 머리를 얻어맞은 거대한 새는 가던 걸음을 멈추고는 천천히 그녀에게 고개를 돌렸다. 새의 눈에서 마치 분노를 말하듯, 붉은빛이 강렬하게 발했다. 이내 거대한 몸집은 여인에게로 향했다. 두려움에 휩싸인 여인은 들고 있던 파이프를 놓쳐버렸고, 결국 그에게 숨통을 허락했다.

"안 돼, 절대…… 절대로 읏!"

여인은 들려 있는 상태로 끝까지 맨발로 발버둥 치며 저항했지만, 꽉 낀 가죽장갑만큼이나 조인 그녀의 목은 나뭇가지처럼 쉽게 부러져 버렸다. 침대에 누워 있던 여덟 살도 채 안 된 어린아이는 어머니의 죽음을 눈앞에서 보고 가까스로 정신을 차려 도망치려 했다. 하지만 이내 둔탁한 소리가 나며 아이는 그대로 쓰러졌다. 아이는 바닥에 시선을 고정한 채로, 낡은 바닥의 나무와 굳게 닫힌 문 그리고 죽은 어머니의 얼굴을 마지막으로 의식을 잃었다.

윤기가 흐르는 갈색의 머릿결에 피가 조금씩 새어 나왔다. 의식을 잃은 아이가 천천히 눈을 떴을 때는, 이미 날씨가 개어 있었다. 정신을 차린 아이는 주변을 살폈고, 금방 이곳이 또래 아이들과 항상 놀던 '나보나' 광장임을 알았다. 당장에 몸을 움직여 도망치려 했지만, 무슨 이유에선지 자신의 의지대로 몸이 따라주지 않았다. 양팔은 답답했고, 다리는 밧줄로 꽉 묶여 있었다. 입은 헝겊에 막혀 숨쉬기 힘들었다.

그 주변에는 검은색 부리로 얼굴을 가린 사람들이 빙 둘러 있었다. 바로 옆에는 어머니를 죽인 그 사내가 내려다보고 있었다. 그들은 신의 분노 즉, '흑사병'에 대한 제물을 바칠 요량으로 모인 자들이었다. 공포에 질린 아이는 이내 '엄마가 죽었다는 사실'을 깨닫고 눈물을 흘리면서 비명을 질렀지만, 아무런 소용이 없었다.

이 모든 상황을 개의치 않던 사내는 아이가 묶여 있는 제단에 가까이 나아왔다. 그의 한 손에는 성서가 들려 있었다. 그리고 손가락으로 성서를 펼쳐 한 구절을 가리키며 크게 외쳤다.

"어린아이들을 용납하고 내게 오는 것을 금하지 말라! 천국이 이런 사람의 것이니라."

그러자 약속이라도 한 것처럼 다른 사내들이 그 구절을 반복했다. 모여 있던 군중들은 '신이시여 형벌을 거두소서!'라고 절규하듯이, 복창했다.

그들의 절박한 소리는 파도물결처럼 광장에 더욱 퍼졌고, 주변에는 어느새 구경꾼들로 가득했다. 또다시 검은 사내가 말했다.

"아브라함이 이르되, 내 아들아 번제할 어린 양은 하나님이 자기를 위하여 친히 준비하시리라. 우리가 하나님께 복을 받았은즉 화도 받지 아니하겠느냐."

'화도 받지 아니하겠느냐'라는 구절에 그 사내는 더욱 큰 전율을 느꼈다. 이어서 다른 사람들이 뒤 구절을 반복했고, 그 소리는 엄청난 파장이 되어 광장 끝까지 전해졌다. 호기심에 구경 온 사람들도 이 모습에 믿음을 갖고 어느새 따라 하기 시작했다. 이처럼 군중들의 소리가 벌떼처럼 커지자, 이를 기다렸던 사내는 옷 안에 감추어 두었던 날카로운 단칼을 꺼냈다. 그는 두 손을 높이 들어 칼날이 아이를 향하게끔 하늘로 올려 보였다.

"이것은 신에게 바치는 어린 양이니 이제는 '검은 역병'이 온 세상을 뒤덮지 못할 것이로다!"

이 순간, 관중들의 숨소리가 멎어 정적만이 흘렀다. 고조된 분위기 가운데 모두가 놀란 눈으로 그의 칼끝을 응시했는데, 희미하게 말 울음소리가 들리는 것 같았다. 반면, 사내는 칼을 단숨에 아이의 복부를 향해 내리꽂았고, 곧 묵직한 소리가 들렸다. 사람들은 동시에 감탄을 자아냈다. 그런데 얼마 지나지 않아 관중들이 술렁이기 시작했다.

누워있던 아이는 멀쩡한 대신, 그 사내가 제단에서 조금 떨어진 바닥에서 쓰러져 있던 것이다. 어느새 제단에는 흰말을 탄 금발의 기사가 있었다. 그 기사는 흥분한 말을 진정시키고, 검은 무리와 구경꾼들을 향해 크게 소리쳤다.

'떠나가라! 사람의 생각으로 신을 헛되이 섬기는 사악한 자들아!'

그는 안장 옆에 묶여 있던 성검을 빼 들고 무리에게 겨누었다.

"누구든지 죄 없는 아이를 희생양으로 삼으려면 나부터 상대해야 할 것이다."

갑작스러운 불청객의 난입으로 무리는 곧바로 각자 무기를 꺼내 들었다.

"네놈은 누구냐? 이런 신성한 의식을 방해하는 자는 심판도 필요 없다. 신의 뜻이니 즉각 사형이다, 저자를 죽여라!"

무리 중 한 명이 외치자, 6명이 한꺼번에 기사에게 달려들었다.

"심판은 거만한 자들을 위한 것이다. 죽을 준비가 된 자들은 와라!"

그 기사는 매우 빠르고 정확한 칼솜씨로 그들을 상대했고, 검은 무리는 그의 칼날을 피해가지 못했다. 결국 그들은 제대로 싸워보지도 못하고 차례대로 상처를 입고 바닥을 뒹굴었다.

싸움이 끝나고, 구름에 가렸던 태양이 점차 모습을 드러냈다. 지상에 드넓게 햇볕이 내렸으며, 광장에는 따뜻하고도 빠른 바람이 한차례 불어 닥쳤다. 그러자 금발의 기사가 두른 망토가 바람에 넓게 펄럭였다. 기사의 은빛체인 갑옷은 빛에 반사되어 눈부셨고, 오른 어깨에 두른 망토는 흰 바탕에 붉은 십자가가 새겨있었다.

그제야 무리는 그가 누구인지 깨달아, 얼굴이 사색이 되었다. 그리고 검은 무리는 시체처럼 굳은 얼굴로 크게 외쳤다.

"서…… 성기사 베르다. 모두 도망쳐!"

하지만 그의 외침보다 기사의 칼날이 더 빨랐다. 사내의 머리가 어느새 바닥으로 떨어진 것이다. 이에 남은 무리와 구경하던 사람들은 기겁을 하며 쥐처럼 빠르게 사방으로 도망치기 시작했다.

검은 무리에게서 아이를 구한 이 기사는 유럽의 세르비아, 보헤미아, 헝가리와 폴란드까지 연맹을 맺은 '크루치아 동맹'의 제1 기마대장이자, 크루치아 연맹국 최초로 성기사 칭호를 받은 '베르 조슈아'라는 왕의 기사였다.

이 일이 있기 2년 전인 1347년, 한때 유럽 전역과 전 세계적으로 창궐한 어느 전염병이 있었다. 몽골에서부터 전해져왔다고 알려진 이 '검은 질병'은 베네치아의 상인들에게서 시작하여 곧 온 유럽으로 퍼져나갔다. 이 질병을 표현하자면, '죽음'이라는 단어에 가장 근접한 인간에게 치명적인 역병이었다. 이 병에 걸린 사람은 그 어떠한 방법으로도 치료할 수 없었다.

이 전염병이 유럽에 발병한 지 2년 후인 1349년, 유럽 전역에는 날마다 수많은 사람들이 죽어갔다. 그중 유독 심했던 프랑스에서는 하루에 800명, 베네치아에서 500명, 다른 도시에서 400명씩 사망했다. 길거리에는 산더미처럼 시체들이 쌓였는데 이들을 모두 묻거나, 태울 수도 없었다. 이러한 대

학살은 사람들에게 광적인 공포심을 주었다. 몇몇의 도시에서는 이를 참다 못한 시민들이 왕과 귀족들에 대항하여 반란을 일으키기도 했다.

악몽 같은 나날은 몇 해를 지나도 끝날 기미가 보이지 않았다. 시간이 갈수록 사람들은 점차 비이성적으로 변해갔다. 사람들은 '유대인들이 우물에 약을 타서 전염병에 걸린다.'라는 헛소문이나, 개와 고양이들이 전염병을 옮긴다고 믿기도 했다. 결국 시민들은 밤이 되면 횃불을 들고 유대인들의 집을 태우거나 어린아이 할 것 없이 그들을 죽였다. 또, 몽둥이로 개와 고양이들을 때려잡아 불에 태우기도 했다.

한편, 유럽의 인구 절반을 앗아간 검은 역병 즉, 흑사병은 이름난 수많은 과학자와 수학자 그리고 예술가들에게도 예외는 아니었다. 결국 사람을 가리지 않고 집어삼키는 이 '흑사병'에 의하여 유럽의 문명은 급속도로 퇴보하기 시작했다.

점차 사람들은 과학보다 미신적인 주술을 맹신했고, 과학자들이 발 벗고 나서서 각종 미신으로 사람들을 치료하는 웃지 못 할 일들이 벌어지기도 했다. 치료법 중에서 가장 유행한 것은 감염된 사람의 피를 거머리로 빼거나, 동맥을 자르는 방법이었는데 이러한 방법으로는 오히려 감염과 과다출혈로 목숨을 잃는 사람만 늘어갈 뿐이었다.

또한, 아무런 지식이 없던 사람들 사이에서 어디서부터 알려졌는지도 모를 치유방법이 돌다가 다른 마을에 순식간에 퍼지기도 했다.

그들은 병이 낫는다고 하면 자신의 오물을 몸에 펴서 바르거나 병에 담아두었다가 먹고 마시는 일도 서슴지 않았다. 이러한 치료 방법은 한 나라에서 뿐만 아니라, 다른 나라에도 자행되기는 마찬가지였다.

한편, 치료법을 찾지 못한 다수의 사람은 성스러운 영역인 교회에 들어갔다. 그들은 교회 안에 전염병이 들어올 수 없다고 믿었고, 신에게 보호받을 심산으로 교회마다 사람들이 붐볐다. 결국 교회를 통해 집단적으로 전염병이 크게 번지게 된 이러한 불상사는 가벼운 농담거리에 지나지 않았다.

반면, 전염병은 유럽의 경제의 변화까지 가져왔다. 당시, 유럽 사회의 주축을 이루고 있던 자들은 부유한 귀족들이었는데, 그들은 소유한 농경지를 바탕으로 농노들을 고용하여 살아가고 있었다. 그러다가 역병이 창궐하여 대부분 농노가 죽거나 일하지 못하는 상황이 발생하자, 귀족들의 넓은 밭과 농경지는 아무런 쓸모가 없어졌다. 하루에 수십 명씩 농노들이 산과 도시로 도망쳤으며 이에 귀족들은 코앞에 다가온 파산위기를 맞닥뜨려야 했다.

이렇듯, 흑사병이 발병한 지 얼마 지나지 않아서 각 국가들은 인구 감소에 따른 경제 위기와 군사적인 약세를 회복할 길이 없다는 것을 깨달았다.

이에 연합을 이루어 이 질병을 함께 극복해야 한다는 주장이 귀족들 사이에서 서서히 퍼져갔다.

유럽의 나라들의 경제는 차례대로 붕괴하였다. 왕이 아무런 대책을 세우지 못하자, 귀족들은 스스로 방법을 마련해야만 했다. 얼마 전까지만 해도 농노들의 임금이 2실링이면 충분했지만, 이제는 10실링 5펜스를 주어도 충분하지 않았다. 아무리 높은 임금을 준다고 하더라도 생명보다 값진 임금은 있을 리 없었기에, 농노들의 지위는 하늘을 모르고 치솟았다.

시간이 갈수록 사태는 심각해졌다. '흑사병'이 발병한 지 4년이 되는 해에, 유럽의 인구 2천 5백만 명이 질병으로 사망했다. 이러한 기류는 연쇄적으로 여러 도시의 경제와 정치 그리고 군사력을 무너트렸다.

위기가 심각해질수록, 일각에서 새로운 기류도 불어오기 시작했는데, 지금 시대에 필요한 것은 '전염병으로부터의 구원자'라는 소문이었다. 옛 유대인들이 그리스도의 재림을 기다렸듯이, 절망적인 상황 가운데서도 유럽 귀족과 자유민 그리고 시민들은 자신을 구원해줄 왕을 간절히 바랐다. 이러한 흐름과 맞물려, 역병과 경제적 위기에 따른 내외적인 어려움을 극복하고자, 여러 국가들은 서로 눈치를 보며 하나로 뭉칠 기회를 엿보고 있었다.

이 시기에 전염병이 발생한 지 2년만인, 1349년에 폴란드와 세르비아 그리고 헝가리가 주축이 되어 3개국 간의 협정이 이루어졌고, 마지막으로 보헤미아까지 합류하여 '크루치아 연맹국'이 탄생했다. 하지만 곧바로 문제가 생겼는데, 각국의 왕족들이 크루치아를 누가 이끌 것인가에 대해 합의를 보지 못했던 것이다. 그러자, 4개국 중 가장 강한 세력이었던 헝가리의 앙주 왕조와 폴란드의 피아스트 왕조 그리고 보헤미아의 룩셈부르크 왕조가 흑사병과의 전쟁을 선포하며 '크루치아의 왕좌'를 차지하기 위해 선의의 경쟁을 벌여 나갔다.

이러한 경쟁의 시기동안, 크루치아의 귀족들은 자신들의 영토를 대부분 국가에 귀속시키는 조건으로 절대왕정 국가로서의 왕을 선출할 권리를 얻었고, 그에 걸맞는 직위까지 얻는데 합의했다. 세 국가의 다툼은 점차 심해졌으나, 결국 피아스트 왕조에서 '코르'라는 자가 경쟁자들을 모두 꺾고 왕위에 올랐다. 이후 그는 '상투스 왕'이라 불렸고, 많은 사람이 그를 따랐다. 상투스 왕은 하나로 연합된 왕의 권력을 바탕으로 지휘체계만 난잡했던 봉건 사회를 무너트리고 여러 가지 정책을 펼쳐 이 혼란스러운 사태를 극복해나갔다. 이러한 시도는 주변 국가에 빠르게 퍼져갔고, 다른 국가의 시민들과 귀족들은 왕좌에서 무능력한 왕을 끌어내리고 새로운 왕을 선출하기에 이르렀다.

한편 시민들은 날마다 거리로 쏟아져 나왔다. 그들은 왕과 교회에 반기를 들었고, 이 세력을 도와주는 자들도 전에 왕과 교회에 충성을 맹세했던 귀족들이었다. 최초의 연맹국 이후에 우후죽순으로 동맹이 맺어지자, 남은 국가들도 조급한 마음으로 외교에 노력을 기울이면서 치열하게 동맹을 맺기 시작했다. 하지만 하늘 아래 두 개의 태양이 있을 수 없는 것처럼, 대부분 강한 나라가 약한 나라를 집어삼키면서 커지거나, 정략결혼을 통하여 정복 동맹이 이루어지는 것이 일반적이었다.

그러한 시도 끝에, 1350년에 그라나다와 포르투갈 그리고 카스티야까지 연합한 '레치아 동맹'이 수립되었고 '델릭 알론소'라는 자가 왕으로 선출되었다. 이어서 51년 3월에 프랑스와 스코틀랜드를 통합한 '이드루스 동맹'의 '앙귀스 이사벨', 52년에 잉글랜드와 플랑드르 그리고 프랑스의 영국령을 차지한 '카두스 동맹'의 '흑태자 에드워드' 그리고 신성로마제국과 교황령을 가진 '페라 동맹'의 '라헤므 오스텐'이 왕으로 선출되어 전 유럽은 다섯 개의 연맹 국가로 나뉘게 되었고, 왕들은 유럽에 퍼진 '흑사병'으로부터 시민들을 구하려 안간힘을 썼다.

한편, 아이를 구하기 위해 안간힘을 쓰던 베르가 아이의 팔에 묶여있는 밧줄을 단칼로 마저 잘라내었다. 그는 구출된 아이를 말에 태우고 서둘러 그곳을 벗어났다. 잠시 후에 기사는 수많은 크루치아의 중장기병들의 행렬에 합류하였다. 크루치아의 병사들은 은으로 제작된 체인 갑옷을 착용하고 중앙부에 붉은 십자가를 새긴 배럴 헬름을 옆구리에 끼고 있었고, 매끄럽게 다져진 긴 창 위로는 털로 된 장식용 깃과 연맹국을 상징하는 흰 천에 붉은 색 십자가가 바람에 펄럭였다. 갈색 군마를 탄 기병들 뒤에는 보병의 행렬이 끊임없이 이어졌다. 약 천 명에 가까운 병사들은 하나가 되어 움직였다. 이에 그곳 도시의 사람들이 창문을 열고 구경하거나 거리에 나와 난생 처음 보는 그들을 반겼다.

시민들은 환영한다는 의미로 거리에 튤립을 던지며 축복했고, 기사들도 이에 응답하여 고개를 약간 숙여 그들에게 인사를 건넸다. 빨간 튤립이 깔린 거리를 지나는 여러 국가의 병사들은 싸울 의사가 없다는 표시로 모두 머리에서 투구를 벗어야 했다. 기병들과 보병들의 행진이 끝나자, 이어서 큰 나팔 소리가 멀리서 들려왔다. 먼 곳 도시의 성문에는 화려한 왕관을 쓴 여인이 선두에서 있었다. 그녀의 뒤로는 군악대와 기병들과 많은 병사가 뒤따랐다. 병사들의 선두에 선 그 여인은 프랑스 왕족 출신, 이드루스 연맹의 통치자 '앙귀스 이사벨'이었다.

'앙귀스 이사벨'은 잉글랜드 왕 '에드워드 2세의 왕비'였던 '이사벨라'의 딸이었다. 이사벨라가 프랑스의 모티머 백작과 불륜으로 낳은 딸이 바로 앙귀스 이사벨이었는데, '불륜아'라는 수치를 껴안은 그녀는 태어난 즉시 숨겨졌다. 젖을 떼지도 못한 아이는 어머니의 품을 떠나, 한 프랑스의 가정집 유모의 손에 맡겨져 그곳에서 길러졌다.

한편, 그녀의 양아버지인 '아베르토'라는 자가 있었다. 과거에 그는 이사벨라 여왕의 첩자로 아주 명석하고도 냉철한 자였는데, 그는 가끔 여왕 이사벨라와 서신을 주고받으며 딸의 소식을 전해주곤 했다. 그러나 수양딸을 이용하여 권력을 잡으려는 욕심에 늘 사로잡혀 있었고, 번번이 그의 진출을 막는 모티머의 방해 공작으로 인하여 그의 계획들은 무산되었다. 이로 인해 그는 이사벨라와 그녀의 정부에게 앙심을 품게 되었다.

시간이 흘러 때는 1325년, 잉글랜드 왕 에드워드 2세와 사이가 좋지 않았던 왕비 이사벨라는 친아들 에드워드 3세 등과 함께 가스코뉴 분쟁 문제를 해결하기 위해 친정인 프랑스의 파리로 갔다. 그녀는 그곳에서 에드워드 2세의 원수였던 모티머와 사랑에 빠졌고, 이후 잉글랜드 왕의 총신인 휴 데스펜서에 대한 원한이 깊었던 모티머는 이사벨라를 꾀어 왕에 대한 반란을 계획했다. 결국 이사벨라 왕비는 홀란드와 질란드, 그리고 프랑스 왕실로부터 병력을 지원받아 반란군을 일으켰다. 스코틀랜드에서 참패하고 반대파에 대한 땅 몰수로 인해 왕과 휴 데스펜서에 원한이 깊었던 많은 귀족도 이에 동참했다. 결국, 모두에게 버림받은 에드워드 2세는 반란군에 붙잡히고야 말았다.

1327년, 웨스트민스터에서 의회가 열려 에드워드 2세는 만장일치로 폐위되었다. 그리고 왕은 런던탑에 갇히는 굴욕을 겪다가 새벽을 틈타 찾아온 낯선 방문객에게 암살당했고, 끝내 역사 속의 이슬로 사라졌다.

그 이후에 이사벨라는 에드워드 3세를 잉글랜드 왕좌에 앉히고는 프랑스 귀족인 모티머와 섭정 노릇을 하며 왕권 위에서 군림하는 존재가 되었다.

한편, 이러한 격변의 시기에 프랑스 한적한 시골 마을에서 앙귀스는 매일 농장일을 했다. 그녀는 젖소 우유를 짜고 들판에 나가 꽃을 따서 머리띠를 만드는 등 동네 아이들과 장난치기를 좋아하는 소녀로 성장해 나갔다. 웃음 가득한 소녀인 이사벨은 가끔 자신을 낳아준 진짜 부모가 궁금해 양아버지에게 이런 난감한 질문을 던져놓을 때가 많았지만, 성인이 될 때까지 혈통을 숨기라는 여왕의 지시를 받은 아베르토는 그녀에게 아무런 대답도 해주지 않았다. 이사벨은 그렇게 알지 못하는 부모를 애틋한 마음으로 그리워하며 홀로 고민에 빠지는 나날들을 보내기도 했다.

그러다 문득, 1328년에 프랑스에서 카페 왕조의 샤를 4세가 남자 후계자를 남기지 않고 사망하는 일이 발생했다. 이 사태를 진정시키기 위해 프랑스의 숨은 권력자들은 어쩔 수 없이 카페 왕조가 아닌 발루아 왕조의 필리프 6세를 왕위에 세우기로 합의해야 했는데, 이를 잉글랜드에서 가만히 두지 않았다. 그 이유인즉슨, 멀쩡히 카페 왕조의 후계자가 살아 있었기 때문인데, 바로 이사벨라가 '샤를 4세의 누이'였던 것이다.

당연히 이사벨라는 카페 왕조의 혈통을 가진 자기 아들이 프랑스 국왕 자리를 물려받아야 한다고 강력하게 주장했고, 프랑스의 제후들은 잉글랜드의 영향권이 더 커지는 것을 우려하여 이를 저지하고자 했다. 한낱 잉글랜드 국왕이 프랑스 국왕 자리를 차지할 수는 없다고 결론을 내린 제후들은 결국 그녀의 주장을 무산시켜 버렸다.

당시 프랑스의 봉신 국가라고도 볼 수 있는 잉글랜드는 지속해서 카페 왕조의 계승을 요구하며 왕이 된 필리프 6세를 못마땅해 했다. 이에 그치지 않고 지속적인 압박을 가하기 위해 플랑드르 지방에 수출해오던 양모 공급을 중단하며 적극적으로 대처하기 시작했는데, 그러자 화가 난 필리프 6세는 유럽 최대의 포도 생산지이자 프랑스 내 영국령이었던 기옌 지역의 몰수를 선언하며 보복에 나섰고, 이로써 양국 간의 신경전이 치열하게 벌어졌다.

한편, 어린 나이에 잉글랜드의 왕좌에 오른 에드워드 3세는 꼭두각시처럼 간섭하던 두 명의 섭정 때문에 어느 것도 마음대로 할 수 없었다. 왕에게는 항상 섭정 모티머가 눈엣가시처럼 보일 수밖에 없었다. 어린 왕은 언젠가 자신의 힘을 드러낼 시기를 기다리며 조용히 분노를 속으로 삭여야 했다. 그렇게 기회를 엿보던 중, 1330년에 잉글랜드와 프랑스 사이가 점차 고

조되어 심지어 전쟁 분위기가 감돌았다.

이를 지켜보며 더는 지체할 수 없다고 판단한 어린 왕은 스무 명가량의 병사들을 풀어 노팅엄 성의 비밀통로를 통해 섭정 이사벨라를 납치하도록 했다. 그리고 눈엣가시인 섭정 모티머를 그 자리에서 즉각 처형시켰다. 납치당한 이사벨라는 두려움과 공포심으로 고문을 견디지 못하고 결국 다시는 정치에 간섭하지 않겠다고 눈물을 흘리며 맹세했다. 그렇게 간신히 에드워드 3세에게 면죄를 받고 풀려날 수 있었다. 이로써 에드워드 3세는 두 명의 섭정으로부터 온전한 자립을 이루어 잉글랜드를 자기 마음대로 진두지휘할 수 있게 되었다.

한편, 우연히 모티머의 처형 소식을 들은 아베르토는 비로소 이사벨에게 그녀의 혈통 얘기를 해주었다. 그는 평소에 이사벨이 친부모를 그리워했다는 사실을 이용하여 '아버지는 에드워드 3세에게 처형당했고 어머니는 납치당하여 고문 받았다'라고 사실을 말해주었다. 이에 이사벨은 왕에게 복수심을 품고 시골을 떠나 파리로 이주할 결심을 하게 된다. 또한, 아베르토는 이사벨에게 왕에게 접근할 수 있는 구체적인 계획들을 알려주었다.

그녀가 도시로 이주한 해에, 악랄한 서신을 주고받던 프랑스와 잉글랜드 사이의 상황은 점차 나빠졌다. 양국의 분위기는 점차 격앙되었고 결국 폭발하여 전쟁에 대한 선전포고로 이어졌다. 1340년에는 잉글랜드의 함대가 슬로이스라는 곳에서 프랑스 함대를 격파하며 승리를 거두는 한편, 1346년에는 에드워드 3세와 그의 맏아들인 흑태자가 9천 명의 병사들을 이끌고 프랑스 노르망디에 상륙하여 공격을 감행하기도 했다.

그들에 맞서서 프랑스에서는 필리프 6세가 적군에 수배나 되는 보병과 중

기사대를 이끌고 출격에 나섰지만, 처음 보는 잉글랜드의 장궁 병들의 활 앞에서 잉글랜드의 기마대는 무용지물이었고, 그들은 제대로 싸우지도 못하고 대패하게 되었다. 또한, 프랑스 북부지역인 크레시에서 잉글랜드군이 큰 승리를 거두었다. 이러한 기세를 힘입어 그들은 칼레시로 진격하여 성을 포위하였고, 방어하며 버티던 프랑스 칼레 시민들은 1년이 채 안 되어 항복을 선언했다.

승리는 계속되어 프랑스의 칼레 지구까지 잉글랜드에 들어가게 되었으나, 이후 1347년부터 아무도 예측하지 못한 '흑사병'이 온 유럽을 뒤덮기 시작했다.

'검은 악마' 혹은 '신의 형벌', 그 당시 이 질병에 대한 병명을 아무도 정하지 못했다. 마치 다른 세계에서 넘어온 듯한, 이 병은 그야말로 인간에게 치명적이었다. 이 병에 걸린 사람들은 짧으면 이틀, 길면 열흘에 이르는 사이에 다양한 증상이 나타났는데, 대표적으로는 손과 발이 검게 썩고 신체에 검은 종양이 튀어 오르거나 피가 터져 나올 정도의 심한 기침을 동반하다가 고통스럽게 죽어가는 것이었다.

유럽의 어느 도시에서 처음 발생한 이 병은 1349년에 런던, 파리, 밀라노, 바르셀로나, 톨레도에 이르기까지 순식간에 모든 나라의 도시와 마을을 폐허로 만들 정도로 빠르게 퍼져나갔고, 도시마다 시체가 겹겹이 산처럼 쌓였다.

창문에는 빨래 대신 창백한 시체가 걸려 있었고, 도시 곳곳에는 온몸을 헝겊으로 감싸고 시체를 퍼 담는 사람들이 진풍경을 이루었다. 그리고 누가 살아 있는 사람인지 구분조차 안가는 이러한 극단적인 상황 속에서 제대로 된 판단을 할 수 있는 사람들은 아무도 없었다.

마을과 거리마다 온통 지독한 시체 썩는 악취가 빽빽하고 누런 연기로 나타나 온종일 떠다녔고, 참다못한 사람들은 이러한 도시를 피해 산속이나 해안가로 도피하기도 했다.

한편, 흑사병이 온 도시에 창궐한 때에 이사벨은 아직 전염병이 돌지 않은 도시로 이주했다. 그녀는 오로지 왕을 독살할 목적으로 검은 질병을 연구하기 시작했는데, 그러는 도중 천사의 음성을 들어 큰 깨달음을 얻었다. 결국 그녀는 '흑사병'으로 죽은 사체에서 떼어낸 종기를 이용하여 독약 제조가 아닌, 치료법을 연구하기로 결심한 것이다.

그녀는 처음에 작고 초라한 상점을 매입하여 다양한 물약을 만들고 팔았다. 하지만 누구하나 거들떠보는 이 없었고, 실패를 맛보았다. 그러다가, 그녀가 살던 도시에도 흑사병이 돌기 시작하여 걷잡을 수 없을 정도로 퍼지자, 한두 명씩 방문하던 그녀의 상점은 금방 미어터질 듯이 사람들로 붐비기 시작했다. '검은 성수'라고 불리며 인기를 끈 그녀의 물건이 있었는데, 사람들은 이 물로 온몸을 씻으면 악령이 산 사람을 알아볼 수 없어 감염을 피할 수 있다고 믿은 것이다. 이러한 다소 엉뚱한 소문은 일파만파로 다른 마을과 도시에 퍼져나갔다.

그 소문이 돈 지 얼마 지나지 않아, 그 물건들의 가장 주요 고객은 의외로 수도원에 거주하는 성직자들이었다. 그 당시, 밀폐되고 외부와 교통이 적었던 수도원이라는 좁은 공간에서 전염병이 퍼지면 순식간에 떼거리로 죽어나갔고, 이렇게 폐허가 된 수도원이 하나둘씩 생기더니 이후 급격하게 늘어나 대책이 필요해진 것이다. 성직자들은 신에 대한 기도보다는 이사벨의 손길을 먼저 구했다. 그녀의 물건은 흑사병의 확산만큼이나 빠른 속도로 프랑스 전역에 퍼져나가, 사업은 급속도로 성장했다.

그 성수로 인해 효과를 봤다는 사람이 한 명 생기면, 삼백 명 이상의 사람들이 그녀의 물건을 사려고 달려들었다. 이렇듯, 그녀의 물건은 매번 매진되어 팔지 못하는 경우가 빈번했다. 재벌 귀족들과 시민들 그리고 성직자에 이르기까지, 살기 위해서라면 돈 따위는 전혀 문제가 되지 않았다.

상황이 이렇게 되자, '검은 성수'는 더 이상 프랑스만의 전유물이 아니었다. 그 소문은 잉글랜드, 스코틀랜드, 그라나다까지 퍼져나갔고, 무역을 통해 다양한 계층의 사람들에게 전해졌다. 사업을 통하여 막대한 부를 얻게 된 이사벨은 이에 그치지 않고 사업을 더욱 크게 벌였다. 그녀는 천사의 음성을 따르며 전염병을 치료하기 위해 꽃과 각종 식물을 혼합하는 연구에도 손을 대기 시작했는데, 사람들에게 명성을 얻기 위해 자선 사업의 일환으로 거리에서 꽃과 식물을 밤낮으로 불태우기도 했다. 그녀는 길거리에 시체 썩은 냄새를 몰아내었고, 지독한 냄새에서 벗어난 사람들은 환호했다.

이 검은 성수가 명성을 얻을수록, 그녀와 거래하려는 사람들은 많아졌다. 프랑스 귀족들의 후원이 대폭 늘어나자, 이사벨은 검은 질병에 대항한다는 목적으로 'Isabell's Holy Water'라는 길드까지 창설했다.

그녀는 사람들을 대거 고용하여 마차와 배로 유럽 전역에 성수와 식물들을 보내주는 일을 주력했고, 사람들이 마을 공터나 집안에서 식물을 태우는 풍경은 일상이 되었다. 이러한 방법은 실제로 감염으로부터 어느 정도 효과를 보았지만, 실제로는 일시적인 방편에 불과했다. 사람들은 계속해서 죽어갔음에도 불구하고, 사람들의 믿음은 검은 성수보다도 강했다. 공기정화 덕분에 흑사병으로부터 살았다고 생각한 대부분의 시민은 그녀가 프랑스를 구원할 영웅이라고 믿게 되었다.

이 시기에, 프랑스 사회에서 주축을 이루던 귀족들의 봉건제도가 흑사병으로 속속히 무너져 내렸다. 경제는 점차 극으로 치달았고, 경제의 위기는 곧 자연스레 왕권의 위기로 이어졌다. 필리프 6세는 질병으로 인하여 정치와 경제 그리고 사회 모든 분야에서 심각한 위협을 홀로 떠안게 되었다. 여론은 이 모든 것이 왕의 잘못이며, 그의 무능력함 때문이라고 질타했다. 사람들은 그 말을 너무도 쉽게 믿었다. 이러한 흐름 속에서 귀족들은 이득을 취할 목적으로 모든 것을 타개할 새로운 왕을 물색하기 이르게 된다.

이때, 프랑스 제후들의 눈에 뜨인 것이 바로 카페 왕조의 후계자이면서 큰 활약을 하고 있던 사업가 '앙귀스 이사벨'이었다. 일부 힘 있는 귀족들에게서 그녀의 이름이 거론되지 얼마 지나지 않아, 이사벨은 크루치아 연맹국처럼 새로운 프랑스 연합의 강력한 후보가 되었다. 불명예와 수치 자체였던 그녀의 불륜혈통은 어느새 잉글랜드 연맹과의 화친을 이루기에 적합하다고 미화되어 있었다.

그러나, 제후들이 새로운 왕을 선출하기 위해서는 먼저 눈에 거슬리는 필리프 6세를 먼저 처리해야 했다. 그들은 크루치아의 선례를 들며 새로운 시기에 새로운 연합 그리고 초대 국왕을 선전하며 시민들을 선동했으나, 그 실상은 동맹 관계였던 스코틀랜드와의 조금 더 강화된 연합에 지나지 않은 속임수에 불과했다. 그러나 일부의 선동은 대다수 시민들의 생각을 바꾸어 놓았고, 결국 덕분에 손쉽게 필리프 6세를 폐위할 수 있었다. 그리고 얼마 후에 프랑스와 스코틀랜드를 통합한 '이드루스 동맹'의 초대 통치자로서 '앙귀스 이사벨'이 왕위에 오르게 되었다.

그렇게 이드루스의 왕좌에 앉은 그녀의 오욕은 씻겨 나가는 듯했다. 하지만 1350년, 이사벨의 대관식이 치러지고 한동안 잠잠했던 프랑스에 폭풍 같은 전염병이 다시 불어 닥쳤다. '검은 역병'의 불길은 사람들이 집어삼켰고, 시민들의 손에 들려 있던 여왕의 꽃은 거리 곳곳에 버려져 있었다.

이를 지켜본 이사벨 여왕은 첫 명령을 내렸다. 그것은 '썩은 시체와 감염자들을 회수하고 잡아서 불에 태우도록' 하는 것이었다.

시민과 귀족 계급에 상관없이, 자신의 살이 잿더미처럼 썩어가는 것을 보면서 비통해하던 감염자들은 도시 곳곳을 돌아다니는 병사들에게 이끌리어 산속 거대한 구덩이로 던져졌다. 그들은 자신의 머리 위로 기름을 들이 붓는 병사들을 보며 절규할 수밖에 없었다. 그리고 그들의 비명은 불길과 함께 거친 화염 속에서 타들어갔다.

이러한 비극은 멈추지 않았다. 막냇동생이 흑사병으로 죽고 이를 간호하던 부모가 눈앞에서 이드루스의 병사들에게 붙잡혀 끌려가는 모습을 지켜보는 것은 큰 슬픔이었지만, 한편으로 그 방법으로 자신은 살 수 있다는 희망은 살아있는 자들이 감당해야할 몫이었다. 여왕이 정책은 시체 썩는 냄새를 거리에서 몰아냈지만, 그녀의 존재는 점차 시민들에게서 공포이자, 동시에 유일한 희망이 되어갔다.

한편, 이사벨은 폐허가 된 마을과 도시들을 살피며 어떻게든 이 사태를 극복하고 싶었다. 그녀는 살아남은 과학자들을 대거 불러들여 '검은 죽음'에 대한 치료 연구를 당장에 중지하고 길가에 꽃을 심는다거나 불쾌한 냄새를 몰아내려고 온갖 노력을 쏟았다.

그러던 도중, 모두가 우려했던 일이 벌어졌다. 지속된 연구로도 질병에 대한 해결책을 찾지 못한 여왕이 결국 '전염병에 대한 계엄령'을 반포한 것이다. 그 소문은 모든 거리에 울려 퍼져 나갔고, 시민들은 두려움에 떨며 창문을 나무판자로 굳게 막아야 했다. 행군하는 병사들의 군화 소리가 가까이 들려오면 언제 그랬냐는 듯이, 숨소리조차 멈추고 긴장해야 했다. 직접 본 사람은 없었지만, 소문에는 병에 걸리지 않은 시민들도 잡아갔다는 무서운 말이 돌았기 때문이었다.

'Plus votre parfum sent bon, plus vous etes immunise.(더 좋은 향만이 더 안전하다)'라는 표어는 이제 프랑스 어느 도시와 마을에서도 쉽게 찾아볼 수 있었다. 이사벨은 안간힘을 쏟아내며 전염병을 막으려 노력했고 이러한 시도 덕분인지, 1350년부터 전염병은 점차 누그러지더니 급속도로 줄어나갔다. 그렇게 도시에 평화가 찾아온 듯했다.

하지만, 그 시기는 딱 3년을 넘기지 못했다. 1353년부터 흑사병이 다시 유럽 전역에 무서운 속도로 퍼지기 시작한 것이다. 이에 서로마의 로마 가톨릭 국가들은 또다시 '흑사병'에 의해 무너지기 시작했고, 이 상황을 우려한 신성로마제국의 교황이 각국에 긴급회의를 요청하여 연맹국의 수장들이 모이는 자리가 마련되었다.

각국이 모인 회의장 근처에 병사들의 분주했던 발소리가 차분해지더니 점차 잦아들었다. 빗방울에 살짝 젖은 땅은 진흙이 되어 질퍽하게 늘어졌고, 흰 천막에도 검은 밤은 찾아왔다. 밖에 세워둔 창 꽂게는 여러 연맹국을 상징하는 깃발들이 있었다. 그중에서도 짙은 푸른색 깃발이 강하게 불어오는 바람에 흔들리며 천막을 북처럼 매섭게 두드려댔다.

그 안에는 큰 탁자와 다섯 연맹국의 의자가 덩그러니 놓여 있었고, 각 연맹국 대표들은 제대로 엉덩이를 붙이지도 못한 채 긴장한 상태로 서로를 응시하고 있었다. 다섯 명의 연맹 대표와 옆을 지키고 있는 충신 그리고 뒤쪽에 두세 명씩 짝을 이룬 호위병들까지, 그곳은 그 어느 때보다 긴장감이 가득했다.

이 회의를 소집한 왕은 페라 연맹국의 대표인 '라헤므 오스텐' 즉, '아가토 2세'라고 불리는 교황이었다. 그는 오른손에 베드로를 상징하는 '어부의 반지'를 끼고 있었는데, 그가 유독 심각한 표정으로 왕들의 표정을 천천히 살펴보며 조심스레 말을 꺼냈다.

"먼저, 시간을 내어주셔서 이곳에 모여주신 각 대표들께 깊은 감사를 표합니다. 그리고……."

그는 목소리를 가다듬으려 마른기침을 몇 번 했다. 그리고 눈동자를 재빠르게 굴려 다른 왕들의 표정을 살피고는 손에 들린 보고서를 읽어나갔다.

"이번 사태는 지난 몇 년간 겪은 것보다 더욱 심각합니다. 전염병이 이전과는 비교할 수 없을 정도로 더 빠르게 확산하고 있습니다. 각 왕께서 보내주신 자료에 의하면 벌써 크루치아에서는 15만 명, 이드루스와 카두스 각각 22만 명과 39만 명이라는 엄청난 사망자가 속출했습니다."

그는 뜸을 들인 뒤, 왕들을 향해 조용하고도 명백하게 말했다.

"이런 속도라면 유럽은 8년 안에 역병으로 인해 멸망하고 말 것입니다!"

모두에게 겁을 준 아가토 2세 교황은 원래 미하엘 수도원장 출신의 평범한 성직자였다. 한때 바이에른 출신 왕인 '루트비히 4세' 재위 기간에 발생한 전염병으로 무수히 많은 사람들이 죽은 시기가 있었는데, 일각에서 역병에 대한 대처가 형편없다는 이유로 많은 귀족과 성직자들이 왕을 비판했다. 검은 질병이 수도원까지 퍼지는 것을 지켜보던 오스텐도 의분에 휩싸여 왕에게 힐난을 퍼부었다. 그와 같은 하급성직자의 모욕을 참지 못한 루트비히 4세는 그가 머무는 수도원에 군사를 파견하여 모두 잡아들였고 이 사건은 끝을 맺는 듯했으나, 죽음을 결단하고 용기 있게 왕에게 맞선 그는 오히려 당시 교황이었던 요한 22세의 눈에 띄는 계기가 되었다.

미하엘의 수도원장인 오스텐은 왕의 명예를 더럽혔다는 이유와 '흑사병'을 수도원에 퍼트렸다는 누명을 쓰고 공개 처형을 선고받았으나, 파문당한 루트비히 4세를 왕으로 인정하지 않던 교황 '요한 22세'가 그를 적극적으로 가호해주었다. 덕분에 그는 교황에게 사면을 받고 사형을 면할 수 있었다. 이후 그는 자신의 목숨을 구해준 교황에게 충성을 맹세했다.

그러나 이 굴욕을 그냥 넘어갈 루트비히 4세가 아니었다. 매번 자신의 행적을 가로막는 요한 22세를 눈엣가시처럼 여기던 그는 대립 교황인 니콜라오 5세를 세워 그의 행보를 막으려 했으나, 워낙 기반이 뛰어났던 요한 22세에게 니콜라오 5세는 압도적으로 목이 꺾이고야 말았다. 결국 그에게 굴복하게 된 니콜라오 5세는 아비뇽 교황청에 구금되었고, 이로써 교황의 막강한 권력을 그 누구도 얕잡아볼 수 없게 되었다.

한편, 교황의 충실한 개 노릇을 하던 오스텐은 일개 수도원장에서 단숨에 추기경 자리까지 신분이 상승했다. 이는 누가 보아도 요한 22세의 은총이라고는 볼 수밖에 없는 결과였다. 이렇게 교황의 권력을 힘입어 추기경이 된 그는 정치에 개입하여 왕을 깎아내리려는 노력과 동시에 왕에 대한 반란을 꾸미기 시작했다. 이를 눈치 챈 왕은 자신에게 충성을 맹세했던 공작들에게 도움을 청했으나, 그들은 형세가 불리함을 알고 아무도 왕을 돕지 않았다.

흑사병으로 위기에 몰린 루트비히 4세는 졸지에 홀로 남겨졌다.

얼마 시나지 않아, 질병으로 경제가 무너짐과 동시에 루트비히 4세도 소리 소문도 없이 폐위되어 사라졌다. 이로써 신성로마제국의 황제 자리는 공석이 되었다. 일각에서는 요한 22세를 황제로 세우려는 움직임이 일어났는데, 이미 고령이었던 교황은 얼마 못 가 임종을 맞게 되었다. 교황의 권력은 추기경에게 대물림이 되어 그의 오른팔과도 마찬가지였던 오스텐이 강력한 후보로 거론되었다.

그는 귀족들의 신임을 얻기 위해 전염병에 대한 전쟁을 강력하게 주장했다. 이로써 그들의 신임을 얻게 되었고, 결국 신성로마제국 황제의 자리는 오스텐이 차지하게 되었다. 요한 22세 이후로 공석이었던 교황의 자리는 나라가 안정될 때까지만 황제인 오스텐이 임시로 성직자 임명권을 갖게 되었다. 이후에 그는 추기경들에게 압력을 넣었고, 이를 견디지 못한 그들은 투표를 통하여 그를 교황으로 선출하기에 이르렀다. 이로써 그는 신성로마제국과 교황령을 통합한 페라 연맹국의 최초의 황제이자 교황의 권위를 갖게 되었으며, 그는 자신을 '아가토 Ⅱ'로 명명했다.

교황에 오른 그는 교황청을 프랑스의 아비뇽에서 로마로 복귀시켜 지위를 크게 상승시키는 한편, 머리가 좋았던 그는 세 가지 정책을 펼쳤다. 첫째는 더러움을 악으로 치부하였는데, '검은 죽음'이 눈에 보이는 더러움 때문이라고 여기고 귀족과 시민들 그리고 자유민들에게 엄격한 위생관리를 요구했다.

당시 길가에 널려있었던 사람들의 배설물과 시체들을 나라에서 책임지고 깨끗하게 도시를 청소하여 청결을 유지한 것이다.

둘째로는, 맨손으로 음식을 먹는 자들을 정죄하는 교리를 만들어 씻지 않는 이들을 처벌할 수 있는 법령을 내린 것인데, 도시의 모든 배움의 장소에서는 더러운 것이 위험한 것이라고 가르쳤으며, 학생에서부터 어른에 이르기까지 많은 사람에게 지식을 제공하는 데 힘을 기울였다.

마지막으로 다른 여러 나라에서도 마찬가지였지만, 항구로 들어오는 배에 그리스도의 40일 동안 금식 기간처럼 검역 기간을 두어 이 기간에 배에서 병이 발생하지 않아야만 항구로 들어올 수 있는 까다로운 기준을 채택했다.

그가 이 정책들을 시행한 지 얼마 지나지 않아, 페라 연맹국의 사망률이 급감하며 큰 효과를 보게 되었다. 도시와 마을의 깨끗한 거리를 보며 사람들은 기뻐했고, 오스텐을 위대한 성인 반열에 올려야 한다는 성직자들도 많았다.

이러한 반응에 그는 매주 안식일에 마을과 도시를 두루 다니며 종종 큰 회당과 큰 거리에 서서 두 팔을 크게 벌려 신께서 자신에게 지혜를 주셨음에 감사하는 기도를 올렸고, 사람들은 그 광경을 보면서 박수를 보냈다. 이후 교황은 시간이 오래 걸리는 치료법보다는, 당장 눈에 보이는 연금술에 많은 투자를 했다. 교황의 강압적인 명령에 의해 과학자들은 연구를 중단하고 연금술을 배워 '검은 죽음'을 치유할 수 있는 '현자의 돌'을 찾아내기 위해 노력했지만, 별다른 성과를 얻지 못하고 좌절했다.

모든 이들이 좌절했던 그 회의장으로 돌아가서, 1350년 이후 3년 동안 잠잠하던 전염병이 다시 활개를 친다는 그의 말은 모두에게 충격이었다. 이에 왕들의 안색은 어두워졌고, 두려움에 떠는 왕도 있었다. 이 병은 한 번 발병하기 시작하면 적게 수십만 명, 많게는 수천만 명에 이르기까지 역사상 유례를 찾아볼 수 없을 정도로 많은 이들의 목숨을 잃게 되는 공포, 그 자체의 질병이었기 때문이다.

회의장 안은 다들 벙어리가 된 것처럼 조용했다.

그러다가 갑자기 한 왕이 입을 뗐다.

"어차피 전염병은 아무도 막을 수 없습니다! 그 '검은 신'은 죽음보다 먼저 태어난 존재이며, 죽음 위를 군림하고 있는 사탄입니다. 나사렛 예수도 그 병에 걸렸다면 살아남지 못했을 겁니다! 다들 겪으셨지 않습니까? 그것은 인간의 그 어떠한 노력으로도 막을 수 없다는 것을……."

그라나다와 포르투갈 그리고 카스티야를 통치하고 있는 '델릭 알론소' 왕이 모든 것을 포기한 듯, 절망한 말투로 얘기했다. 그 자신도 '검은 군주'라는 단어를 말할 때, 두려운 중압감에 시달렸다.

"검은 신이라니 너무 과대망상에 빠진 것 아닙니까? 분명히 아셔야 할 사실은 이것은 '하나님이 내린 형벌'이라는 것입니다. 지금 우리들의 꼴을 잘 보십시오! 죄를 지어도 너무 많이 지었고 악한 길로 들어서도 너무 깊숙하게 빠졌습니다. 멀리 갈 것도 없이, 지난 십자군을 생각해 보십시오. 그들이 정말 신을 위한 군대였단 말입니까? 우린 쌓인 과거의 죄에 대하여 대가를 치르는 것입니다. 어쩌면 이 병을 달게 받는다면 신께서 우리를 불쌍히 여기실지도 모르겠지만……."

에드워드 3세의 맏아들인 '흑태자 에드워드'가 말꼬리를 흐렸다.

늘 자신감에 차 있던 그였지만, 이 알 수 없는 역병에 대해 의문투성인 것은 다른 왕들과 마찬가지였다.

"다들 좌절하고 계시군요. 인류는 늘 어떠한 고난에도 살아남아 왔습니다. 제가 이 사태를 해결할 좋은 선물을 갖고 왔습니다."

격정적인 대화 속에 여왕은 분위기 전환을 꾀했지만, 그러나 아무도 관심을 갖지 않았다.

"또, 그놈의 망할 성수 타령은 아니겠지? 우리를 상대로 두 번이나 장사하려다간 본전도 못 찾을 겁니다."

"말조심하십시오! 지난번과 같다고 생각하면 큰 오산입니다. 프랑스에서는 이미 효과를 보고 있는 시민들이 거리에 넘쳐나고 있습니다."

"그딴 건 필요 없고, 정말 제대로 된 대책을 가진 사람 어디 없습니까?"

혈기왕성한 에드워드는 그녀의 머리보다 굵고 단단한 팔뚝을 자랑삼아 손에 쥔 맥주잔을 탁자에 강하게 내리쳤다.

그러자 크루치아의 상투스 왕이 말했다.

"그대의 말처럼 이것이 '신의 형벌'이라면 아무런 희망이 없으니, 이 병을 주신 신만 바라볼 수밖에 없습니다. 어떻게 인간이 신의 형벌을 피한단 말입니까? 그러나, 분명한 것은 왕들께서 이곳에 모인 목적이 있다는 사실입니다. 우리가 완고한 마음을 낮추어 엎드려 신에게 자비를 구한다면 아직 희망은 있습니다."

크루치아 연맹국의 코르 왕이 연맹 대표들을 진정시키고자 했으나, 도저히 통제되지 않을 정도로 그곳은 산만했고, 이어서 여왕이 크게 말했다.

"그의 말은 틀렸습니다! 이 질병은 결코 신의 형벌이 아니며, 기도한다고 해결될 일이 아닙니다. 우리는 과학을 믿어야 합니다. 이미 파리와 다른 도시에서도 검은 성수로 인하여 병에서 자유롭게 되고 있습니다. 저는 여러분에게 기회를 드리는 것입니다. 제 진심을 알아주십시오!"

프랑스 왕권은 필리프 6세가 재위하던 시절까지만 해도 다른 국가가 넘볼 수 없을 정도로 강력했다. 사업가로서는 명망을 떨친 이사벨이었지만, 사방팔방으로 뛰어났던 그녀의 재능은 오히려 경망스럽고 왕족답지 못하다는 이유로 프랑스 국왕의 세계적 지위를 떨어트려 놓았다. 또한, 이사벨의 출생에 대한 좋지 않은 소문을 들은 각국의 왕들은 이를 비웃었다. 그 당시의 신으로부터 부여받아야 할 왕의 고결함이 그녀에게 결여되어 있다는 점을 생각하면, 어쩌면 당연한 결과였다.

"지난번, 그 말을 믿고 대량으로 구입했던 나라들이 지금은 어떻게 되었습니까? 보관한 지 며칠을 지나지 않아서 수많은 창고에 썩은 냄새가 진동한 것이 아직도 생생하군요……. 그것에 대한 책임을 물지 않은 것을 다행으로 여기십시오!"

그러자 다른 왕들도 서로의 표정을 살피며 상당한 불신을 보였다.

한동안 잠잠히 듣고 있었던 교황이 손으로 탁자를 내리쳤다.

일순간 모두의 시선이 그에게 향했다.

"모두 저에게 집중해주시길 바랍니다. 우리가 언제까지 전염병으로 고통하며 살아가야 한단 말입니까? 저는 이렇게 불필요한 논쟁을 하고자 이 자리에 여러분들을 모신 것이 아닙니다. 실은 오늘 아주 특별한 날이고, 모두가 꿈꿔왔던 일이 이곳에서 일어날 것입니다."

"무슨 대책이 있다는 말씀입니까?"

크루치아 왕이 응답하자, 회의장에 모든 눈은 교황에게 집중되었다. 뜨거운 시선을 느낀 그는 무게를 잡고 말을 꺼냈다.

"아무런 대책이 없었다면 왕들을 모시지 않았겠지요. 감히 여러분들께 말씀드립니다. 역병을 피할 방법은 있습니다!"

그가 자신감 넘치는 목소리로 선포하자, 회의장은 순식간에 살얼음이 낀 것처럼 시간이 멈춘 듯 했다. 이미 온 유럽은 망가질 대로 망가져서, 이제는 희망이 없다고 보는 것이 더 합리적이고 이성적이었기 때문이었다. 이렇듯, 모두의 머릿속에서 희망이라는 단어를 깔끔하게 지웠을 무렵, 페라 연맹의 대표가 충격적인 발언을 꺼낸 것이다.

각국의 왕들의 머릿속에서는 빠르게 페라의 사망자 통계가 스쳐지나갔다. 그리고 그의 말이 억지 주장도 아니라는 것을 그 회의장에 있던 모든 사람이 기억해내기까지는 오래 걸리지 않았다.

과거, 페라 연맹에 사망자가 유독 적게 나오자, 그곳에는 전염병에 대한 치료법이 있다는 설이 나돌기도 했었다. 사람들은 살기위해 한동안 신성로마제국으로 성지순례를 가기도 했고, 이러한 사실을 알고도 아무런 대처를 하지 않을 각국의 왕들이 아니었다. 그들은 수도 없이 페라에 첩자들을 보내어 치료법을 캐내려 했지만 삼엄한 경계 탓에, 단 한 명도 살아 돌아오지 못했다. 모든 실패가 내린 결론은 '만일 치료법이 있다면 왜 사망자가 나오겠느냐'라는 물음이었고, 그 의심은 곧 페라에 치료법이 없다는 확신이 되었다. 이러한 과거의 기억들 속에서 교황의 말은 의심과 신뢰로 반반 뒤섞였다.

한편, 교황의 입장에선 '흑사병'에 대한 치료 방법이 있다고 해도 많은 사망자가 발생한 이 시점에서, 사실을 밝힌다는 것은 외교상으로도 큰 문제가 될 일이 분명했다. '흑사병'을 치료할 수 있다는 방법이 있다는 말은 그 자체로 전쟁의 이유가 될 수 있는 치명적인 기밀이었기 때문이다.

"거짓말 마십시오! 만약에 그 말이 사실이라면, 여태까지 이 일을 숨겨왔던 죗값을 단단히 치러야 할 것입니다."

성질 급한 에드워드가 쏘아대듯 말했다.

“정말입니까? 나는 ‘검은 질병’을 막을 수 있다는 온갖 방법을 듣고, 완치했다는 수많은 사람을 만나보았지만, 모두 터무니없는 뜬소문과 거짓말뿐이었습니다. 하지만 늘 정말 어딘가에 치료법이 있으리라 여겼습니다만, 그대의 입에서 직접 듣게 될 줄이야, 참으로 놀랍군요. 진정 ‘검은 질병’이 완치를 될 수 있습니까?”

레치아의 왕인 델릭은 기대에 찬 목소리로 치료에 대한 집착을 드러냈다.

하지만 교황은 조용히 눈을 감고는 천천히 고개를 저었다.

“안타깝게도, 이미 걸린 병을 치료할 방법은 제게도 없습니다. 그러나, 저는 수년간 축적된 검은 병에 대한 지식을 바탕으로 피해를 급격하게 줄일 수 있는 ‘예방법’이라는 것을 말씀드릴 수는 있습니다.”

교황이 치료할 수 없다는 말을 했음에도, 왕들은 여전히 ‘예방법’이라는 낯선 단어에 귀를 기울였다.

“정말 그 ‘예방법’이라는 것 덕분에 피해가 적었다고 확신할 수 있습니까? 세상의 모든 의술로도 해결되지 않은 일을…… 어떻게 안단 말입니까?”

이사벨은 자신이 가져온 성수 병목을 손으로 꽉 잡으며 말했다.

“그동안 신성로마제국에서 ‘검은 죽음’이 활개를 치지 못한 것이 무엇 때문인지 알고 계십니까? 이는 결코 우연이 아닙니다. 그것은 우리 특유의 문화 덕분이었습니다. 제가 여러분께 알려드리는 것은 바로 그 문화를 연금술을 통하여 의술로 탈바꿈하는, 비교적 최근에야 알게 된 사실들이기 때문에 여태 확신하고 말씀드리지 못한 것입니다. 이제는 연구가 어느 정도 끝이 났고, 원인과 감염에 대한 인과관계가 밝혀져 긴급하게 모신 것입니다.”

이 말을 끝내자마자, 교황은 손짓으로 뒤에 서 있던 호위 기사를 불렀다.

그 기사가 조심스레 나아와, 그에게 보자기에 싸인 물건을 건네주었다. 보자기 안에는 낡고 커다란 양피지에 푸른빛이 감도는 끈으로 묶여 있는 종이가 들어 있었다. 그 끝에는 함부로 열 수 없게끔 인장이 찍혀 있었다.

"그렇다면 당장 그 방법을 알려주시죠."

이드루스 연맹의 이사벨이 차분하게 말하자, 그러자 교황은 머뭇거렸다.

"먼저 제가 이 예방법을 얻기 위해 무엇을 했는지 말씀드리겠습니다. 저는 병을 막기 위해 수 없는 시도와 이로 인하여 희생된 많은 사람 그리고 막대한 양의 황금까지 투자했습니다. 그러한 시도 끝에, 결국 질병을 막아내는 것에 성공했지요. 그리고 저는 세상에 대가 없이 거저 얻는 것은 없다는 것도 깨달았습니다. 전 인류의 교황으로서 이 '검은 문란'으로부터 사람들을 해방하려 수많은 대가를 치러야 했습니다. 그러한 반면에, 각 왕들께서는 병을 막기 위해 무엇을 희생하셨습니까? 그것이 아니었다면 이제부터 무엇을 희생할 준비가 되셨습니까? 정말로 전염병을 막기 위해 어떤 대가라도 치를 것인지 그 여부를 여러분께 묻고 싶습니다."

"내 이럴 줄 알았지……."

에드워드는 교황의 대가 지불 발언에 분노하면서도 어쩔 수 없이 받아들여야 하는 상황에 놓임을 깨닫고, 회의장에 놓여있는 맥주만 연신 들이켰다.

"그렇다면 서둘러 그대가 준비해온 조건들을 말해주십시오."

가만히 있던 레치아 왕이 거들었다.

"조건들이라니, 델릭 왕께서는 미리 알고 계셨던 것처럼 태연하시군요?"

이사벨이 묻자, 델릭은 아무런 대꾸도 하지 않았다. 이미 각국의 대표는 자신의 왕권을 유지하기 위해서라도 문서에 적힌 내용이 어떠한 것이든지 효력이 있다면 승낙할 수밖에 없다는 사실을 알고 있었다.

"모두가 들을 준비가 되셨습니까? 그럼, 서슴지 않고 말씀드리겠습니다. 우리 페라에서 제시하는 조건은 이렇습니다. 첫째, 각 연맹에서는 십자군을 조직할만한 병력을 보내주십시오. 십자군 결성의 이유인즉슨, 현재 로마 교황령을 무단 점거하려는 비잔티움 제국의 비정규군 세력과 이슬람 세력에게 심각하게 위협받고 있는 상황입니다. 교황령은 국가를 떠나서 그리스도의 땅입니다. 우리는 이미 성지 예루살렘을 저들에게 빼앗겼고, 수치를 당했습니다. 예루살렘은 반드시 회복해야 할 땅이며, 그 업적은 저와 여러분만이 할 수 있는 일입니다. 이를 승낙하신다면 각국의 보유한 총 병력을 파악하여 다시 서신을 드리겠습니다."

생각지도 않은 십자군 얘기가 나오자, 예방법으로 달아올랐던 분위기가 찬물을 끼얹은 듯 싸늘하게 식었다.

십자군 결성에 대한 안건은 한 명의 국왕이 결정할 수 있는 일이 아닐뿐더러, 지난 십자군 원정에 대한 실패로 인해 얻은 것이라고는 엄청난 금전적 손해와 왕권의 지위 하락밖에 없었기 때문이었다.

"십자군은 함부로 결정 내릴 수 있는 사항이 아닙니다. 우리는 조부모와 부모 세대 즉, 십자군들을 직접 보며 자라왔습니다. 예루살렘의 영토는 십자가만큼이나 무겁다는 것을 알지 않습니까? 다만, 이것이 조건에 전부라면……."

델릭 왕이 말하자, 교황이 조용히 할 것을 당부했고, 다시 말을 이어갔다.

"제가 말한 십자군은 모두의 이익을 위한 것이니, 부가적인 조건에 불과합니다. 이제 진짜 조건을 말씀드리겠습니다. 현재 뤼벡과 브레멘 그리고 함부르크 등 여러 도시가 한자동맹이라는 이름으로 뭉쳤습니다. 현재 이 도시들의 상업이 활발하게 이루어지고 있는 것을 알고 계실 것입니다. 얼마 전, 프랑스의 샹파뉴도 동맹에 동참하였고, 이 물결은 곧 유럽 열방으로 퍼져나갈 것입니다. 그렇기에 감히 제안합니다. 앞으로 저는 3년 안에 잉글랜드와 프랑스 그리고 카스티야와 헝가리에 이르기까지 모두 연합하는 것을 목표로 두고 있습니다. 가장 먼저 동참하는 나라들은 더 큰 지원을 해드릴 것이고, 일찍 참여할수록 더 큰 이익을 내게 도와드리겠습니다. 우리는 종교를 떠나 모두 하나로 연합될 수 있습니다. 이것이 바로 제 조건입니다."

"그대의 조건이 지나치게 허황되군요. 자꾸 무리한 요구를 한다면 아무도 동의하지 않을 것입니다. 다들 안 그렇습니까?"

기분이 언짢은 에드워드는 다른 국왕들을 쳐다보았지만, 다들 고개를 숙이고 태연한 분위기 속에서 대답하지 않았다. 그러자 살며시 코웃음 친 교황은 그의 발언을 무시하고 다시 말을 이었다.

"언제까지 종교가 다르다고 어린애처럼 다투고만 있을 것입니까? 모든 종교에 구원은 있고, 이 일도 마찬가지입니다. 모두 하나로 연합하면 결국 좋은 것 아니겠습니까? 하나의 연합은 모두 잘살기 위한 일입니다. 또한, 서로 간에 신뢰와 돈이 오가는 매우 중요한 일입니다. 물론, 페라 연맹이 유럽 무역의 핵심 주축이 될 것입니다만, 이에 모두 동의하신다면 이 자리에서 당장 예방책이 적힌 문서를 나누어드리겠습니다. 다시 한 번 말씀드리자면, 앞으로 희생될 사람들의 수에 비교한다면 아주 사소한 협약에 불과하고, 모두가 더 큰 발전을 이루는 아주 좋은 조건이라는 것을 명심하시길 바랍니다."

말을 마친 교황은 옆에 있던 귀족에게 손으로 입을 가리며 얘기를 나누었다. 그러자 그 귀족은 서둘러서 회의장을 빠져나갔다.

"그대는 모두를 위함이라지만, 내 눈에는 사람의 목숨을 가지고 장사하는 것으로밖에 보이지 않는군요. 이익을 위해서라면 사람의 목숨조차 중요하게 생각하지 않는 자라면, 나는 절대로 신뢰할 수 없습니다. 그런 자가 어찌 그리스도의 제자이며 모두가 우러러보는 교황이란 말입니까!"

상투스 왕이 교황에게 질책했다. 그러자 얼굴이 붉으락푸르락 되던 교황은 그에게 손가락질하며 강력하게 말했다.

"내 앞에서 감히 그리스도의 이름을 들먹이지 마십시오! 나는 하늘과 땅에 대고 맹세하건대 하나님이 내게 맡긴 청지기 일을 하는 것입니다. 나를 방해한다면 곧 하늘에 반기를 드는 행위와도 마찬가지라는 것을 명심하십시오."

이에 레치아 왕인 델릭이 끼어들어 중재했고, 서둘러 모두의 동의를 구했다.

"자자, 이유야 어찌 되었든 간에 모두가 어쩔 수 없는 것 아니겠습니까? 저들과 손을 잡는 것이 모두의 이익을 위하는 일이고, 또 예방이라는 것을 할 수 있다고 하니, 나는 그의 제안에 동의하는 바입니다. 다만, 십자군 문제는 더 시간을 주셔야 할 듯싶습니다."

"저도 십자군 결성을 당장 정하는 것만 아니라면, 그 조건에 동의합니다."

이어서 이사벨 여왕이 팔짱을 끼고는 신경이 곤두선 표정으로 말했다. 회의가 시작되고 얼마 지나지 않아, 상투스 왕을 제외하고 그의 제안은 만장일치로 통과되었다.

이렇듯, 너무나 쉽게 일이 처리되자 내심 더 큰 제안을 해야 하는 것이 아닌가 하는 아쉬움이 교황의 온 마음을 사로잡았다. 그는 왠지 문서를 나누어주면 안 될 것 같았고, 손길에는 미세한 떨림이 찾아와 말하길 머뭇거리게 되었다.

"모두가 동의했으니, 어서 그 문서를 나누어주십시오."

에드워드가 외치자, 여러 왕도 한마디씩 거들었고, 회의장은 순식간에 시끌벅적하며 매우 요란스러웠다.

모두가 그를 기다리자, 하는 수 없이 교황이 두루마기를 펼쳐 붉은 인장을 떼어내고는 상투스 왕을 제외한 모두에게 나누어주려는 바로 그 순간이었다. 천막 안을 비추고 있던 4개의 등불이 서로 약속이라도 한 듯, 빠르게 깨졌다.

순식간에 회의장은 아무것도 보이지 않는 암흑천지로 뒤덮었다.

갑작스런 일에 모두가 당황했다. 한 치 앞도 보이지 않았지만, 호위 기사들이 칼집에서 검을 빼는 소리만큼은 명확하게 들려왔다.

"이게 어떻게 된 일인가. 어서 불을 밝혀라!"

암흑 속에서 델릭의 떨리는 목소리가 울려 퍼졌다.

"누가 이런 짓을 한단 말인가!"

화가 잔뜩 난 에드워드가 굵직한 목소리로 언성을 높였다.

"다들 침착하십시오. 밖에 있는 병사들이 금방 횃불을 들고 들어올 것입니다. 빛이 들어오면 어두움은 사라집니다."

어둠 속에서 코르 즉, 상투스 왕의 목소리도 들려왔다.

"여봐라, 밖에 병사들은 당장에 불을 들고 이곳으로 들어오라!"

이사벨 여왕이 다급한 목소리로 밖을 향해 외쳤다.

어두컴컴하고 고요한 가운데 천막 안에 있던 사람들은 함부로 움직일 수도 없었고, 땀을 비 오듯 흘렸다. 조용히 침을 삼키는 소리가 천막 안을 메우는가 싶더니, 갑작스레 어느 사내의 비명이 터져 나왔다.

"아악!"

각국의 왕들은 두려움에 휩싸여 무슨 일인지조차 물을 수 없었고, 칼로 자신을 더욱 방어할 뿐이었다. 천막에 있는 사람들은 그림자조차 보이지 않는 어둠에 삼켜져 공포에 떨었다. 비명이 그치고 조금 지나서, 급하게 밖에서 달려온 병사들이 등불을 가지고 천막 안을 다시 밝혀놓았을 때는, 이미 서로 목에 칼을 겨누며 위협하는 상황이었다.

아무도 믿을 수 없었다.

자신이 들고 있는 칼 외에는 전혀 다른 믿음은 없었다.

빛이 회의장 안으로 온전히 들어오자, 천막 한쪽 구석에 이사벨 진영에서 어느 병사가 피를 흘리고 바닥에 고꾸라져 있었다.

"타첸다……!"

이사벨은 쓰러져 있는 병사를 보자마자 그에게 달려갔고, 이미 얼굴이 창백해져 죽어가는 병사의 머리를 감싸 안았다. 그녀는 울먹이더니 곧 분통을 터트렸고, 그 소리는 사태를 더욱 심각해지게 만들었다. 모두가 칼로 서로를 위협하는 도중에 이사벨의 충신인 '아베르토'가 문득 이상한 것을 발견해냈다.

"저기, 에드워드의 옷에……!"

아베르토는 흥분된 목소리를 감추지 못하고 언성을 높이며 말했다. 그러자 회의장 안에 있던 수십 개의 눈동자가 에드워드 왕에게 향했고, 연맹국의 왕들과 그곳을 지키는 병사들은 경악을 금치 못했다. 조금 전까지 멀쩡했던 에드워드의 옷이 빨갛게 피로 물든 것이다.

다들 자신을 보고 놀란 입을 다물지 못하자, 그제야 에드워드는 자신의 옷에 묻은 피를 알아차린 듯했다. 그는 손으로 더듬어서 옷에 묻은 피를 만져 보더니 재빠르게 피 묻은 옷을 겉옷으로 숨겨버렸다. 하지만, 그의 표정에서는 당황한 기색이 역력했다.

"이 피는 내……내 것이 아닙니다."

그는 피 묻은 손으로 완강하게 부인했지만, 상황은 악화됐다.

"당연한 것 아닌가? 물론 자네 피가 아니겠지. 그 피는 저기 쓰러져있는 자의 것일 테니까 말이야!"

교황은 코르를 향했던 칼날 방향을 바꾸어, 그를 향해 겨누었다.

"이게 어떻게 된 일인가. 정말 자네가 한 짓인가?"

델릭이 슬금슬금 뒷걸음질을 치며 그와 거리를 두었다.

"나는 결백합니다! 누군가가 저를 함정에 빠트리려고 꾸몄습니다. 속지 마십시오! 모함입니다."

에드워드 왕은 떨리는 목소리로 애처롭게 말했다. 하지만 그가 외칠수록 각 국왕들은 그를 '살인자'라고 생각하고 있었다.

"저도 에드워드 왕께서 이 일을 벌였다고 믿지 않습니다. 하지만 이 일은 명백하게도 이번 회의를 원치 않는 자들의 반발이며, 미리 계획된 살인이 분명합니다."

크루치아 성기사인 베르가 에드워드를 옹호하며 발언에 나섰다.

"감히 카두스 연맹을 모함하다니…… 서둘러 잡아내야 합니다!"

에드워드의 신하 룹타스라는 자가 격분한 목소리로 무고를 주장했다.

그러자, 레치아 왕 델릭의 아들인 '국경호위대장 수페르'가 말했다.

"그렇다면 그대 왕의 옷에 피가 묻어 있는 것은 어떻게 설명할 것인가? 우선 이것부터 짚고 넘어가야겠네."

"왕께서 분명하게 말씀하시지 않았습니까? 카두스 연맹의 수장께서 무엇 때문에 살인을 저지른단 말입니까! 모두 정말로 에드워드 왕께서 이 일을 꾸몄다고 믿으시는 겁니까?"

룹타스는 두리번거리며 사람들을 보았으나, 아무도 그의 말을 믿지 않는 표정이었다.

"누군들 말로 자신이 아니라고 말하지 못하겠는가? 그러나 인간이라는 존재는 혀로는 속임을 일삼으며 입술에 독사의 독이 가득한 법이네."

델릭은 끝까지 의심을 거두지 않고 에드워드 왕을 몰아세웠다.

"나를 이토록 추궁하는 그대가 되려, 의심스럽군요. 정직하게 나의 눈을 보고도 의심할 수 있단 말입니까? 내 눈을 똑바로 보고 말씀하십시오!"

하지만 델릭은 시선을 회피하였고, 그를 쳐다보지 않으려 애를 썼다. 그도 칼을 빼고 에드워드에게 겨누며 다른 왕들의 동의를 구했다.

"상황이 이렇게 된 마당에, 무엇인들 의심 들지 않겠습니까? 마치 계획한 것처럼 등불이 깨졌고, 가장 경비가 삼엄한 회의장에서 사람이 죽었습니다! 그대가 나였어도 마찬가지로 의심했을 것입니다. 안 그렇습니까?"

"다들 침착하십시오! 성서에 이르기를 '의심하는 자는 바람에 밀려 요동하는 바다 물결 같다'라고 했습니다. 아무리 상황이 절망 가운데 있다고 하더라도, 우리가 이 자리에 모인 목적을 결코 잊어서는 안 됩니다. 우리는 서로에 대한 불신을 갖기 위해서가 아니라, '검은 역병'을 뿌리 뽑기 위해 신뢰로 모인 것입니다. 왕들께서는 눈앞의 죽음에 결코 흔들리면 안 됩니다. 이 상황은 바로 적이 바라는 바입니다!"

성기사인 베르가 이 상황을 진정시키고자 외치며 노력했다.

"그러나 어찌 눈앞에 죽음을 보고도 서로를 의심하지 않을 수 있겠으며, 놀라지 않을 수 있겠는가?"

델릭이 말하자, 바닥에 고인 붉은 핏물에 왕들의 시선이 향했다.

"회의를 재개하려면 이 상황부터 조속히 다스려야겠습니다."

오스텐은 밖에 있는 병사들을 더 불러, 시신을 회의장에서 치우려고 했다. 그러나, 죽은 병사를 붙잡고 있던 이사벨이 끝내 이를 허락하지 않았다. 그녀는 피로 얼룩진 손가락으로 누워있는 창백한 남자의 얼굴을 쓰다듬으며 눈물을 떨구어냈다.

"이 자는 나와 친분이 있던 사람입니다. 내가 직접 묻어야 마땅합니다!"

"이런 일이…… 레치아 연맹에서 이 죽음에 동참하고 기꺼이 돕겠습니다."

알론소는 안쓰러운 마음으로 그녀의 어깨에 살포시 손을 대었으나, 여왕은 손을 쳐내며 거부했다.

"동정하지 마십시오! 이 자는 억울하게 죽었습니다. 정말 이 상황을 해결하고 싶다면 한시라도 빨리 이곳을 떠날 수 있게 도와주십시오."

"그래야겠지……."

에드워드 왕이 한마디 거들었다가 심각한 상황을 인식하고는 말을 아꼈다.

"그렇다면 잠시 회의를 중지하고 하루나 이틀 후에 재개하는 것은 어떻습니까?"

참다못한 오스텐이 중재에 나섰다.

"저는 관두겠습니다! 이렇게 위험한데 회의를 빌미로 내 목숨까지 걸 수는 없습니다. 오늘 당장 이곳을 떠날 것입니다."

여왕이 말하자, 다른 왕들도 이에 동의했다.

"나도 마찬가지입니다. 회의를 빌미로 목숨을 걸고 이곳에 붙어있을 수는 없습니다! 나도 떠나겠습니다."

델릭도 그녀의 말을 받아쳤다. 묘한 긴장감이 흐르는 가운데 에드워드가 자신의 칼을 거두어 검 집에 도로 꽂아 놓았다. 그리고는 탁상 옆에 놓여 있던 자신의 헬름을 챙겼다.

"그것은 나도 마찬가지입니다! 이곳에서 누군가가 나를 모함하려 했다는 사실만으로도 불쾌하고 꺼림칙하니, 돌아갈 것입니다. 아무래도 이 회의는 그른 것 같군요. 나중에 이 일에 대한 서신을 주십시오."

이어서 에드워드가 외투를 챙겨 입고 나갈 준비를 했다.

"아무래도 회의는 무산된 것 같습니다."

상투스 왕이 교황에게 안타까운 눈빛을 보내며 조용하게 말했다.

이후에 옷을 다 갖춰 입은 에드워드는 어두커니 서서 회의장을 서서히 둘러본 후에 한숨을 내쉬고는, 서둘러 병사들과 함께 천막 안을 빠져나가려 했다. 그러자 바닥에 앉아서 죽은 이의 얼굴을 감싸며 통분하던 이사벨이 눈물 가득한 얼굴로 그를 노려보았다.

"정말 내 수하가 죽은 일에 당신이 관여되어 있다면 절대…… 절대로 용서하지 않겠습니다!"

그녀의 말에 독이 묻어있는 것처럼 그에게 강한 원망이 담겨 있었다.

이에 에드워드 왕이 고개를 돌려 그녀를 쳐다보았다.

"마음대로 생각하시오! 이 따위 일이나 연연하니까 프랑스가 그 모양이지."

그리고 그는 문을 힘차게 박차고 서둘러 회의장을 빠져나갔다.

이에 이사벨은 괴성을 지르며 떠난 에드워드에게 저주를 퍼부었다.

"이게 어찌 된 일이란 말인가, 어렵게 모인 왕들의 회의가 이렇게 허무하게 끝나버리다니…….”

교황은 허무한 표정으로 엉망이 된 회의장을 보며 말했다.

“이곳은 안전하지 않네, 자네도 일단 자리를 피하고 이 모든 사태가 진정된 후에 다시 회의를 고려해야 할 것일세.”

이에 델릭 왕도 병사들과 함께 천막 안을 빠져나갔다.

다섯 연맹국의 회의는 어둠 속의 긴장만큼이나 빠르게 무산되었고, 각 왕들의 머릿속에서는 에드워드의 옷에 묻었던 붉은 피가 진정 무엇을 의미한 것인지 이해할 수 없었다.

회의를 주최한 교황도 회의장 사태를 정리하고 마지막으로 그곳을 벗어나 밖으로 나왔다. 곧장 병사들과 함께 이동을 준비하는 도중에 어둠 속에서 누군가 그에게 말을 걸어왔다. 바로 가장 먼저 회의장을 빠져나간 에드워드 왕이었다.

“무슨 일인가? 떠난 줄로 알았는데…….”

교황은 어둠 속에 서 있던 그를 슬쩍 가볍게 쳐다보고는 말에게 짐을 실었다.

“실은, 교황님께 부탁할 일이 있어서 남았습니다.”

“회의도 무산된 마당에, 내가 무엇을 해주길 바라는가?”

“이런 불미스러운 일이 벌어진 상황에 말씀드리기 좀 그렇지만, 무척 필요한 일입니다. 이미 아시겠지만, 지금 카두스 연맹에서 질병으로 인하여 어느 때보다 많은 사망자가 발생하고 있습니다. 더군다나 때 아닌 재앙으로 인해 식량난도 예상됩니다. 이를……”

“알겠네, 자네가 필요한 만큼 지원하도록 하지. 이제 다 되었나?”

교황은 그의 말을 다 듣지도 않고 흔쾌히 허락하고는 시종들의 도움을 받아 자신의 백마에 올라탔다.

"그리고…… 부탁이 한 가지 더 있습니다."

에드워드가 교황을 올려다보며 말했다.

"또 무엇인가?"

"다름이 아니라, 지원하는 것을 비밀로 해주었으면 합니다. 역병으로 혼란스러운 정국에서 이를 다른 연맹들이 알게 된다면 곤란한 일이 생겨날 것 같은 예감이 듭니다. 제가 교황님을 믿기에 이런 말씀을 드리는 것입니다."

그러자 교황은 점잖게 웃더니 알겠다는 말과 함께 병사들과 철수했다.

에드워드가 머무는 성 안에는 반듯하고 넓은 대리석이 바닥에 깔려있었다. 그 좌우에는 금으로 조각한 거대한 기둥 16개가 천장을 향해 길게 뻗어 있었는데, 높은 천장으로부터 뚝 떨어지는 거대한 샹들리에서는 반짝이는 유리구슬을 눈처럼 떨구어 내는 듯했다.

5개의 거대한 샹들리에 위에 제각기 타오르는 촛불이 황금으로 덧입혀진 궁전을 더욱 진하게 밝혀 놓고 있었고, 그 중앙의 끝부분에는 금으로 조각한 남녀가 양쪽으로 한 명씩 서 있었다. 왼편의 조각상에는 어느 여인이 흐느끼며 무릎 꿇고 있었다. 오른 편에는 어느 남성이 한 손에 주먹만 한 돌을 쥐고 있었다. 그 조각상 사이에는 나체로 벌거벗은 한 여인과 그에게 다가가는 뱀의 그림이 걸려 있었다. 그림 아래에는 사람의 키만큼 커다란 창이 나 있어 외부로 공기가 통했다. 그리고 창 밑으로는 금으로 장식된 화려하고 큰 왕좌가 있었다.

그 왕좌에 앉아 있던 에드워드는 머리에 붉은빛이 은은하게 흐르는 왕관을 쓰고 있었는데 그것은 다양한 보석들로 장식되어 있었다.

에드워드는 오전 내내 자신의 손에 들린 피 묻은 천을 보며 고심에 빠져 있었다. 왕좌의 양옆에는 그가 총애하는 봉신들이자 백작 지위를 지닌 룹타스와 피델이 서 있었다. 왕은 포도주처럼 붉게 물든 옷을 계속 문질렀고, 회의장에서 일을 떠올리며 누가 자신을 모함한 것인지 고뇌에 빠졌다. 그리고 얼마 전에 다녀간 낯선 방문객에 대해 의아함을 지울 수 없었다.

“아무래도 찜찜하고 이상한 기분이 드네, 자네들의 생각은 어떠한가?”

피 묻은 옷을 꽉 쥐어 잡으며 그가 말했다.

“그자를 함부로 신뢰할 수 없습니다. 아무리 증거가 있다고 하더라도 결국 그것은 종이에 지나지 않는 것 아닙니까? 먼저 사실관계를 확실히 알아보고 난 이후에 대처하는 것이 현명한 것이라 판단됩니다.”

에드워드 왕의 왼팔이자, 런던의 지휘관인 피델이 조심스레 의견을 피력했다.

“그렇단 말이지……. 룹타스, 그대의 생각도 이와 같은가?”

“제 생각은 좀 다릅니다. 그자의 말을 믿을만한 가치가 있습니다. 그는 이미 우리를 돕기 위해 목숨을 걸고 이곳까지 찾아오지 않았습니까? 왕께서도 보셨듯이, 그가 가져온 증거가 이렇게 눈앞에 있습니다. 이것이 바로 전쟁의 증표입니다. 우리는 늦기 전에 전쟁을 대비해야 합니다. 왕께서 신속하게 결정하셔야 훗날을 생각했을 때 후회하지 않을 것입니다.”

룹타스가 이처럼 전쟁을 촉구하자, 피델이 이를 반박했다.

“하지만 이 문서만으로는 전쟁에 대한 추측일 뿐, 확실한 증거는 아닙니다. 무엇보다 그 늙은이가 의심스럽습니다. 소문으로는 그자가 매우 영악하다고 하던데……. 단순히 그의 눈물만으로 카두스 연맹이 전쟁을 준비한다는 것은 있을 수 없는 일입니다. 좀 더 신중하게 소문에 대한 진위를 확인하는 것이 어떨지요?"

그러자, 왕은 종이에 적힌 내용을 훑어보면서 깊은 한숨을 내쉬었다.

"룹타스의 말대로 그자는 증거를 가져왔네. 그러나 이러한 문서는 처음이라 믿어야 할지 더욱 혼란이 오는군. 만약 이 증서가 사실이라면 우리는 전쟁을 대비해야 하고 그렇지 않아도 정보를 수집하는 것이 우선이겠지…….
어떤 것을 선택하든 간에 전염병으로 고통스러운 나라가 더욱 소란스럽게 되었네."

"왕께서 말씀하신 것이 맞습니다. 전쟁은 늘 준비해야 합니다. 평화를 취하고 있을 때도 우리는 전쟁을 준비해야 하며, 언제 어느 때라도 싸울 준비가 되어 있어야 합니다. 우리 잉글랜드는 강탈하고 전쟁을 치르면서 강해져 온 민족입니다. 지금 준비하셔도 그들보다 늦었습니다. 서두르십시오!"

룹타스 백작은 전쟁에 대한 애착이 있는 것처럼 음흉한 미소를 마음에 품었다.

"전쟁을 누가 원한단 말입니까? 우리의 땅을 지키기 위한 싸움이 아니라면 외교를 통하여 피하는 것이 현명한 처사입니다."

그러자 듣고 있던 룹타스가 피델을 매섭게 째려보며 소리를 높였다.

"싸움을 피하는 꼴이 마치 쥐가 물에 빠진 것처럼 나약해 빠졌군요. 우리는 그들에 맞서 투쟁을 해야 합니다!"

그러자 에드워드가 갈등하는 두 명을 번갈아 보았다.

"그렇지 않아도 이 나라는 질병과 전쟁, 양쪽으로 위기에 처했네. 얼마 전, 나는 고위 기사들을 광장에 불러들여 그들의 의견을 들어보았지. 하지만, 그들 중 대부분이 이미 전쟁을 원하고 있었다."

"가까운 시일 내로……."

그때, 피델이 말을 꺼내기가 무섭게 집무실의 문이 부서질 듯 열렸다.

그리고 병사 한 명이 뛰어 들어오더니 발을 헛디뎌 자빠졌다. 병사는 다시 일어나서 왕에게 무릎을 꿇고 말했다.

"나의 왕이시여! 지금 프랑스 국경을 통과하여 레치아의 군대가 움직이고 있습니다. 프랑스의 항구에서도 배들이 분주한 움직임을 보입니다!"

웃고 있던 에드워드 왕은 그 소식을 듣자마자 눈이 커졌다. 그리고 그는 일어서서 궁의 창문을 열고 밖을 바라보았다. 근처 숲속에서는 수많은 새가 공중으로 날아올라 하늘을 검게 뒤덮었다. 가까운 훈련소에서는 긴급하게 종을 울려 병사들을 소집하고 있었다.

"이게 어찌된 영문이란 말인가……."

한참 동안 그는 창문에서 떨어질 생각을 하지 않았다.

뱀의 혀와 방랑자

"저는 맹세코 아무것도 보지 못했습니다!"

그 병사는 두 손으로 자신의 눈을 가리며 절규하듯 외쳐댔다. 하지만 그 방랑자는 아무렇지 않게 그 병사의 목을 베어버렸고, 서둘러서 세 병사의 시체를 다른 곳으로 옮겼다. 그러나 시체를 치울 수는 있어도, 바닥에 흥건한 핏자국까지는 지울 수 없기에 서둘러서 성 안을 빠져나왔다.

그는 미리 준비해둔 말을 타고 그곳을 벗어났다.

뱀의 혀와 방랑자

높은 언덕배기에 싱그러운 수풀들과 짙푸른 녹색 잔디가 드넓게 펼쳐져 있었다. 그곳에 있는 굵고 큼직한 나무들은 거리를 두어 서로 경쟁하듯 잎을 길게 늘어트렸고, 바람이 불자 잎들이 살랑거렸다. 언덕 너머에는 수풀 사이로 꽃들이 여러 빛깔로 활짝 피어 있었고, 그중에는 푸른 꽃과 붉고 영롱한 꽃도 있었다. 그런 꽃들이 갑작스레 미세하게 떨리기 시작했다. 점차 진동은 커져갔고 주위에 있는 작은 돌들까지 움직였다. 얼마 지나지 않아서, 무장한 병사들의 발길로 가득 메워졌다. 그 병사들은 연구에 쓰일 꽃들을 수집하라는 여왕의 명을 받고 온 것이었다. 그들은 마치 황금을 다루듯, 조심스럽게 마차와 수레에 그것들을 실었다. 이렇게 이 일대의 각양각색의 꽃들은 모두 이드루스 연맹의 연구실로 흘러 들어갔다.

한동안 연구에 몰두하던 이사벨은 20대가 넘는 마차들을 이끌고 프랑스의 '프르그란티아' 성에서 출발하여 레치아의 델릭 왕을 만나기 위해 남부 툴루즈에 도착했다. 마차 안에는 황금과 물약들이 가득 실려 있었다. 그들은 한참을 달려서 프랑스 국경을 넘었고, 레치아 연맹국의 소속인 아라곤의 사라고사를 통과했다. 아라곤은 프랑스 도시와는 다르게, 끝이 보이지 않을 정도로 많은 풀잎들이 땅을 뒤덮고 있었다. 간혹 큰 나무들이 듬성듬성 벌판에 홀로 있었고, 한쪽에서는 얼룩말들이 맹렬하게 땅을 두드리며 어디론가 향했다. 수풀이 우거진 곳 뒤편에는 높이를 가늠하기 힘들 정도로 거대한 산이 하늘과 맞닿아 있었다. 마차를 끄는 이드루스의 검은 말들은 낯선 땅에 대한 두려움으로 콧김을 내뿜는가 하면, 불안한지 머리를 이리저리 흔들었다. 그럴수록 마부들은 힘껏 채찍질했다.

한편, 레치아의 국경수비대의 감시병들은 낯선 이방인들이 국경을 넘어오고 있다는 것을 발견하고는 비상이 걸렸다. 그들은 즉시 국경 사령관에게 이 사실을 보고했다. 사령관에게로부터 전투를 준비하라고 명령이 떨어졌고, 국경수비대는 적당한 때를 기다리며 무단으로 침입한 적들을 향하여 기습공격 준비를 모두 마쳤다. 수비대를 이끄는 자는 바로 델릭 왕의 맏아들인, 국경총사령관 '수페르'였다. 그는 흙먼지가 자욱하게 사방으로 번지는 광경을 지켜보며 그들의 행진을 화살로 저지하려 했으나, 우연히 이드루스의 깃발을 보고 공격명령을 거두었다. 육안으로 보일 정도로 가까이 마차들이 그들에게 접근했다.

"저 깃발은 분명……."

그러자, 사령관 옆에 서있던 배너렛 기사가 고개를 살며시 끄덕였다.

"확실합니다. 소수의 병력이긴 하지만, 분명히 이드루스 연맹의 소속입니다."

"흙먼지를 일으킬 정도로 요란하게 마차를 이끌고 오다니…… 나에게는 저들이 마치 잡아달라고 애원하는 것처럼 보이는군. 자 다들 서두르자! 우리가 그들보다 먼저 숲에 도착해야 한다."

수페르는 신속하게 병력을 움직이며 추격에 나섰고, 점차 포위망을 좁혀 나갔다. 그렇게 서로는 평행을 이루며 한참을 달렸다.

결국 이드루스의 마차들은 거대하고 울창한 숲속을 맞닥뜨리고서야 멈춰 섰다. 나무가 빽빽하게 들어선 울창한 숲의 길목은 겨우 마차 1대가 들어갈 정도로 비좁았다. 또한, 숲의 길은 매우 울퉁불퉁하여 통과하기가 쉽지 않아 보였다. 숲의 입구에 있는 크고 굵직한 나무에는, 설치류가 위아래로 오가며 새로 온 이들을 경계했다.

작은 갈림길 표시판만이 덩그러니 놓인 그곳은 사람의 발길이 닿지 않은 듯, 자연의 모습 그대로였다. 식물이 사람의 키만큼 자라 있는 숲을 마주친 이드루스의 병사들은 쉽사리 길을 찾지 못했다. 애초의 계획과는 달랐지만, 정찰병을 보내어 길을 찾을 때까지 어쩔 수 없이 그들은 평야에서 하룻밤을 보내야 했다.

한편, 수페르가 이끄는 병사들은 새벽 내내 은밀히 에워싸기 시작했다. 밤새 뜬눈으로 지새운 레치아 기사들은 새벽이 끝나갈 무렵, 재빠르게 말을 움직여 적들을 둘러싼 큰 원을 만들었다. 이후 적의 부대를 완전히 포위하는 데 성공했고, 갑작스러운 공습에 당황한 나머지, 이드루스 기마들은 미처 칼을 꺼내지도 못한 상태였다. 반면, 마차 안에 있던 이사벨만이 평온한 모습으로 이 광경을 지켜보고 있었다.

작전이 성공하여 자신감이 찬 수페르는 긴 창을 어깨에 걸치고는 큰소리로 그들에게 외쳤다.

"이드루스 병사들이 아무런 서신도 없이 무례하게 찾아온 것을 보니, 필시 불길한 소식이다! 그대들의 지도자는 어디 있는가? 혹시 여왕이 겁을 먹고 이곳에 오지 못한 것인가."

수페르가 말하자, 일제히 레치아 기사들이 호랑이처럼 비웃었다.

이에 한 마차에서 조용히 문이 열리고 여왕이 내렸고, 레치아 기사들의 시선은 일제히 그곳으로 향했다. 곧이어 여왕의 미모에 압도를 당하여 절로 감탄을 자아낼 수밖에 없었다.

한편, 아주 잠깐 사이에 수페르는 마차의 문틈으로 의문의 남성과 눈이 마주쳤다. 그것도 잠시, 마차의 문은 금세 닫혔고 여왕이 천천히 다가왔다. 레치아의 기사들은 여왕의 움직임을 주시하며 위협적인 자세로 창끝을 겨누었다. 수페르는 이사벨 여왕이 자신에게 가까이 다가오자, 그녀의 매혹적인 눈과 그 아름다움을 보며 절로 심장이 빠르게 뛰었다. 그의 얼굴에는 땀이 나고 긴장이 가득했다. 이사벨은 남자의 마음을 단숨에 사로잡는 짙은 눈과 높고 긴 콧등에서부터 부드럽고 투명한 하얀 피부 그리고 얼굴과 조화로운 생기 있는 입술까지 거의 완벽에 가까운 미인이었다. 그는 단숨에 그녀의 아름다움에 빠져드는가 하면, 미모 속에 감추어진 무언가가 그에게 이유 모를 두려움을 주었다.

그는 경직된 목소리를 다듬었다.

"이런…… 여왕님, 저의 무례를 용서하십시오. 진의가 아니었습니다. 그러나, 이곳에 여왕님께서 아무런 사전협의도 없이 찾아온 이유가 무엇입니까? 이렇게 불쑥 찾아오신 것을 보면 좋은 소식을 전하러 온 것은 아닐 테고……."

"일단 그대의 행실을 잠시 덮어두겠습니다. 제가 찾아온 이유는 긴히 이드루스 연맹을 대표하여 레치아 왕께 드릴 말씀이 있어서입니다. 시간이 촉박하여 서신을 보내고 답을 기다릴 여유가 없어서 직접 찾아왔습니다."

그녀는 강한 인상과는 다르게 살며시 웃었다.

"아무리 급하다고 할지라도, 갑작스레 왕을 만나고자 하는 것은 연맹 간 예의에 어긋난 행동입니다. 이런 식으로 이곳에 출입할 수는 없습니다."

"저는 단순히 왕과 농담이나 하고자 온 것이 아닙니다. 지금 제 한마디로 카두스와 레치아, 양 연맹국의 운명이 갈라질 수도 있습니다. 지금은 예의를 가려 따질 때가 아닙니다. 그러니, 서둘러서 델릭 왕께 안내해주셨으면 합니다."

그는 왠지 모를 의심을 지울 수 없었고, 그녀의 어깨너머 그 마차를 흘겨보았다. 20대의 마차에 각자 2마리의 말과 마부가 한 명 그리고 바퀴 양쪽에 보병들이 한 명씩 붙어있었다. 수페르는 그 중 가장 크고 아름다운 마차를 가리키며 그녀에게 물었다.

"저 마차에는 무엇이 실려 있습니까?"

"왕께 드릴 황금과 귀한 선물입니다."

"그렇다면, 외교법 절차에 따라 국경총사령관인 저를 통해야만 왕께 드릴 수 있습니다. 마차에 실린 황금을 확인해야 하니 모두 꺼내어주십시오. 만약 이를 거부하신다면 카스티야의 국경을 통과하실 수 없습니다."

"왕의 것이니, 그대가 먼저 보는 것은 실례입니다."

이사벨은 약간 날카로운 말투로 이를 거부했다.

"저는 국경을 책임지고 있는 총사령관입니다. 마차에 무엇이 실려 있는지 확인되기 전까지는 절대로 왕에게 갈 수 없습니다. 어떻게 하시겠습니까?"

그러자 그녀는 생각에 잠기더니, 하는 수 없이 뒤에 있는 병사들에게 고갯짓했다. 이에 병사들은 하나둘씩 마차의 문을 열기 시작했다.

"정 그렇다면, 자세히 살펴보십시오. 선물 외에는 아무것도 없으니까요."

왕의 기사인 수페르는 병사들에게 마차를 살펴보게 했다. 그들은 일일이 마차 문을 열어 이곳저곳을 살폈지만, 결국 금과 향수와 식량 외에는 아무것도 발견하지 못했고, 이를 사령관에게 보고했다. 수페르는 병사들에게 아까 본 남성의 행방을 물었지만, 아무도 아는 이가 없었다.

"마차 안에 있던 자는 어디로 갔습니까?"

무언가 꺼림칙해진 수페르는 진지한 얼굴로 그녀에게 추궁했다.

"여왕이 탄 마차에 남성이라니 무슨 말씀입니까?"

이에 이사벨이 의아한 얼굴로 대답했다.

"여왕의 마차에 타고 있던 자 말입니다. 분명히 제 두 눈으로 보았습니다. 숨기는 게 있다면, 당장 말하는 것이 좋을 것입니다!"

그는 약간 흥분한 얼굴로 그 마차를 바라보았다. 여왕의 마차는 다른 마차들과는 달리, 바퀴의 중앙부 덮개에 가시덤불의 모양인 금이 박혀 있었고, 지붕으로부터 내려온 넝쿨 잎은 깔끔하게 일자로 정리되어 있었다.

수페르는 그 마차를 향해 걸어가더니 문을 확 젖혀 열었다.

"…… 어디로 갔습니까!"

마차에 아무도 타지 않은 것을 확인한 수페르는 여왕에게 쏘아댔다.

"여왕의 마차에는 저 이외에 아무도 탈 수 없게 되어 있습니다. 그러니 누가 있을 리가 없지요. 그렇게 의심스럽다면 병사들에게 찾아보게 하십시오. 허나, 시간만 낭비할 뿐입니다."

의기양양한 이사벨은 과도한 검문에 대한 불편한 심기를 드러냈다.

"확인해봐라! 저 마차를 아래부터 위까지 샅샅이 수색하고, 기병을 풀어 주변을 탐색하라."

그의 말이 떨어지기가 무섭게, 비무장 기병들이 쏜살같이 뛰쳐나갔고 보병들은 둘씩 짝을 지어 마차의 바퀴부터 지붕까지 꼼꼼하게 수색했다.

수색이 실패함에도 수페르는 여전히 여왕에게 의심을 거두지 않았다.

"저 황금의 목적은 무엇입니까? 협상을 위한 것입니까?"

수페르가 그녀의 눈동자를 똑바로 보게 되자, 갑작스레 그는 정신이 어지럽고 현기증이 나기 시작했다. 시간이 갈수록 그는 주변 사물들이 여러 개로 보였고, 시야가 흐려지기도 했다. 앞에 서 있던 그녀의 형상은 두 개로 갈라지는가 하면, 다시 하나로 합쳐졌을 때는 피부에 검은 종기가 가득한 난 노파의 모습으로 보였다. 아름다운 그녀의 입술에는 끔찍하고 동그란 종기가 촘촘히 나 있었고, 그녀의 음성은 늙은 노인의 목소리처럼 들렸다.

"그것까지 말씀드리진 않겠습니다. 마차를 확인하였으면 길을 터주십시오."

공황상태가 점차 심해지자, 그는 더 이상 대꾸를 하지 못했다. 왕의 기사는 연신 식은땀을 뻘뻘 흘리며 고통스러워했고, 탐색을 끝낸 병사들에게 길을 안내할 것을 명령했다. 수페르는 그녀를 보는 것이 점차 두려워졌다. 결국, 국경총사령관은 그녀를 호위하며 레치아 도시 중심부로 길을 안내했다.

그들은 큰 숲속을 우회하는 길로 안내했다. 마차가 지나다닐 수 있는 길을 따라 한참을 달리니, 흙길이 나왔다. 그곳을 통하여 넓은 황무지로 가기까지 말들은 거친 숨을 내쉬며 또 반나절을 달려야 했다. 이후 며칠 동안 그들은 밤낮으로 이동하였고 마침내, 레치아 연맹국의 중심부에 도착할 수 있었다. 중심부로 들어가는 성의 입구에는 나무로 된 여러 채의 망루가 서 있었다. 성문을 통과하니, 마을의 집들이 한두 채씩 보이기 시작했다. 돌로 건축

한 반듯한 집들이 숲을 이루었고, 아이들이 처음 보는 마차의 행렬에 가장 먼저 몰려들었다. 이어서 마을 사람들도 구경하며 이드루스의 말들을 쓰다듬기도 하며 즐거워했고, 신난 아이들은 내내 행렬을 따라다녔다.

이윽고 마차가 멈춰 선 곳은 레치아 국왕이 머물고 있는 성 앞이었다. 그 성은 하늘을 따라 길을 놓은 듯 높았으며, 성벽은 크고 웅장하여 보는 이로 하여금 눈길을 사로잡았다. 성 하나에는 3개의 뾰족한 첨탑, 그리고 각각의 흉벽에는 무장한 병사들이 아래를 향하여 매서운 눈빛으로 쳐다보고 있었다. 성의 문으로 향하는 돌다리에는 금방 여왕의 소식을 접한 레치아 왕이 봉신들과 마중을 나와 있었다.

마침내, 델릭 왕을 만난 이사벨은 병사들에게 마차에 실린 황금을 꺼내 놓게 했다. 곧 성문으로 향하는 돌다리에는 엄청난 양의 황금이 깔리기 시작했는데, 그 길이는 사람 열 명이 설 수 있을 정도였다. 갑작스러운 여왕의 방문에 놀란 왕은 선물을 받고 한 번 더 놀랐다. 한편으로, 왕은 황금 뒤편에 가려진 그녀의 의도를 궁금해했다. 그러던 찰나에, 여왕이 델릭 왕 앞으로 다가왔다. 이에 델릭 왕은 환하게 웃어 보였지만, 표정은 미묘하게 굳어있었다.

"귀한 선물은 감사하지만, 무슨 일로 이 먼 곳까지 오셨습니까?"

여왕은 살며시 허리를 숙여, 그에게 공손을 표했다.

"도저히 저로선 감당할 수 없는 일이 벌어졌습니다. 이에 레치아 왕에게 도움을 청하고자 왔습니다."

"도움이라…… 이 먼 곳까지 찾아오신 것을 보면, 중요한 얘기일 테니 안으로 들어가서 말씀을 나누시죠."

왕은 병사들에게 황금을 창고로 들이게 했고, 여왕을 성 안 집무실로 안내했다. 집무실로 가는 복도에는 작은 창이 여럿 나 있었지만, 여전히 어두웠다. 복도에는 녹색 카펫이 길게 깔려 있었고, 벽면에는 흰 천을 두른 탁자가 놓여 있었다. 탁자 위에는 3개의 촛대에 불이 은은하게 타오르고 있었다. 그 위로는 카스티야 역대 왕들의 초상화가 걸려있었다.

이사벨 여왕이 델릭 왕과 걷다가 멈춰 서서 초상화를 잠시 바라보자, 왕이 어느새 다가와서 말했다.

"아! 이분은 저의 조부모인 페르난도 3세이십니다. 카스티야와 레온을 통합하셨고 이베리아반도에서 이슬람을 무찌른 데 큰 업적을 세우신 왕이시죠. 그분께서 그라나다와 주종관계를 맺으신 덕분에 제가 더 수월하게 4개의 나라를 통합할 수 있었습니다. 자 그럼, 서둘러서 가시죠 귀한 술이 준비되었습니다."

델릭 왕이 복도 끝에 있는 큰 문을 열고 들어서자, 안에는 금빛으로 짜인 카펫이 보였고, 방 안의 분위기는 마치 금빛으로 뒤덮인 것처럼 아름다웠다.

여왕이 집무실 탁자에 놓인 자리에 앉자, 시종들이 각종 깨끗하고 신선한 과일을 그녀 앞에 놓았고, 이어서 음식이 나왔다.

"이 포도주는 안달루시아 지방에서 난 품종이 좋은 포도로 빚은 것입니다. 사람들 말로는 한번 맛보면 절대 헤어날 수 없다고들 하죠. 하하."

시종들은 왕과 여왕의 깨끗한 잔에 포도주를 가득 부었다. 왕은 품위 있게 포도주를 입안에 머금고는 맛을 보았다. 이어서 그녀도 잔에 담긴 포도주의 색과 향기를 보고 맡더니 조금 마셨다.

"아주 향이 좋고 묵직한 포도주로군요."

포도주의 맛을 본 여왕은 흡족해 했다.

"그렇습니까? 마음에 드셨다니 다행입니다. 그런데, 좀 전에 말씀하신 감당할 수 없는 일이라면 지난 회의 때를 말씀하시는 겁니까?"

"드릴 말씀은 단둘이서만 나누고 싶은데……."

여왕은 겸연쩍은 웃음을 지어 보였고, 왕은 자신을 호위하던 기사들과 시중을 들던 사람들을 모두 방에서 내보냈다.

"왕께서도 회의장에서 일어난 살인을 기억하고 계실 것입니다."

"……."

이에 델릭 왕은 잔에 담긴 포도주의 향을 맡았고, 그때가 떠오르는 듯 표정이 신중해졌다.

"실은 그 병사가 저의 친동생 '타첸다'라고 하는 아이였습니다."

그러자 델릭은 이미 알고 있었다는 듯이, 살며시 고개를 끄덕였다.

"동생분이라는 소식은 이미 접했습니다. 그의 죽음은 정말 안타까운 일이지만, 그것이 저를 찾아오신 일과 무슨 상관이 있단 말입니까?"

"물론, 아무런 연관이 없어 보이겠지요. 그때는 저도 몰랐습니다. 그의 죽음이 저뿐만 아니라, 그 회의에 참석한 모두에게 비극이었다는 것을요. 그 아이는 자신의 죽음을 예견하고 있었습니다. 다만 그때와 장소를 몰랐던 것뿐이었죠."

그는 그녀의 말뜻에 이해가 않았지만, 관심이 생겨 팔을 탁자에 걸치고 들었다.

"그대가 알고 있는 비극은 무엇입니까? 그 아이의 죽음 이면에 무언가 음모가 있다는 말처럼 들리는군요."

"저는 제 동생의 죽음을 끝까지 추적하려고 노력했습니다. 그 결과, 타첸다의 죽음은 더 큰 사건의 연결된 조각에 불과했다는 것을 알아냈죠."

"더 큰 사건이라니…… 그게 정확히 무엇을 의미하는 것이죠?"

"그의 죽음 뒤에는 이번 회의장에서 보였듯이, '검은 죽음'을 막을 수 있는 예방법을 저지하려는 음모세력이 있다는 말입니다."

"헛소리 마십시오! 누가 감히 '검은 죽음'으로부터 해방될 기회를 방해한다는 말입니까? 모두가 그것으로부터 엄청난 피해를 보고 있습니다. 그대의 말대로라면 검은 질병을 누가 이용한다는 것입니까? 그것은 있을 수 없는 일이며, 신성모독에 가까운 말입니다!"

그러자 왕이 격분하여 크게 말했다.

"하지만, 확실한 정보가 있습니다."

"만일 당신의 말대로라면, 그것이 누군지도 알아냈습니까?"

"……."

이사벨은 말하기를 머뭇거렸다. 그녀의 눈빛은 불안하게 떨렸으며, 굳은 얼굴로 아랫입술을 깨물었다. 둘 사이에는 잠깐의 정적이 흘렀고, 그녀는 그의 얼굴을 쳐다보더니 결심한 듯 말을 꺼냈다.

"저도 아직 잘 믿기지 않지만, 그 회의의 훼방꾼은 바로 오스텐 왕 즉, 교황 그 자신입니다."

델릭은 한동안 생각에 잠겨 아무 말도 꺼내지 않았다. 그는 연신 포도주만 들이켰고, 이사벨의 말을 믿지는 않았지만 차분하게 이야기를 듣고자 했다.

"왕께서도 아시다시피, 50년 이후 검은 질병은 갑작스레 자취를 감추었습니다. 역사를 살펴보면 이런 전염병은 한두 번이 아니었죠. 그러나 3년이라는 짧은 시기에 다시 대역병이 재발한 적은 단 한 번도 없었습니다. 이번 역병은 카두스 연맹에서 재발하여 각국으로 퍼져나갔다는 사실을 알고 계실 겁니다."

여왕의 말을 가만히 듣고 있던 왕이 조용히 고개를 끄덕였다.

"그것은 결코 우연이 아닙니다."

"그 말은 또 무슨 뜻입니까?"

왕은 너무 놀라서 물을 마시고 마음을 가라앉혀야 할 정도였다.

"사실, 말씀드리기 어려운 일이지만 제 동생인 타첸다는 페라 연맹에 파견된 첩자였습니다. 그러나 그 애가 죽기 3달 전, 저에게 서신을 남긴 일이 있었습니다."

"동생이 첩자라니……? 그건 그렇다 치고 무슨 내용이 쓰여 있던가요."

그는 흥미로운 듯 그녀의 이야기에 빠져들었다. 그러자 이사벨은 한 낡고 구겨진 종이를 그에게 보여주었는데, 그 내용은 이렇게 쓰여 있었다.

존경하는 이사벨 여왕님

평안히 잘 지내고 계시는지요? 저는 지금은 페라 연맹 뮌헨의 북쪽 지역인 다하우에서 지내고 있습니다. 지난번 말씀해두셨던 것들은 모두 처리해 놓았습니다. 다름이 아니라, 저는 평소와 같이 치료법에 대한 정보 수집을 하고 있었습니다. 그런데 어느 날, 이상한 장면을 목격했습니다. 몇 달 전부터 이곳 다하우 근방의 한 마을에 환자들이 병사들의 손에 이끌려 몰려오기 시작했던 것입니다. 출신을 알 수 없는 병사들은 그들을 창과 칼로 위협하며 좁은 마을에 모두 몰아넣었고, 도망가지 못하게 사방을 지키며 경계했습니다. 그렇게 며칠이 지나간 후에, 제가 다시 살펴보았을 때는 살아남은 자들이 얼마 남지 않은 후였습니다.

하지만 그들은 시체들을 불태우지 않고 수레에 태워 어디론가 향했습니다. 그 수레는 검은 천으로 덮여있습니다. 누군가 들추지 않고서야 무엇을 옮기는지 모를 일이었죠. 시체를 태우지 않고 옮기는 이유는 모르겠지만, 아무리 생각해도 좋지 않은 생각밖에 들지 않습니다. 그 일이 생긴 지 얼마 지나지 않아, 카두스에서 검은 질병이 재발했다고 들었습니다. 아무래도 그 수레와 검은 죽음이 퍼져나간 것에 대해 관계성이 있다고 생각됩니다. 자세히는 모르겠지만 이곳에서 엄청난 일이 벌어지고 있는 것임은 틀림이 없습니다. 수레를 옮긴 자들을 추궁해서 진실을 알아내야만 합니다. 다만, 걸리는 점이 있다면 며칠 전부터 저를 따라다니는 부랑자가 있다는 것입니다. 지금은 간신히 따돌리기는 했지만, 안심하기엔 아직 이른 상황입니다. 저는 당분간 여러 지역으로 옮겨 다니면서 정보를 더 수집하여 다시 서신을 보내겠습니다.

그럼, 다시 뵐 때까지 여왕님의 안녕을 기원하겠습니다.

추신. 타첸다

편지를 읽어가던 왕은 심각해졌다. 그러던 중 그녀가 그의 손을 잡으며 말했다.

"그가 쓰러져 있었을 때 마지막으로 저에게 한 말이 있습니다. 회의장에 분명히 그를 보았다고 했습니다."

"누굴 말입니까?"

"시체를 운반했던 자입니다."

시체라는 말만 들어도 왕은 온몸에 소름이 끼쳤다. 그리고 간신히 침을 삼켰고 누가 듣기라도 하는 것처럼 고개를 숙여서 속삭였다.

"하지만 교황이 독단적으로 한 짓이라는 증거는 없지 않습니까?"

그녀는 왕에게 양해를 구한 뒤, 잠시 문밖으로 나갔다. 그녀가 나간 지 얼마 지나지 않아, 이드루스 병사들이 들어와 한 남자를 끌고 데려와서는 왕 앞에 무릎을 꿇렸다. 그 남자의 얼굴에는 헝겊이 감싸 있었고, 군데군데 피가 얼룩졌다. 뒤이어 이사벨이 들어와 남자의 헝겊을 벗기니, 수염이 덥수룩하게 자란 대머리 사내가 기침을 하고 소리쳤다.

"살려주시오! 나는 시키는 대로 할 일을 했을 뿐입니다!"

"이런 맙소사…… 이자는 누구입니까?"

왕이 당황한 나머지, 잔에 있던 포도주를 바닥에 쏟았다.

"이자는 런던 외곽의 남쪽 문지기입니다. 뒷돈을 받은 대가로 새벽에 몰래 수레를 반입시키는 정황을 고문을 통해 알아냈습니다."

그러자 호기심이 생긴 델릭이 그에게 말을 걸었다.

"네가 정말 돈을 받고 문을 열어주었단 말인가?"

"저는 결단코 그 수레가 시신들로 가득했다는 것을 알지 못했습니다. 알고 있었다면 절대 문을 열어주지 않았을 것입니다. 제발 살려주십시오."

그자는 울면서 왕에게 호소했다. 이어서 이사벨 여왕은 가죽 부대에 담긴 은화 무더기를 바닥에 쏟아 냈다.

"이것은 이자의 주머니에서 나온 돈인데, 현재 한자 동맹에서 통용되는 은화입니다. 수레에 무엇이 실려 있는지는 알지 못했을지라도, 끔찍한 범죄에 가담했다는 사실은 변치 않습니다."

이후 이사벨은 병사들에게 그 문지기를 데리고 나가라고 명했고, 그들은 양쪽 팔을 붙잡아 끌고 나갔다. 문지기는 끝까지 자신의 결백을 주장하면서 질질 끌려 나갔다.

"이런, 교황이 하늘이 천노할 짓을 벌이다니…… 하지만 현명하던 그가 왜 이토록 어리석은 일을 하는지 모르겠군요."

"저도 그 이유는 밝혀내지 못했습니다만, 제 추측으로는 그 지혜가 자신의 눈을 멀게 한 것이 아닌가 생각할 뿐입니다. 그는 '무수한 생명'을 담보로 검은 질병을 이용하여 무모한 도박을 벌이고 있습니다. 혹시 회의장에서 그가 한자동맹의 확장을 요구하자, 모두 이를 동의한 것을 기억하십니까?"

"물론입니다. 모두가 간절했기에 이토록 빠르게 성립된 구두계약도 없을 정도였으니…… 설마 그것 때문이라는 말입니까?"

갑작스레 그의 눈이 커졌고 망치로 뒤통수를 한 대 얻어맞은 듯 했다.

"확실하지는 않지만, 충분히 그럴 가능성은 있습니다. 그의 예상과는 달리, 일이 일사천리로 처리되니 욕심이 생겼을지도 모르는 일이지요. 다르게 보면 더 큰 제안을 할 수 있었던 기회를 스스로 날려버린 셈이 아닙니까? 결국, 그가 암살을 이용하여 회의를 무산시킨 것입니다."

"하지만 그렇다는 것은 미리 계획을 했다는 소리인데…… 아 참, 중간에 교황 옆에 있던 어느 사내가 회의장을 빠져나간 것을 기억하고 있습니다. 아마도 그에게 미리 지시를 해둔 것이 아닐지?"

왕은 이마를 매만지며 인상을 찌푸리고 절망적인 어투로 토로했다.

"처음부터 속이려 했기에 더욱 비열하고 분통하군요! 지켜보십시오. 오스텐은 조만간에 다시 회의를 열어서 이전 조건보다 더욱 큰 제안을 하려 들

것입니다! 나머지 왕들은 늘어나는 사망자 때문에 어쩔 수 없이 또 동의해야 할 수밖에 없지 않습니까? 이를 반드시 막아야 합니다. 그러기 위해선 델릭 왕께서 나와 함께 하셔야만 합니다."

"이 모든 말이 사실이라면, 이제 우리는 어떻게 해야 합니까?"

그는 걱정스러운 말투로 그녀에게 애걸했다.

"실은, 시간이 그리 많이 남아있지 않습니다. 그 회의장에서 타첸다의 죽음으로 인하여 졸지에 에드워드 왕이 살인자로 몰렸습니다. 그 결과로 당신께서 에드워드 왕과 다툼이 일어났지요. 그런데, 얼마 전부터 교황의 움직임이 심상치 않아서 이에 알아보았더니, 회의 이후에 교황이 에드워드 왕을 만났더군요. 그리고 결국, 전쟁의 증거를 찾아냈지요."

"이제는 제정신으로는 들을 수가 없군요. 신이시여……."

그는 술을 들이켰고, 그녀는 두루마기에 봉인된 종이를 꺼내더니 보여주었다.

"이것이 그 증거입니다."

그 종이에는 교황이 에드워드 왕에게 식량과 전쟁 물자를 제공한다는 서신이 교황의 자필로 서명 되어 있었다.

"이 문서는 어디서 났습니까?"

델릭 왕은 계속되는 그녀의 정보에 의심을 시작했다.

"저의 첩자가 목숨을 걸고 교황청 문서실에서 훔쳐온 것입니다. 들키기 전에 이것을 제자리에 도로 갖다 놔야 합니다. 지금은 의심할 시간조차 없습니다. 당장 행동에 나서야 합니다!"

그러자 그는 포도주를 따라서 들이켰고, 다시 차근차근 문서를 읽어나갔다.

"이 문서에는 '카두스 연맹에 식량과 물자를 지원한다'라고 쓰여 있군요. 누가보아도 악마 같은 에드워드가 전쟁을 준비하고 있군요."

"에드워드가 회의장을 가장 먼저 빠져나갔지만, 페라를 가장 늦게 떠났습니다. 아마도 오스텐과 만나 모략을 꾸몄겠죠. 행여나 그가 에드워드에게 델릭 왕께서 그 회의장에서 모든 일을 꾸몄다고 추궁하지는 않았을지 염려됩니다. 그들은 이미 제게 프랑스의 길을 열어달라는 서신을 보내온 상태입니다. 무역의 목적이라고는 하지만, 이것은 아무도 모르는 일입니다. 제 생각으로는 페라 연맹이 카두스 연맹과 손을 잡고 조만간 이곳을 공격하려 들것입니다."

이 말을 들은 왕은 생각이 많아졌다. 그런 모습을 지켜보던 이사벨은 다른 문서를 꺼내어 그에게 보여주었다.

"이것이 제가 받은 프랑스 북부에서 남부까지 가는 길을 열어달라는 서신입니다. 이에 많은 황금을 보답해주겠다고 연락을 해왔습니다. 시간이 많이 남지 않았습니다."

"그런데, 왜 그대는 우리를 도우려고 하시는 것입니까?"

"이런, 그대는 나의 말을 믿으려 하지 않는군요. 그대도 이미 아시다시피, 잉글랜드와 프랑스는 얼마 전까지만 해도 전쟁을 치르며 서로 물어뜯어 왔습니다. 그러니 그들과 사이가 좋을 리 없지요. 프랑스는 잉글랜드에게 속한 땅으로 골머리를 앓고 있습니다. 이러한 상황에서 레치아가 적들의 손에 들어간다면, 이드루스 연맹은 잉글랜드와 신성로마제국 그리고 카스티야에 둘러싸여 도저히 숨을 쉴 수가 없게 됩니다. 이렇게 되면 오스텐은 굳이 우리에게 예방법을 넘기지 않고도 유럽을 차지하게 되겠죠. 그렇기에 저는 필사적으로 이를 저지하려는 것입니다."

델릭 왕은 갑작스러운 이 모든 상황에 적응이 될 리 없었다. 하지만 한 가지는 확실했다. 지금 전쟁을 준비하지 않으면 자신이 먼저 당할 것이라는 사실이었다. 얼마 후 그가 확신이 선 표정이 들자, 여왕은 자신과 동맹 협약을 맺으면 적극적으로 돕겠다고 나섰다.

"제가 가져온 선물은 이번 연합을 위한 계약금이라고 생각하시면 됩니다."

"이러한 귀중한 정보를 주셨는데, 선물까지 제가 받아도 되는지 모르겠습니다."

"앞으로 연합국으로서 함께 해나가야 할 일들을 생각한다면, 아주 사소한 성의에 지나지 않습니다. 부디 편안한 마음으로 받아주십시오. 그러면 이드루스 연맹을 대표하여 감사를 드리겠습니다."

"그렇다면 당장 대책을 세워야겠습니다. 그대의 말대로라면 정말 시간이 촉박하지 않습니까?"

왕은 문밖에 있던 병사에게 국경사령관인 수페르를 불러들이라고 외쳤다.

얼마 지나지 않아, 성 밖에서 지휘관들과 얘기를 나누던 수페르가 무장을 풀지도 않고 헬름을 옆구리에 끼고선 접대실에 문을 열고 조용히 들어왔다.

그는 서둘러 찾아온 듯, 갈색이 섞인 금발 머리가 약간 흐트러져 있었다. 집무실에 들어선 그는 이사벨 여왕을 보고는 고개를 숙여 인사를 건넸고, 약간 걸음을 늦추고 경계하는 듯 왕에게 다가왔다.

"레치아의 4개 국경 총괄 사령관이자, 델릭 왕의 맏아들 주군의 부르심에 속히 도착했습니다."

그는 예의를 갖춰 델릭에게 문안을 드렸다.

"잘하였다, 아들아. 네게 긴히 부탁할 것이 있어서 불렀다. 이 시간부로 국경 사령관인 네가 카두스에 파견된 우리 첩자들에게서 전쟁에 관련된 정보를 모조리 수집하도록 명령을 내려라. 이와 동시에 기마대장과 다른 귀족들을 불러 회의를 할 것이니, 한 명도 빠짐없이 참석하라고 전하라."

"신속히 주군의 명령을 따르겠습니다."

이에 그는 한 치의 망설임도 없이 대답했지만, 이사벨이 아버지와 함께 있다는 사실만으로 왠지 모를 꺼림칙함을 지울 수가 없었다. 그는 머리를 숙여 말한 뒤에, 뒤돌아서 걸어갔다. 양손으로 투구를 머리에 쓰고 자신의 어깨너머로 그녀를 흘깃 쳐다보고는 서둘러 그곳을 빠져나갔다.

잉글랜드의 해안가에는 돌로 쌓은 망루가 한 채 서 있었다. 그곳의 하늘은 더없이 푸르렀고, 흰 구름은 웅장하면서도 아름다운 모양을 자아냈다. 갈매기들은 공중을 휘저으며 놀다가 잠시 망루 위에서 쉬다 갔고, 해안가에 밀려오는 파도는 흰 거품을 내며 평온하게 밀려왔다. 따뜻한 봄 날씨에 햇살은 해안가를 골고루 비추며 잔잔한 물결처럼 일렁였다.

해안가의 게들은 얕은 물가 돌 밑에서 숨어서 남몰래 공기 방울을 줄줄이 뿜어내고 있었고, 가끔 20명가량 되는 병사들이 훈련을 위해 그곳을 지나갈 때마다 도망치듯 바닷속으로 빨려 들어갔다.

한편, 아랫부분에 이끼가 잔뜩 낀 망루 위에서 보초를 서던 두 명의 병사는 한 시간씩 교대로 주변을 살피고 있었는데, 그중 한 명은 고개를 숙여 한참 동안 먼 바다를 바라보고 있었다. 그는 한쪽 손으로 햇살을 가리기도 했다가 자리를 부산스럽게 움직이기도 했다. 그리고 곧 뒤에 앉아 있는 다른 병사를 향해 급한 듯 손짓을 했다.

"험프리! 저기 좀 봐봐, 무언가 꿈틀거리는 것 같은데…… 너무 멀어서 보이지 않아."

그러자, 무릎 높이에 오는 작은 의자에 앉아서 다리를 쭉 뻗고 책을 읽던 병사가 여전히 책에서 눈을 떼지 못한 채 말했다.

"내가 말했지, 마틴. 확실한 것만 나한테 말하라고 말이야. 지난번처럼 또 야단법석을 피웠다가 이번에는 옥에 갇혀야 정신 차리겠어? 그래도 혹시 모르니 잘 보고 있어!"

그의 무서운 말에 한동안 바다를 끈질기게 응시하던 마틴은 낮은 목소리로 다시 험프리에게 말했다.

"저건 아무리 봐도 보고를 해야 할 것 같은데……."

마틴의 말에 한참 재미난 부분을 읽는 도중 집중이 되지 않던 험프리는 짜증이 난 듯 머리를 박박 긁으며 자리에서 일어났다.

"어디 쪽인데? 내가 장담하건대……."

험프리는 그가 가리킨 방향을 바라보았다. 그곳에는 두 척의 배가 잉글랜드 연맹 령의 해안가를 침범하여 다가오고 있었다. 깜짝 놀란 험프리는 마틴에게 당장 경종을 울려 병사들에게 경고하라고 고함쳤다. 어리둥절한 마틴은 그의 말대로 재빠르게 종을 울렸다. 경종을 들은 다른 망루에서 연달아 봉화처럼 이어졌다.

얼마 후, 두 척의 배가 해안가 근처 항구에 정박했다. 하지만 이미 사방이 카두스의 병사들로 포위된 상태였다. 그리고 배가 정박하고 20명 남짓 되는 무장하지 않은 사람들이 내려 그들을 향해 다가왔다.

그중에서 흰 수염이 유독 두드러진 사내가 지휘관에게 다가왔다. 그러자 배너렛 기사가 그를 제지하며 멈춰 세웠다.

"이곳은 잉글랜드의 땅이자, 국경의 초입입니다. 어디서 오셨습니까? 통행증이 없다면 이곳에 들어설 수 없습니다."

배너렛 기사가 그에게 당당히 선포하자, 그 낯선 이들은 두건을 벗으며 맨얼굴을 드러냈다. 맨 앞에 있는 자는 주름이 깊게 파인, 흰 머리와 수염을 가진 노인이었다.

"저는 이드루스 연맹의 제1 의회장인 '아베르토'라고 합니다. 통행증은 여기 있습니다. 급히 용건이 있어서 에드워드 왕을 알현하기 원하니, 서둘러서 이 사실을 말해주셨으면 좋겠습니다."

그는 소매에서 꺼낸 잉글랜드 연맹의 통행증을 그에게 보여주었다.

"왕을 만나기 원하신다면 따로 절차를 밟아야 합니다. 이를 승낙하신다면 저를 따라와 주십시오."

아베르토는 병사들과 함께 잉글랜드의 캔터베리로 가서 잠시 머물렀다. 한편, 이드루스의 의회장이 방문했다는 소식은 곧바로 에드워드 왕에게 전해졌다.

칙칙한 회색 궁전 안에는 그가 책을 보면서 혼자서 체스를 두고 있었다. 왕은 빛이 들어오지 않게 커튼으로 어느 정도 막아 놓고는, 따분한 시간을 보내고 있었다. 원통형의 거대한 돌기둥이 6개나 위치한 그의 궁전에는 붉은 카펫으로 바닥이 꾸며져 있었고, 중앙에는 작은 상이 놓여 있었다. 시종들은 종종걸음으로 왕의 아이들을 따라다니며 자리를 정돈하기에 바빴고, 자신들과 놀아주지 않는 아버지에게 심술이 난 아이들은 뛰어다니며 주변을 어지럽히기 일쑤였다.

"아베르토라면 그 이사벨 여왕의 아버지가 아닌가? 짐과는 일면식도 없는 자가 왜 보고자 하는 건가."

내키지 않는 표정으로 에드워드가 백작 룹타스에게 말했다.

"기억하실지 모르겠지만, 지난번 회의에서 왕께 모욕을 준 자입니다. 서둘러 전해야 할 말이 있다는 것이 심히 의심스럽습니다."

"그렇단 말이지…… 그자가 왜 찾아왔다고 생각하는가?"

그는 여전히 책에 눈을 떼지 않고서 체스 말들을 움직였다.

"듣기로는 급한 소식이라던데, 반드시 불길한 전령일 것입니다. 우리가 그를 반겨야 할 이유는 없습니다. 허락하신다면 제가 쫓아내겠습니다."

"혹시 모르는 일이지. 그가 가져온 소식이 우리에게 희소식일 수도 있네. 이야기해 볼 만한 가치가 있는지는 들어봐야겠지. 그자를 내게로 보내게."

그의 허락이 떨어지는 대로 아베르토는 세 명의 배너렛 기사들의 호위를 받고 왕에게 향했다.

아베르토의 양옆과 앞에는 병사들은 무심한 표정으로 걸어가고 있었다. 좌우를 살피며 가던 그의 눈에 뜨인 것은 곳곳에 '전염병'에 걸린 시체들이었다. 마치 쓰레기처럼 한곳에 쌓아 올린 시체들의 풍경은 끔찍했고, 검은 핏물이 온통 거리에 흘러나왔다. 사람들은 검은 핏물이 발에 닿을까 봐 조심하며 다녀야 할 정도였다. 또한, 거리에 풍기는 시체 썩는 냄새는 머리를 지끈거리게 할 정도로 독했다. 그곳의 사람들은 '검은 죽음'을 쳐다보는 것만으로도 전염이 된다고 믿어서 안경에 붉은 보석이나 색유리를 끼워 넣어 시체를 보는 것을 피하며 다녔다.

마을 곳곳에는 웅덩이처럼 피를 토한 흔적이 메말라 있었고, 새의 형상을 한 무리가 시체들을 불로 태우는 의식을 행하기도 했다. 온종일 시체를 불태워도 끝이 없는 시체들의 연기는 잉글랜드의 하늘을 검은 연기로 뒤덮었다. 어느 한 공터에서는 남자와 여자들이 나체의 상태로 길게 줄지어 있었다. 그들은 한 손에 성서를 들고 다른 손에는 못이 달린 채찍을 들고는 앞사람의 등을 때리며 괴성을 질렀다. 그들은 '고통만이 우리를 해방하리라' 이 말을 외치면서 줄지어 이동하고 있었다.

그러한 길 끝에, 노인은 호위병을 따라서 왕이 머무는 곳에 다다랐다. 그 성의 왕좌에는 편한 옷차림으로 에드워드 왕이 앉아 있었다.

늙은 아베르토가 왕을 보고 예의를 갖춰 정중하게 인사를 올렸지만, 왕은 턱을 괴고 무성의하게 손을 두 번 휘저을 뿐이었다.

"인사 올리겠습니다. 저는 이드루스 연맹의 의회장인 '아베르토'라고 합니다."

"그대가 누구인지는 말하지 않아도 잘 알고 있다. 지난 회의장에서 나를 모함한 자를 쉽게 잊을 수는 없지."

옆에서 듣고 있던 룹타스는 그의 말에 웃음을 간신히 참았고, 왕은 떨떠름한 표정이었다. 그러자 노인은 얼굴이 붉어져, 왕의 얼굴을 똑바로 바라보지 못했다.

"주제를 모르고 감히 잉글랜드 왕의 명예에 누를 끼친 것은 사죄를 드립니다. 부디 넓은 아량을 베풀어 이 노인을 용서해주십시오."

"그런 말재주 따위로 용서를 구하는가? 그렇다면 결코 자비란 없을 것이다. 내가 가장 싫어하는 자들이 바로 껍데기만 있는 놈들이다."

"쉽게 용서받을 수 없는 일을 범했지만, 그런데도 반드시 말씀드려야 할 것이 있기에 목숨을 걸고 찾아왔습니다."

그는 조용히 무릎을 꿇더니, 이어서 왕 앞에서 납작 엎드렸다.

"얼마나 중요한 것이기에, 그 회의장에서 짐을 모욕하고도 찾아왔단 말인가? 좋다, 너의 말을 들어 주겠다. 하지만, 만약 허황한 말을 하거든 네 목을 잘라 광장에 매달아 놓을 것이다. 정말 그래도 목숨을 걸고 말을 꺼낼 자신 있는가?"

왕은 결연한 표정으로 그를 노려보았다.

안색이 붉게 변한 아베르토가 고개를 들더니 차분히 말을 꺼냈다.

"제가 할 말은 이것뿐입니다."

그는 조심스레 소매에 손을 집어넣었다. 그러자, 왕을 호위하던 병사들이 깜짝 놀라 바로 그를 향해 창을 겨누었다. 그는 소매에서 문서를 하나 꺼내 들고는, 병사에게 건네주었다. 그것을 받아 든 병사는 룹타스 백작에게 건네었고, 그것은 다시 에드워드 왕에게 전해졌다.

왕은 그자가 준 문서를 천천히 읽어나갔고, 한참이 지난 후에 그는 떨리는 손으로 종이를 구겨서 바닥에 내던졌다.

"말도 안 되는…… 이 거짓 문서는 어디서 가져온 것이냐!"

"그 문서의 아래를 봐주십시오. 슬프지만 분명히 레치아와 이드루스의 인장이 찍혀 있을 것입니다."

"아무리 시대가 악해졌을지라도 아비라는 자가 자식을 배신하다니…… 나보고 이 말을 믿으라는 것인가? 병사들은 당장 저자를 결박하라! 네 놈의 수작이 드러내기 전까지는 결코 풀려나지 못할 것이다."

갑작스러운 왕의 명이 떨어지기가 무섭게 병사들은 창을 들고서 아베르토를 둘러싸더니 그의 포승줄로 양손을 엮어 등 뒤로 묶었다.

"아무리 권력에 눈이 멀었다고 한들, 이사벨은 네 핏줄일진대 이러한 사실을 내게 알리는 진짜 목적이 무엇이냐. 어서 밝혀라!"

에드워드의 목에 힘줄이 바짝 서 있었고, 두 손이 묶인 그는 머리를 바닥에 처박고는 아무런 대답도 하지 못했다. 계속하여 왕의 호통이 이어지자, 늙은이의 숙인 고개에서 눈물이 천천히 흘러 바닥에 한두 방울씩 고이기 시작했다. 울먹이는 목소리로 간신히 그가 말을 꺼냈다.

"여왕님은 분명한 제 친딸 같은 분이십니다. 그렇기에 더욱 이 사실을 에드워드 왕께 알려야 했습니다. 지금 여왕께서는 레치아 왕과 손을 잡고 전쟁을 일으키려 하고 있습니다. 아버지로서 이 어리석은 일을 막아야만 했습니다."

"무엄하다! 거짓말로 나를 속이려는 것이냐! 델릭 왕이 무엇 때문에 이사벨과 전쟁을 일으킨다는 것인가."

"지난 회의장의 암살사건으로 여왕님이 분노가 극으로 치달았습니다. 아직도 여왕님은 에드워드 국왕께서 회의장의 사건과 연관이 있다고 굳게 믿고 있습니다. 이를 알고 델릭 왕이 여왕을 꾀어서 카두스 연맹을 공격할 계획을 세운 것입니다."

"분명히 짐은 그 일과 무관하다고 말했을 텐데!"

"저 또한, 처음에 여왕님과 같이 의심했습니다. 하지만 시간이 흐르고 생각해보니, 그 일은 에드워드 국왕께서 할 수 있는 일이 아니라는 것을 깨달았습니다. 그러나 이미 늦은 후였습니다. 회의장을 훤히 아는 사람이 아니고서야 저지를 수 없는 일이었고, 이 사실을 여왕님께 말해보았지만, 큰 슬픔에 잠겨서 어떠한 말도 듣지 않으셨습니다."

"무엇 때문에 교황님께서 이런 일을 꾸몄단 말인가?"

얼마 전, 그분이 우리를 도와주셨는데 그럴 리가 없다…… 하지만 당장 눈앞에 레치아와 이드루스가 카두스를 공격하려는 구체적인 계획이 담겨 있

으니, 이를 어찌한단 말인가!'

에드워드는 그의 말을 부정하면서도, 속으로는 걱정했다.

"오직 에드워드 왕께서 이 어리석은 일을 막을 수 있습니다. 저는 전쟁을 막기 위해 죽음을 각오하고 이곳에 왔습니다. 이미 레치아에서는 프랑스에 길을 열어달라는 공식적인 서신까지 보내온 상태입니다. 여왕님께서는 아직 답을 하지 않았으나, 이제 시간문제일 뿐입니다."

"그러나 그대가 아무리 좋은 구실로 찾아왔을지라도, 이드루스를 배신했다는 사실은 변함이 없다. 결국, 그곳에서든 여기에서든 배신자 따위를 믿을 수는 없지. 하지만 만에 하나라도, 이 말이 사실이라면 빚진 것이니 원하는 게 무엇인가?"

"저는 이 일로 배신자가 되어 쫓겨나도 좋습니다. 하지만 에드워드 왕께서 자비를 베풀어 프랑스 국왕의 잘못된 행동을 용서해주십시오. 여왕님은 회의장에서 친동생인 '타첸다'라는 아이를 잃었습니다. 깊은 슬픔에 현명한 판단을 내리지 못한 이사벨 여왕은 제가 아비로서 반드시 회유하여 군사를 무르도록 막아낼 것입니다. 저를 믿어주십시오!"

"아비로서의 희생이라……."

그러자, 궁 안에 있던 한 병사가 그 말을 듣고 의미심장한 미소를 띠며 창을 꽉 쥐어 잡았다. 한동안 노인은 무릎이 깨질 정도로 바싹 엎드리며 자비를 베풀어달라고 연신 호소했다.

이에 에드워드 왕은 한동안 말이 없었다. 그리고 왕의 지시로 아베르토는 옥에 잠시 구금되었다. 그 사이에 왕은 귀족들과 명망 있는 서기관들을 불러 이 상황에 대해 토의했다.

"이 문서가 원본임이 틀림없는가?"

왕은 서기관에게 문서가 확실한 것인지 물었다.

“진짜임에는 의심의 여지가 없습니다. 다만, 이것을 어디서 가져왔는지가 의문입니다. 먼저 그에게 정확한 출처를 더 추궁해야 할 것입니다.”

서기관이 떨리는 손으로 종이를 뚫어지게 쳐다보며 왕에게 말했다. 이어서 룹타스 백작도 한마디 거들었다.

“이런 수준의 정보라면 단순한 차원에서 구할 수 있는 내용이 아닙니다. 우리가 이 문서를 미리 본 것이 정말 천만다행입니다. 노인의 말대로 정말 목숨을 걸지 않고서는 가져올 수 없는 극비사항이 담겨 있습니다. 저는 그 자의 말을 믿어도 될 것 같습니다.”

그는 처음 아베르토를 내쫓으려 했던 것과는 반대로 왕을 설득하기 시작했다.

‘분명히 레치아 동맹과 이드루스 동맹의 왕실 문장인데…….’

에드워드는 고심했지만 결론이 나지 않자, 다시 그를 불러 이야기를 하고자 했다. 병사들은 그를 옥에서 끌고 왔고, 그를 대리석이 놓인 바닥 가운데 무릎을 꿇렸다. 그 뒤로 양쪽에 병사들이 그의 목에 창을 겨누어 들고 있었다. 무거운 분위기 속에서 한참이 지났다. 먼저 침묵을 깬 것은 에드워드였다.

“이 문서를 내게 가져온 사실을 이사벨 여왕이 알고 있는가?”

“전혀 알지 못할 것입니다. 이 일을 알게 된다면, 저는 여왕의 아비라 할지라도 결코 무사할 것입니다. 부디! 왕께서 자비를 베풀어 주셔서 여왕이 잘못 판단하고 있는 상황을 고칠 기회를 한번만 주십시오.”

노인은 한 가지 목적만을 위해 간절하게 호소했고, 그의 지속적인 진실한 행동에 왕궁에 있던 사람들은 동요하기 시작했다.

"좋다, 아버지로서 자식을 걱정하는 마음으로 이곳에 온 모양이니, 정 그렇다면 기회를 주도록 하지. 그러나 네가 할 일이 있다."

"그것이 무엇입니까?"

"첫째는, 이사벨 여왕이 군사를 무른다는 확실한 증거를 가져와야 할 것이며, 둘째로는 이드루스를 배신한 네 가증한 목숨은 내가 받아가야겠다. 너는 앞으로 카두스에 충성을 맹세해야 할 것이다. 이 조건을 받아들인다면 생각해 보도록 하지……. 어떠한가, 그래도 받아들이겠는가?"

이에 기쁨에 찬 얼굴로 그가 한 치의 망설임 없이 답했다.

"좋습니다! 전쟁을 막을 수만 있다면 제 목숨은 어찌 되든 감사할 따름입니다. 에드워드 왕께서 베푼 자비에 충성을 맹세하겠습니다. 허락해주신다면, 저는 신속히 프랑스로 돌아가 여왕님을 설득해보겠습니다. 하지만 제가 할 수 있는 일은 여기까지입니다. 저 혼자서는 델릭 왕이 전쟁을 준비하는 것을 막을 수가 없습니다. 소문으로는 그들은 이미 전쟁 준비가 끝났다고 들었습니다."

"하찮은 레치아 따위가 전쟁 준비를 하던 네가 관여할 일이 아니다. 하지만, 네가 만일 그녀를 막아내지 못한다면 우리는 대군을 이끌고 그들보다 먼저 이드루스 연맹을 산산 조각낼 것이다."

"반드시 막아내겠습니다! 마지막으로 저를 조금이라도 믿어달라는 의미에서 이것을 드리겠습니다. 이 문서에는 레치아와 이드루스 연맹에 총 병력 및 이동 경로와 군수물자 보급경로까지 상세하게 나와 있습니다. 그들을 상대하실 때 요긴하게 사용하실 수 있을 것입니다."

그러자 룹타스를 비롯한 여러 명의 봉신은 서로를 쳐다보며 고개를 끄덕였고, 마음속으로 잘됐다고 생각했다. 비록 아베르토가 이사벨을 배신하며 이곳에 찾아왔으나, 그가 아니었다면 전쟁을 미리 예견할 수 없었던 것이다. 협상을 본 왕은 그자의 결박을 풀어주었다.

"너는 서둘러서 돌아가서 여왕을 막아라."

에드워드는 병사들에게 그를 호위하여 항구까지 데려다주도록 했고, 이드루스가 전쟁을 포기한다는 소식을 기일 내에 가져오게 했다.

시야가 탁 트인 드넓은 정원에 갈매기들이 원을 그리며 낮게 날고 있었다. 왕가의 정원 중앙에는 무장한 수백 명의 배너렛 기사들과 수십 명의 귀족이 모여 있었다. 그 중앙부 앞에는 큰 단상이 있었는데, 그들의 시선은 일제히 그곳을 향해 있었다. 단상 위에는 붉은 왕관을 쓴 에드워드 왕과 왕비 그리고 아이들이 복장을 갖춰 입고 나란히 서 있었다.

아이들은 햇살에 눈이 부신지 인상을 찡그리며 어머니의 손을 잡고 서 있었다. 세 명의 아이들은 일체의 다른 행동을 못하게 하자, 그 시간이 굉장히 길게 느껴졌다.

한편, 레치아로 인해 격분한 에드워드 왕은 기사들을 향해 큰 소리로 자신이 가지고 있는 델릭 왕에 대한 적개심과 분노 그리고 전쟁의 명분을 내세우며 그들에게 전의를 일으키고 있었다. 에드워드는 한참을 그들에게 연설하다가 화가 안 풀리는지 칼을 빼 들며 땅에 내리꽂았다.

"이미 적의 군대가 우릴 향해 다가오고 있다! 그들은 프랑스 연맹을 통하여 우리의 땅을 침범할 것이다. 이 야만인 같은 적들을 상대로 누가 가만히 있을 수 있단 말인가? 잉글랜드의 땅에는 우리의 아내와 아이들이 살아가고 있다. 우리가 싸우지 않는다면 이들을 누가 보호하겠는가!"

그러자 기사들은 거친 말을 한마디씩 쏟아냈다.

"반드시 싸워야만 합니다!"

"레치아의 기사들을 죽여서 갈기갈기 찢어버리자!"

여기저기서 기사들의 광분한 목소리가 터져 나왔다.

"소문으로는 프랑스도 그들과 함께한다던데, 이에 대해 말씀해 주십시오!"

가장 맨 앞에 있던 고위기사가 근래 떠도는 소문에 관해 물었다.

"걱정하지 말라, 소문은 그저 소문으로 끝날 것이다. 얼마 전, 짐은 이사벨 여왕을 만났다. 그리고 프랑스 필리프 6세와 잉글랜드 선대 왕께서 벌였던 전쟁사를 모두 잊고, 새로운 국면으로 나아가려 결심했다. 하지만 만일, 이사벨 여왕이 약속을 어기는 낌새가 보인다면 나는 레치아를 끝장낸 후에 프랑스와의 전쟁을 다시 이어나갈 것이다. 이에 대해 불만 있는 자는 지금 말하라."

"잉글랜드는 위대하다! 모두 크레시 전투를 기억하라!"

무리가 잠잠한 가운데 한 늙은 남작이 크게 외쳤다. 그러자 기사들은 과거의 크레시 대승이 눈앞에 아른거리는 듯, 전율이 일어나 소리를 지르며 전쟁에 대한 의지를 불태웠다.

"그들뿐 아니라, 오만한 프랑스도 끝장내야 합니다!"

한 기사가 이사벨에 대한 적개심을 보이자, 이를 동의하는 기사들이 많았다.

"이제 프랑스의 운명은 여왕의 선택에 따라 우리의 손에 달려있다. 그들이 고개를 숙인다면 자비를 베풀어 화친을 맺을 것이고, 고개를 든다면 독사의 머리를 자르듯 단칼에 칠 것이다."

그러자 이토록 당당한 왕의 자신감이 모두에게 전이되었다.

"반면, 레치아 국왕은 지난 회의장에서 짐을 모욕하였고, 그것도 모자라 침략을 위해 군사를 이끌고 오고 있다. 이 모든 수치를 바로 잡을 자는 누구인가?"

"바로 에드워드 국왕님이십니다!"

무리에 있던 한 어린 기사가 큰소리로 외쳤다.

"아니다! 이 모든 것을 해결할 사람은 왕이 아니라, 바로 기사인 그대들이다! 내 눈에 서 있는 자들은 조국이 받은 수치심을 되갚아줄 영웅들이다."

기사들은 왕이 자신들에게 기대를 품는다는 말에 더욱 흥분했다.

"적의 모든 전략이 나의 손안에 있다. 이번 전투는 절대 패배하지 않을 것이다. 기사들이여 칼을 높게 들어라, 운명은 우리의 편이다!"

그러자, 기사들은 제각기 칼을 빼 들어 하늘에 들어 올리며 외쳤다.

"왕이 함께한다!"

그 외침은 왕가의 정원 끝까지 울려 퍼져나갔다.

그러나, 멀지 않은 낡고 오래된 성에 이 모든 광경을 지켜보는 자가 있었다. 그는 말끔한 수염에 군더더기 하나 없는 차림새였고, 그의 이름을 알지 못하는 사람들은 그를 '방랑자'라고 불렀다.

그 방랑자는 노인이 에드워드의 성에 들어설 당시부터, 병사가 되어 직접 보고 상인으로 위장하여 귀로 들었던 자였다. 그 노인의 방문 이후에, 병사들이 긴급하게 소집되고 카두스에 전쟁의 물결이 뒤덮이기 시작하자, 사태가 심각하게 돌아간다는 것을 깨달은 그는 이 소식을 전하기 위해 그곳을 떠나기로 했다.

그러나 불행하게도, 정해진 길을 벗어나 성 안을 순찰하던 세 명의 병사의 눈에 먼저 발각되고야 말았다.

무장한 병사들이 낯선 침입자를 향해 다가왔다. 그들은 침입자가 창밖으로 왕과 기사들이 집결한 장소를 바라보고 있었음을 확인하고는 의심스러운 눈초리로 그에게 물었다.

"국왕이 계신 곳을 쳐다보는 것은 불법입니다. 어디 소속입니까? 통행증을 확인해야겠으니, 꺼내주십시오."

그 병사는 자신의 칼을 바닥에 내리치며 은근히 위협하듯 물었다.

"……."

그가 아무런 대답이 없자, 병사들은 더욱 경계하며 다시 말했다.

"통행증을 꺼내십시오. 없다면, 이 자리에서 바로 체포할 수도 있습니다."

"…… 꺼낼 만큼 조용한가?"

두건을 쓴 방랑자는 오랜만에 입을 연 듯, 무겁고 갈라진 목소리로 말했다. 병사들은 그가 말하는 뜻을 알지 못했다.

"그렇게 보고 싶다면 보여주지. 자, 내 통행증은 여기 있네."

그러고 나서 이 의문의 남성은 옷 속에서 날카로운 단검을 살짝 보여주었다.

그것을 본 병사들은 움찔하더니 큰 살기를 느꼈고, 경고 없이 들고 있던 창으로 빠르게 그 사내를 찔렀다. 숙련된 병사의 창은 너무 빨라서 피할 수 없어 보였다. 하지만 그는 익숙한 듯, 몸을 살짝 비틀어 가볍게 피했다. 이어서 재빠르게 단검을 크게 휘둘러 단숨에 한 병사의 목을 베어버렸다.

순식간에 윽 소리와 함께 덩치 있는 병사 한 명이 쓰러졌다.

"넌 누…… 누구냐!"

남은 두 명의 병사는 그를 향하여 창을 겨누면서 외쳤다.

"통행증이 없는 자……."

그는 자세를 낮춰 단숨에 그들을 향해 달려들더니 병사들이 찌르는 창대를 칼등으로 살짝 쳐내어 피했다. 그리고는 눈 깜짝할 사이에 아래를 향해 크게 휘둘렀으나, 빗나간 듯 보였다. 큰 위협을 느낀 한 병사는 창을 버리고 옆에 놓인 칼을 들었고, 그를 향해 허공을 베며 위협을 보인 뒤에 일보 후퇴했다.

"이봐라, 이곳에 첩자가 있다! 성 안에 있는 자들은 모두 이곳으로 와라!"

한 병사가 외쳤지만, 그곳은 너무나 조용했다.

"지원군은 오지 않을 것이다. 그러니 실컷 떠들어라."

남은 두 명은 그의 말에 당황하여 칼과 창을 휘두르고 찔렀으나, 어설프고 힘만 잔뜩 들어가서 맞지 않았다.

"그렇게 백번 찌르는 것보다는……."

이 말을 하면서 그 남자는 깊숙이 파고들어 한 병사의 체인 갑옷에 단검을 깊숙하게 찔러 넣었다. 금세 병사의 체인 갑옷 사이로 피가 분수처럼 뿜어져 나왔고, 나머지 한 명은 창으로 경계하면서 도망칠 기회를 엿보다가 창을 버리고 재빠르게 도망치려했다. 그러나 그 병사는 몇 걸음 뛰다가 금방 자빠지고 말았다. 언제 베였는지 모를 그 병사의 아킬레스건에서 피가 뿜어져 나오고 있었다.

"정확한 한 번이 낫지."

병사는 고꾸라진 상태로 소리를 질러 주변에 도움을 요청했으나, 주위에는 아무도 듣는 이가 없었다.

"제발 살려주십시오. 이 일은 아예 못 본 것으로 하겠습니다. 신에게 맹세코 없던 일로 하겠습니다. 제게는 처자식이 있습니다. 목숨만은 제발……."

"왜 아무도 없는 길로 찾아왔는가? 정해놓은 순찰을 했으면 살았을 것을……."

"저는 맹세코 아무것도 보지 못했습니다!"

그 병사는 두 손으로 자신의 눈을 가리며 절규하듯 외쳐댔다. 하지만 그 방랑자는 아무렇지 않게 그 병사의 목을 베어버렸고, 서둘러서 세 병사의 시체를 다른 곳으로 옮겼다. 그러나 시체를 치울 수는 있어도, 바닥에 흥건한 핏자국까지는 지울 수 없기에 서둘러서 성 안을 빠져나왔다. 그는 미리 준비해둔 말을 타고 그곳을 벗어났다.

한편, 정찰병들이 돌아오지 않자, 수색을 나선 다른 병사들에 의해 세 명의 시체가 발견되었다. 시체를 본 고위 기사들은 그들이 상당한 실력자에게 당했다는 것을 알아냈다. 이것이 단순하게 우발적인 살인사건이 아님을 깨달아 곧바로 추적에 나섰다. 이후에 살인자를 찾기 위한 다양한 검문을 실시했으나, 그럼에도 불구하고 변장에 능통한 방랑자는 도시를 빠져나오는데 성공했다. 그리고 도시보다 더 철통같은 항구 보안을 뚫고서 미리 정박해둔 배를 타고 남동쪽으로 향했다.

그가 배를 타고 신성로마제국을 향할 무렵에, 레치아의 델릭 왕은 아들과 함께 기사, 보병, 궁수 그리고 종자와 마부들까지 약 2만 명가량 되는 군사를 이끌고 프랑스 남부 국경을 통과하여 카두스 연맹을 향해 북쪽으로 진군을 시작했다.

여왕의 증표

한동안 창 아래를 훑어보던 그녀는 아무것도 발견하지 못하고 멍하니 하늘을 바라보았다. 그곳에는 터질 듯이 동그랗고 큰 달이 하얗게 빛을 내고 있었다. 그 앞에는 어두운 구름이 달 사이로 흘렀고, 몽롱한 빛은 왠지 도시의 분위기를 음산하게 했다. 그녀는 왠지 모르게 기분이 좋아져서 창문에 팔을 걸쳤다. 푸른 도시에는 그녀의 흥얼거리는 소리가 안개처럼 깔렸다.

여왕의 증표

페라 연맹국 교황청의 대회의실에는 많은 사제와 성직자들이 모여 있었다. 그곳의 바닥은 말끔하게 빛이 나는 대리석이 깔려 있었는데, 겉에는 검은색 바탕이었고 속에는 마름모 모양의 주황빛을 띠었다. 그 가운데에는 그리스도 열두 제자의 초상화가 새겨져 있었으며, 그 바닥의 양옆에는 파도 물결처럼 홈이 파여 있는 원통형의 기둥이 12개씩 총 24개가 높은 천장과 연결되어 있었다. 흰 기둥을 타고 올라가면 아치형의 천장 받침과 역대 로마 교황들의 초상화가 빼곡하게 줄지어 있었고, 가장 위 천장에는 맨몸의 천사들이 날아다니며 온화한 미소로 사람들에게 빛을 발하는 그림이 그려져 있었다. 많은 구름 속에 중앙부에는 그리스도의 성화된 얼굴이 있었으며, 뒤로는 광채가 뻗어 나가 일부의 사람들은 그 빛에 손으로 눈을 가리고 있었다.

엄숙한 분위기 속에서 백 명이 넘는 성직자들은 짙은 갈색 나무에 앉아 있었다. 맨 앞에 있는 교황의 왼편에는 대교주가 서서 신성로마제국과 교황청에 보고된 내용을 읽어나가기 시작했는데, 많은 성직자가 모인 그곳의 분위기는 심히 무거웠다.

“이번 주 검은 종양으로 인한 사망자 233명, 감염 증상을 보이는 환자 42명, 국경 경비대 이상 없음…… 한자 동맹 흑자에 관한 자세한 내용은 나누어준 문서에 적혀 있습니다. ‘현자의 돌’ 개발에 따른 연구비 증폭 동의안 최종 확정, 교황청 문서실 관리 미흡으로 인한 3개의 문서 분실…… 전염병 발병으로 인한 시민들의 공포 확대에 따른……”

한동안 가만히 듣고 있던 교황이 오른손을 들어 보였다. 그러자 읽고 있던 대교주는 어리둥절한 표정으로 그를 바라보았다.

“궁금하신 점이라도……?”

“문서실에서 어떤 문서가 분실되었다는 것입니까?”

“지난번 회의장 사건 후에 만들어진 문서인데, 중요한 내용은 들어있지 않다고 들었습니다. 자세한 내용을 원하신다면 서기관을 불러서 듣는 것이 좋겠습니다.”

“여기서 중요하지 않은 문서는 없습니다. 담당 서기관을 불러들이십시오.”

교황인 ‘아가토 2세’는 불편한 심기를 드러냈다.

잠시 후, 문서실을 관리하는 서기관이 곧 도착했다. 그는 교황을 보고는 앞으로 나아와 교황의 반지에 입을 맞춘 후에 말을 꺼냈다.

“교황청 제3 문서 보관실 담당인 니콜라스 서기관입니다. 신과 교황님 앞에서 성서를 두고, 진실만을 대답할 것을 맹세하는 바입니다.”

갈색 머리에 단정한 행색을 젊은 서기관은 오른손을 펼쳐 보이며 말했다.

"이번에 분실된 문서의 내용을 알고 있습니까?"

교황은 약간 근심스러운 말투로 말했으나, 또렷한 목소리로 그가 대답했다.

"예, 말씀드리겠습니다. 분실 문서는 '검은 죽음' 사태로 인해 피해가 가장 극심했던 카두스 연맹에 음식과 구호물자 등 지원한 물품들을 기록한 문서로, 총 3장입니다. 이외에는 별다른 내용이 들어가 있지는 않지만, 문서 탈취 사건은 처음 있는 일이라 모두가 걱정하고 있습니다."

"구호물자라…… 그렇군요, 그건 제가 기억하고 있습니다. 특별히 카두스의 구호 요청을 들어준 것뿐이니. 따로 신경 쓰지 않아도 될 것입니다. 하지만 문서가 탈취되었다는 사건은 중대한 문제임이 분명합니다. 이러한 일이 또 일어나게 된다면 큰 문제가 될 것입니다. 그러니, 이제부터 모든 문서실에 현 병력의 두 배를 두어 관리를 철저히 하도록 하십시오."

"네 알겠습니다. 하지만 그 문서가 외부로 나가게 되면 문제의 소지가 될……"

바로 그때였다, 대회의실의 문을 열고 낯선 사내가 안으로 들어왔다. 사제와 성직자들은 일제히 고개를 돌려 그 남자를 쳐다보았다.

"물러나시오! 지금은 중요한 국가 안보회의 중입니다."

그러자 잠시 머뭇거리던 남자는 아랑곳 하지 않고 다시 계속 걸어왔다.

"다들 뭐 하고 있는가, 당장 저자를 쫓아내라!"

대주교가 성직자들을 향해 소리쳤고, 앉아 있던 몇몇이 일어나 그를 향해 다가갔다. 모두가 긴장되어 일어섰지만, 교황만은 갑자기 웃으며 말했다.

"괜찮습니다. 저자는 내가 아는 사람입니다. 내가 그에게 말하겠습니다."

교황 아가토 II세는 자리에서 일어나 옷을 정리하고 앞으로 나아갔다. 그는 웃으며 반가이 낯선 이를 맞았다.

교황은 팔을 크게 벌려 그를 끌어안고서는 놓아주지 않았다.

"어서 오게나, 센티아! 이게 도대체 얼마 만인가?"

"지금 회의 중이라 바쁘신 것을 알고 있습니다. 다만, 그보다 더 급한 용건이 생겼습니다. 서둘러서 교황님께 이 소식을 알려야만 했습니다."

교황에게는 한곳에 머무르지 않고 유랑하는 친구를 만나기란 쉽지 않았기 때문에 정무보고 이후에 차 마시는 시간을 다음으로 미뤘고, 성직자들과 서기관을 물러나게 하고 자리를 옮겼다.

호위 병사와 보좌관 이외에 모두 빠져나가자, 센티아가 반가이 웃으며 교황의 안부를 물었다.

"예전과 하나도 변한 것이 없군요."

"자넨 행색이 꽤나 변했구만."

"많은 일들이 있었습니다."

"그 얘기는 천천히 듣도록 하지,"

교황은 보좌관을 불러 음식을 준비하라고 말했다.

"내겐 빵과 물이면 충분합니다. 그보다, 아주 중요한 소식이 있습니다."

그가 진지한 얼굴로 말했으나, 교황은 무슨 영문인지 알지 못했다.

"중요한 말일수록 식사를 함께 곁들여야 하지 않겠나. 이쪽으로 오게."

그는 허리를 숙여 교황의 반지에 입을 맞춘 후에 따라갔다.

접대실의 식탁 위 은촛대에 촛불이 켜졌다. 금으로 수놓은 화려한 식탁보 위에는 한눈에 차지 않을 크고 먹음직한 고기와 기름진 음식들이 채워졌다. 교황은 음식을 먹기 전에 식전 기도를 빼먹지 않았고, 이에 센티아도 어색하게나마 성호를 긋고 식사를 시작했다.

"자, 어서 들게. 여행은 늘 고단한 일 아닌가."

"늘 만날 때마다 이렇게 환대해주시니 고마울 따름입니다."

그는 씻지 않은 손으로 식사를 시작했고, 이에 교황이 다급한 손짓으로 옆에 놓인 물그릇을 가리켰다.

"부랑자일수록 손을 잘 씻어야 한다네. 그것만이 우리를 '검은 역병'에서 자유롭게 할 수 있네."

"깜빡 잊었습니다, 물론 동의하는 바입니다. 저의 무례를 용서하십시오."

센티아는 손을 씻고는 다시 음식을 들었다.

"여러 도시를 돌아다녔어도, 이만큼 거리가 깨끗하고 전염병이 없는 곳은 보기 힘들었습니다. 모두 다 교황님 덕분입니다."

그리고 그는 배가 고팠는지 음식을 허겁지겁 먹어나갔다.

"그 공로 때문에 내가 이 자리에 서 있는 것이 아니겠나? 자유민이나 귀족들 가릴 것 없이 다들 나를 무척이나 좋아하지. 천천히 들게, 음식은 많고 남는 것은 시간뿐이니……."

그리고 교황도 식사를 시작했다. 오후가 되자, 창으로 햇빛이 들어왔는데 마치 경건한 개들이 식탁에서 음식을 먹는 것처럼 보였다. 어느 정도 식사를 마친 교황은 손수건으로 입을 닦아낸 후 그에게 물었다.

"마지막 기억으로는 잉글랜드에 있었다고 들었던 것 같은데, 거기 상황은 어떠하던가?"

"그곳은 지옥이 따로 없는 지경입니다. 거리마다 시체가 가득하고 질병이 넘쳐나죠……. 그러나 그곳의 분위기가 요새 들어 더욱 심상치 않습니다."

"늘 질병으로 고통 받기에 그렇겠지, 그에 비교하면……."

그러자 센티아가 그의 말을 끊었다.

"그런 말이 아닙니다. 제가 섣불리 판단하는 것일지도 모르지만……."

"무슨 말인가?"

그는 생각을 정리하는 듯 말을 머뭇거렸고, 이를 본 교황이 점잖게 웃었다.

"얼마나 중요한 얘기면. 그토록 대담한 자네가 쉽게 말을 꺼내지 못하는 건가."

"저는 '검은 죽음'을 치료할 수 있는 기밀을 빼내기 위하여 여러 나라를 돌아다녔습니다. 더불어 교황님께 도움이 될 만한 정보들을 수집하고 있었죠."

"이 역병은 치료할 수 있는 것이 아닐세, 예방만이 살 길이지."

"물론, 그럴 수도 있습니다. 그런데 지난 몇 달간부터 이상한 사건이 눈에 띄기 시작했습니다. 이를 조사하니, 거대한 음모가 드러나기 시작했습니다."

"거대한 음모라니……?"

그러자 그는 고개를 숙여 주변을 한차례 살핀 후, 속삭이듯 말을 시작했다.

"부디 놀라지 마십시오. 제 예상이 맞다면, 아무래도 델릭 왕과 에드워드 왕이 서로를 죽이려 전쟁을 준비하고 있습니다. 그리고 이 모든 것은 이사벨 여왕의 간교에서 시작된 비극입니다."

황당한 소식을 들은 교황은 음식들을 치우게 하고 시종을 불러 깨끗한 물을 가져오게 한 후에 손과 입을 씻어 냈다. 아직 얼떨결 한 표정의 교황은 다시 한 번 그에게 물었다.

"그게 무슨 말인가. 카두스와 레치아가 전쟁을 한다니? 이사벨 여왕의 간교라는 것은 또 무슨 말인가? 자세히 말해 보게나."

"어디서부터 설명해야 할지 모르겠습니다……. 그녀가 가장 먼저 찾아간 사람은 바로 레치아 국왕인 델릭이었습니다. 그녀의 언변과 황금으로 왕의 마음과 눈을 빼앗았고, 잘 훈련된 거짓 증인 그리고 어디서 가져왔는지 모를 정체불명의 문서까지 완벽하게 델릭 왕을 속였습니다."

"속였다면 그녀가 전쟁을 부추기라도 했단 말인가?"

"맞습니다. 그녀가 바로 이 전쟁의 핵심 인물입니다."

센티아는 심각한 표정이었다.

"아무리 증거가 있다 한들, 그것만 믿고 전쟁을 일으킨다니 이게 무슨 해괴망측한 소리인가. 바보가 아니고서야 거짓에 속아 넘어갈 수가 있단 말인가? 도저히 쉽게 믿어지지 않는군."

"제가 카두스 연맹의 근위병으로 위장하여 근무하고 있을 때, 직접 눈으로 보고 귀로 들은 사실입니다. 이미 레치아 국왕이 병사들을 이끌고 프랑스의 국경 근처까지 왔다고 알고 있습니다. 여왕은 곧 델릭의 군사들에게 길을 열어줄 것이고 이 소식을 들은 카두스도 병사들을 모집하고 있습니다. 사태가 심각합니다."

"하지만 그녀가 무엇 때문에 이런 일을 벌인단 말인가? 만약 이 모든 것이 그녀의 술수라는 것을 왕들이 알아차리기라도 한다면 오히려 이드루스 연맹이 위험에 빠질 것인데, 그렇게 무모한 도박을 할 이유가 어디 있나?"

"이미 사태는 진행되고 있습니다. 그들에게 더 이상 전쟁의 이유는 필요치 않아졌습니다. 다만, 중요한 것은 그 무모한 도박이 제대로 통한 것입니다. 하루빨리 우리라도 이 어리석은 전쟁을 막아야 합니다. 온 유럽의 거리가 역병으로 시체들이 산처럼 쌓인 상황입니다. 이러한 상황에서 전쟁까지 치르게 된다면…… 그때 인류는 정말 지옥에서 살게 될 것입니다."

"전쟁은 그렇다 치고, 아까 말한 문서가 무엇인가?"

"자세히 듣지는 못했으나, 아마 전쟁물자와 관련된 문서 같은데…… 그것 덕분에 델릭 왕이 여왕의 말에 확신을 가지더군요. 도저히 이해가 되지 않습니다."

그의 말을 들은 교황은 잠시 생각에 잠겼다. 그것도 잠시, 그는 눈을 번쩍이며 급하게 서기관을 다시 호출했다.

잠시 후에, 문서 관리실 담당관이 도착했다. 교황은 다급한 목소리로 물었다.

"아까 보고한 문서가…… 카두스에게 원조한 물품을 적어놓은 것이라 했나?"

"그렇습니다. 식량과 물자의 수량들을 적어 놓은 것입니다."

"문서를 분실하다니?"

센티아는 경직된 표정으로 교황을 바라보았다. 교황은 미동도 하지 않은 채로 니콜라스 서기관에게 다시 물었다.

"만약, 분실된 문서가 밖으로 흘러간다면 어떻게 될 것 같은가?"

"예, 교황님의 청으로 특별히 비공식 문서화 된 것이라, 악용할 수 있는 소지가 다분합니다. 그렇기에 관리에 더욱 신경 써야 하는 문서이기도 했습니다."

그러자, 놀란 나머지 센티아가 들고 있던 잔을 바닥에 떨어트렸다. 교황은 성직자에게 종이와 펜을 가져오게 한 뒤에, 한참을 적었다. 마침내, 머릿속이 정리된 그는 센티아에게 사건의 전말을 말해주었다.

"이제야 상황이 어느 정도 짐작이 가네. 이런 젠장, 전쟁의 시작이 이곳이었다니, 도저히 믿기지 않는군! 내가 생각하는 것이 맞는다면, 여왕의 첩자가 이곳 문서실에서 문서를 탈취했고, 이 문서로 이사벨이 델릭 왕에게 전쟁을 부추겼다고 봐야겠지. 델릭 왕은 아마도 우리가 카두스에 전쟁 물자를 지원하는 줄 알고 있을 것이네. 아마도 레치아 연맹은 지금 우리가 카두스 연맹과 손을 잡고 전쟁을 준비한다고 믿고 있겠지……."

그는 주름진 이마를 부여잡고는 잠시 생각에 빠졌다.

"이 일을 어찌해야 합니까? 레치아가 카두스를 공격하고 다음 목적지는 페라 연맹이 될 것입니다. 졸지에 이곳까지 전쟁의 피바람에 휩쓸리게 되었습니다. 서둘러서 각국에 서신을 보내어 이 사실을 알려야 합니다."

그가 조급한 마음으로 밖으로 나가려 하니, 교황이 손으로 막아 세웠다.

"잠시만 기다리게나, 지혜로운 자라면 일을 그렇게 처리해서는 안 되지."

그러자 그는 의아한 눈으로 교황을 바라보았다.

교황은 종이에다가 이 상황을 그림으로 그려 설명하기 시작했다.

"잘 보게나, 이미 델릭의 군대는 프랑스의 국경을 통과하고 있네. 그들이 카두스로 가기 위해선 이드루스의 병사들과 프랑스 북부에서 집결한다고 봐야겠지, 그렇다면 그 두 연맹이 만나기까지는 아직 시간이 남아있네."

"에드워드 왕은 이사벨이 자신의 편이 될 것이라고 알고 있습니다. 레치아는 결국 홀로 남겨질 것입니다."

"그렇다면, 이사벨이 이 모든 사건의 열쇠이지. 그녀가 벌인 이 일을 우리만 알고 있으니, 그녀를 통제할 수만 있다면 모든 것을 거머쥘 수 있네. 내 말뜻이 이해가 가는가?"

"그렇다면, 이 전쟁은 어떻게 막으실 것입니까?"

교황의 오랜 친구인 센티아는 단숨에 그가 전쟁을 막을 생각조차 없다는 것을 느낄 수 있었다.

"레치아와 카두스, 양국 간의 불신으로 이미 전쟁은 시작되었네. 우리가 이번 전쟁을 막을 수 있을지라도, 금방 또 일어날 걸세. 전쟁을 막는 것만으로는 아무런 유익이 없지. 다만, 페라가 이 황금 같은 기회를 놓칠 수야 없는 것이 아닌가. 자고로 왕은 자국의 이익을 위해서라면 손에 피도 묻힐 줄 알아야 하네. 늘 프랑스가 눈에 밟혔는데 이번 기회에 차라리 잘됐군! 비로소 신께서 내 기도를 응답해주었어."

교황의 기뻐하는 모습에 센티아는 두려워졌다. 자신이 알고 있던 옛 친구의 모습은 온데간데없이 사라졌고, 자신의 눈앞에는 탐욕이 가득한 '네로 왕' 같은 자가 앉아 있었기 때문이었다.

'결국, 전쟁은 불가피한 것인가…….'

그는 목숨을 걸고 소식 전한 것을 실망했고, 교황은 이 소식을 기뻐했다.

오래전, 신성로마제국 뉘른베르크의 한 수도원에 친구인 두 명의 성직자가 있었다. 오스텐과 센티아, 그 두 명은 어린 시절부터 같은 마을에서 자랐는데, 오스텐은 어릴 때부터 절름발이었다. 이를 불쌍히 생각한 센티아는 그를 늘 지켜주었다. 그런데 어느 날 오스텐이 목에 상처가 생겨 돌아온 날이 있었다. 그리고 어느날 그는 센티아에게 자신은 신부가 되겠다며 마을을 갑자기 떠났다. 그러자, 센티아도 가족을 버려두고 그를 따랐을 정도로 각별했다.

그렇게 그 두 명은 오랜 세월 동안 같이 수도원에 머무르며 결국 수도원장과 부수도원장까지 오르기도 했다. 그러나, 두 명이 서로 다른 길을 선택한 것은 루트비히 4세가 보낸 군사들이 수도원에 들이닥쳤을 때부터였다. 왕을 모함했다는 이유로 수도원장은 물론이거니와, 아무런 잘못이 없던 부수도원장인 센티아와 여러 성직자들이 옥에 갇히게 되었다. 시간은 흘러, 오스텐이 요한 22세에게 구제를 받고 추기경에 올라 왕에게 반란을 꾀했을 때, 그는 오랜 친구인 센티아가 자기 뜻과 함께해주길 바랐다.

오스텐은 친구인 그를 꺼내주려 했지만, 센티아는 왕에게 반란하려는 그 뜻을 정중히 거절하고는 끝까지 옥에 남았다. 이후에 루트비히 4세 왕이 폐위되고 나서야 그는 간신히 옥에서 풀려나게 되었다. 하지만, 성직자로서 옥에 갇힌 불명예로 인하여 더는 수도원 생활을 할 수 없었다. 오스텐은 요한 22세의 총애를 입어 결국 황제의 자리까지 추대되며 승승장구해나갈 무렵, 센티아는 수도원 생활을 청산하고 방랑자로서 세상 각지를 떠돌며 살아갔다.

그로부터 십 수 년이 지난 지금, 센티아를 내심 증오하고 있던 것은 오히려 모든 것을 다 가진 오스텐이었다. 왕에게 반역을 꾀하여 높은 지위에 오른 자신과는 다르게, 고고한척하며 끝내 양심을 버리지 않았던 그가 오스텐의 눈에는 곱게 보이지 않았고, 마음속으로 깊은 불만을 품고 있었다. 교황은 예전과 같은 눈으로 그를 흘깃 쳐다보고는 옷을 외출복으로 갈아입을 준비를 했다.

"이사벨의 속내를 알았으니 한 시도 지체할 수가 없군. 당장 출발해야겠네."

"만약에 당신께서 이사벨을 막지 못해서 그들이 전쟁을 치른다면, 그 이후에 페라가 어떻게 될 것 같습니까? 무모한 결단이 틀렸을 수도 있습니다."

센티아는 자신도 모르게 주먹을 꽉 쥐었다.

"감히 나를 가르치려 들다니! 부랑자 따위가 내가 조국을 위해 어떤 십자가를 짊어지고 있는지 알고나 떠드는 것인가!"

오스텐은 심한 말을 뱉어냈지만 후회하지는 않았다.

"그녀는 화술에 능통하고, 뱀처럼 교활한 여자입니다. 행여나 미혹된다면……."

"자네는 아직도 나를 뉘른베르크의 땅꼬마로 아는가 보군……."

교황은 서서 그를 내리 깔아보며 어두운 그림자를 드리웠다. 이후 그는 붉은색 새틴을 벗고 붉은 가죽 구두로 갈아 신었고, 사제를 불러 흰 파시아를 가다듬고서 외출용 주키토로 바꿔 착용했다. 준비를 마친 교황은 실망한 그에게 말했다.

"자, 이번에는 어떤 선택을 할 거지? 나를 따르겠는가 아니면 예전처럼 신에게 또다시 버림받을 것인가?"

교황이 프랑스로 향할 준비를 마칠 무렵, 이드루스 연맹에서는 '흑사병'으로 하루에 800명 이상씩 사망하며 시민들의 두려움이 극으로 치솟았다.

늘 웃으며 반가이 맞아주던 이웃집 주민인 빨간 머리 마리앙도, 늘 툴툴대며 쓰레기를 차고 다니던 앞집 아이 니꼴라도 모두 창백한 시체가 되어 사람들 발길 차였다. 그뿐만 아니라, 프랑스의 다른 지역에서도 도시 인구의 절반 이상이 전염병으로 죽어 폐허가 된 곳도 부지기수였다.

다른 연맹국에서도 전염병이 퍼지기는 마찬가지였지만, 유독 프랑스에서 심해지자 프랑스 시민들은 도시에서 숨쉬기만 해도 질병이 옮는다고 믿었다. 결국 많은 사람이 공기를 마시지 않기 위해 하수구로 들어갔다. 이렇듯, 그들은 살수만 있다면 바깥 공기를 마시지 않는 자유쯤은 얼마든지 포기할 수 있었다.

그러나, 지하의 어두컴컴하고 습기 찬 하수구에는 온갖 악취와 오염된 물 그리고 시궁창의 쥐들로 들끓는 곳이었다. '검은 질병'은 지상보다 더욱 빠르게 사방으로 하수구로 퍼져나갔다. 이를 참다못한 사람들은 절망하며 벗어나려 했지만, 대다수가 이미 질병에 걸리고 난 이후였다.

이 소식을 들은 이사벨 여왕은 군대를 움직여 하수구 사람들을 잡아드리려 했으나, 미로 같이 얽혀 있는 하수구를 모두 수색하기란 불가능에 가까웠다. 결국 작전은 실패로 돌아갔다. 이렇게 전염병은 꼬리에 꼬리를 물고 더욱 퍼져나갔다. 하루에 수백 명이 사망했지만, 그날 감염된 사람들의 수는 더욱 많았으며, 이드루스 연맹국은 더는 줄어가는 인구를 감당하지 못할 정도가 되었다.

이에 이사벨 여왕은 집마다 감염된 자들을 찾아내어 즉각 그 자리에서 사형할 수 있는 새로운 법안을 선포했는데, 이를 강력하게 지지했던 것은 오히려 평범한 시민들이었다.

이러한 법안이 통과된 이후에 거리를 지나다니는 자들은 모두 병사였다. 그들의 체인 갑옷에는 틈틈이 꽃과 풀잎들이 덥수룩하게 꽂혀있었다. 그들은 감염되지 않기 위해 이런 우스꽝스러운 복장으로 감염자들을 찾아 나서야 했다. 병으로 인해 고열을 앓는 사람들은 그들을 피해 식은땀을 흘리며 도망 다녔지만, 그러한 자들을 고발하는 사람들도 많았다. 이토록 잔인한 프랑스의 하늘은 점차 시체 태우는 연기와 악취로 뒤덮였다.

이러한 시기에 오스텐이 이드루스 연맹에 방문을 요청하는 서신을 보내왔다. 페라 연맹만이 흑사병으로 별다른 피해가 일어나지 않아, 국력이 점차 상대적으로 약해지고 있는 형세를 걱정했던 여왕은 그가 온다는 소식을 듣고 기뻐했다. 그리고 페라를 무너트릴 수 있는 꾀를 생각해내서 비밀리에 진행했다. 흑요석을 깎아 만든 여왕의 왕좌 옆에는 항상 보조하는 사제가 따라다녔다.

"본부 하신 명은 모두 처리했습니다만, 상식적으로 납득이 되지 않습니다."

그녀 옆에 서 있던 백발의 주임사제가 말했다.

그러자 점잖게 웃고 있던 이사벨의 눈빛이 예사롭지 않게 변했다.

"그것은 네가 관여할 바 아니니다. 모든 문은 확실히 밀봉해놓았겠지?"

"정확히 그대로 했습니다."

"좋다, 나는 이제 그를 맞이할 준비를 할 것이니, 그대는 물러가도록 하라."

백발의 사제는 조용히 그곳을 물러났다. 그리고 사제는 여왕이 명령한 일을 다시 한 번 살펴보러 창고 쪽으로 향했다. 숲속 깊숙한 곳에 수풀로 뒤덮인 폐허를 개조하여 만든 창고가 있었는데, 그 창고의 낡은 문에는 여러 번 나무판자가 덧 대 있었다. 지붕에도 바람이 들어오지 못하게 나무판자로 단단히 막혀 있었다. 창고 문 앞에 서 있던 보초 두 명이 얘기하다가 그를 보고 재빠르게 자신의 위치로 돌아갔다.

"수리공들이 와서 단단히 막아놨습니다."

"이 안에 무엇이 들어 있는지도 모르고 이렇게 태평하다니…… 문은 확실하게 잠갔겠지?"

"예, 살아있는 것은 무엇이든 이 문을 통과할 수 없습니다."

경직된 표정의 병사가 말했다. 그러자 사제는 주머니에서 천으로 된 장갑을 꺼내어 손에 끼우고 밀봉된 문을 이리저리 살펴보기도 하고 두드려보기도 했다.

'이 정도면 확실하군…….'

"그런데, 이 안에는 무엇이 들어 있습니까?"

궁금증을 참지 못한 병사가 사제에게 갑작스레 물어왔다.

"정녕 알고 싶은가?"

"저희가 무엇을 지켜야 하는 것인지 궁금합니다."

그러자 주임사제는 비웃으며 그들을 놀리듯 말했다.

"자네들이 관여할 바 아니니, 신경 쓰지 말게."

두 명의 보초병은 실망한 표정으로 다시 정자세를 취하며 그에게서 눈을 거뒀다. 모든 확인이 끝난 후에 사제는 숲길로 들어갔다. 그러나 멀리 떨어진 거리에서 사제의 목소리가 병사들에게 들려왔다.

"정말 궁금한가?"

그러자 병사들은 동그랗게 커진 눈으로 그를 바라보았다.

그들은 멀리서 바람을 타고 들려오는 '검은 황금'이라는 말을 들을 수 있었다.

한편, 오스텐은 800명에 가까운 무장한 기사들과 함께 협상 깃발을 들고 프랑스 연맹의 국경을 넘었다. 그들에 방문을 승인한 이드루스 연맹에서는 이사벨의 호위대장인 '피데스 발레히'라는 자가 70명가량의 비무장 기사들과 나아왔다.

그 여인은 단숨에 알 수 있을 정도로 키가 컸는데, 또한 유색인종이었다. 첨탑처럼 높은 헬름을 쓴 그녀의 얼굴은 매끄럽고 흙빛을 띠었으며, 입술은 두툼하면서 진한 선홍빛이었다. 꼬불꼬불한 긴 검은 머리는 허벅지까지 내려와 윤기 있게 흘렀고, 그녀의 갑옷은 온통 금빛이었다.

그녀의 방패와 갑옷에 여러 차례 칼에 긁힌 흔적이 뚜렷했다. 모두가 그 여인에게 정신이 팔렸을 때쯤, 어느새 그녀가 왕에게 다가와 말을 걸었다.

"안녕하신지요? 저는 여왕님의 호위대장인 '피데스'라고 합니다. 여왕님을 알현하기 원하신다고 서신을 보내주셔서 이렇게 여러분들을 맞이하러 나왔습니다. 하지만 그전에, 이드루스 연맹의 법대로 따라주시길 요청하는 바입니다."

그녀는 긴 창을 바닥에 살며시 내리 꽂아, 왠지 모를 위협감을 주었다.

"긴급한 사안이 있어서 직접 온 것이니, 서둘러 요구사항을 말씀하시오."

교황은 불만 있는 투로 말했고, 이에 그녀는 침착하게 말을 이었다.

"프랑스 왕조의 법규에 따라, 여왕이 머무는 성으로 가는 자들은 모든 무장을 해제해야한다. 또한, 왕은 호위하는 기사 3명을 제외하고는 성 안으로 출입할 수 없다. 그러므로 병사들은 모두 성 밖에서 기다리셔야 합니다."

그녀의 말이 끝나자, 페라 연맹의 병사들이 웅성거렸다.

"말도 안 되는 소리 지껄이지 마라! …… 너희를 어떻게 믿는단 말인가?"

페라 연맹의 보병대장인 '바티오 도미닉'이라는 자가 분을 냈다.

"한 번만 말씀드리겠습니다. 법을 이행하지 않을 것이라면, 속히 돌아가주십시오. 프랑스 왕조의 법조는 절대적인 것입니다."

여유로운 눈으로 그녀는 약간 웃음을 머금는 듯 보였다.

"우리가 무엇 때문에 왔는지는 알고 있는가? 너의 목을 당장 베어도 이사벨 여왕은 찍소리도 못할 것이다!"

바티오는 분노하여 이를 꽉 다물고 칼집에 거친 손을 대었다. 그리고 그는 오스텐을 쳐다보며 명령이 떨어지길 기다렸다. 이에 오스텐이 그에게 멈출 것을 명령했고, 바티오의 분노는 온순한 강아지처럼 수그러들었다. 이어서 왕이 병사들에게 무장을 해제할 것을 지시했다.

호위대의 병사들은 서둘러 페라군의 무장해제를 도왔다. 그녀는 숨긴 무기가 없는지 철저하게 찾으라고 지시했고, 800명에 가까운 병사들의 무장을 해제하기까지 오랜 시간이 걸렸다.

바티오는 그녀의 이러한 대접에 불만을 품었다.

"보아하니, 이사벨 여왕의 직속부대 같군, 여왕께서는 어디에 계신가?"

"특별히 제가 온 것은 여왕님의 지시로 인한 것이니, 환대를 우려하시는 것이라면 걱정하지 않으셔도 됩니다."

"우린 환대나 바라고 온 것이 아니다. 다만, 800명이나 되는 병사들이 그대들의 요구에 따라 무장해제를 하는 상황이고, 우리 병사들에게는 아직 이 행군의 목적을 말하지 않았네. 이드루스를 돕기 위해 왔는데 이렇게 무례한 처사를 한다면 여왕께도 안 좋은 영향을 끼칠 수밖에 없겠군."

"그대들의 온 목적이 어찌됐든 간에, 신경 쓰지 않습니다. 저는 끝까지 여왕님을 지킬 뿐입니다. 그렇기에 더욱 철저히 할 일을 하는 것이죠."

그 순간, 그녀의 눈에 병사들이 오스텐에게 다가가는 모습이 들어왔고, 피데스는 정중하게 인사하고는 말을 돌려서 그 병사에게 크게 외쳤다.

"멈춰라!"

왕은 모든 병사가 무장을 해제하는 동안, 기다리고 있었다. 한편, 피데스의 병사 중 두 명이 서로의 옆구리를 찌르고 책임을 미뤄 왕에게 접근했다.

"왕께서도 차고 계신 검을……."

"썩 물러나라! 도대체 이들의 무례함은 어디까지란 말인가? 감히 왕의 검을 빼앗으려 하다니!"

옆에 있던 센티아가 병사들을 꾸짖으며 말했다. 그러더니 이 상황을 지켜보던 왕이 무거운 입을 열었다.

"두어라, 저 병사가 원하는 대로 해주어라."

그리고 왕이 옆에 차고 있던 칼을 뺐다. 그러자 이드루스의 병사가 검을 받으려고 기쁜 표정으로 다가갔고, 뒤에서는 피데스의 목소리가 들려왔다.

"당장 수색을 멈추어라!"

그 말을 들은 병사가 뒤돌아보려는 순간, 왕의 검이 그의 몸을 뚫고 나왔다. 날카로운 칼에 갑옷이 뚫린 그는 입에서 검은 피를 쏟아내며 금방 쓰러졌고, 이런 갑작스러운 일에 피데스의 기사들은 칼을 꺼내고 경계하며 적대감을 드러냈다.

피데스는 죽은 병사 앞에서 말을 세워 내렸고, 놀란 눈으로 왕을 바라보았다. 오스텐의 얼굴에는 죽은 병사의 피가 반쯤 묻어 있었다. 그의 눈에는 피보다 더 진한 광기가 담겨 있었다.

"피데스, 이건 자네의 환대에 대한 내 성의네. 감사히 받아가게."

그러고는 오스텐은 피 묻은 검을 그녀가 있는 바닥에 던져 넣었다.

피데스는 그 칼을 집어 들었고, 한참을 얼어붙은 것처럼 서 있었다.

그 일이 있고 난 후, 피데스의 병사들은 흥분을 쉽게 가라앉지 않았다. 모두 처음 겪는 일에 난처하여 이동하는 내내 아무 말이 없었다. 페라 연맹국의 병사들은 법대로 다른 곳으로 이동하여 숙박했고, 피데스와의 약속대로 왕은 3명의 호위병사를 데리고 여왕이 머무르는 곳에 다다랐다.

왕의 옆에 딱 달라붙은 센티아가 조용히 눈치를 살피며 말했다.

"제가 대신하여 그녀에게 왕의 뜻을 전달하겠습니다."

그러자 교황은 한 손으로 그를 약간 밀쳐냈다.

"센티아, 내가 누구인가?"

기가 죽은 그가 고개를 내리깔며 말했다.

"큰 지혜의 왕이십니다."

이에 흡족한 오스텐은 다시 말을 이어갔다.

"사람들이 나를 보며 하는 말이 무엇이며 또, 페라를 질병으로부터 구해낸 자가 누구인가? 내가 아니라면 그 누구도 교활한 이사벨과 맞설 수 없네."

그는 이 말을 마치고 안내에 따라 무장 해제한 병사들과 성 안으로 들어갔다.

여왕이 머무는 궁전 입구에 들어서자, 돌로 조각한 거대한 용들이 이빨을 드러내며 위협적으로 양쪽에 서 있었다. 대리석으로 된 바닥에는 철제의 기사 갑옷들이 걸려 있어 섬뜩했고, 천장에는 화려한 샹들리에와 그림이 걸려 있었다.

천장의 그림에는 한 절벽이 있었는데 그곳에서 돼지 떼가 바다로 떨어지고 있었다. 절벽 밑에는 거대한 파도가 바위에 부딪치며 사방으로 물이 튀었다.

그림 옆에 흰 벽면에는 수많은 무기와 활 그리고 방패들이 걸려 있었고 이는 여왕의 수집품 같았다. 성 중앙에는 정교하게 다듬어진 분수가 있었고 맑은 물이 빛을 반짝이며 위에서 아래로 쏟아졌다. 분수 옆에는 푸르스름한 토가를 입은 여자들이 얘기를 나누며 살며시 웃었다. 기분이 이상해진 왕은 준비해온 성수를 자신의 몸에 뿌렸다.

한편, 중앙 분수 옆에 양쪽으로 긴 곡선 계단이 있었고 그 중간쯤에 이사벨이 서 있었다. 그녀는 반쯤 머리를 묶었고, 팔 사이로 가녀린 목선이 햇빛을 받아 영롱한 투명 빛을 띠었다. 부드러운 피부가 광채를 냈고 살짝 두툼한 분홍빛 입술 그리고 자연스러운 광대가 그녀의 얼굴과 잘 어울렸다. 의미심장한 미소를 띤 그녀의 얼굴은 그 누구보다 자신감에 차 있었다. 어깨에서 가슴으로 내려오는 곳에는 얇게 비치는 천이 흘러내려왔고, 그녀의 다리는 미처 천으로 가리지 못해 하얀 살결이 드러났다. 이는 보는 이로 하여금 긴장되게 만들었다.

이사벨은 왕을 보고 천천히 계단을 내려오기 시작했다. 사람을 빨아드리는 커다란 그녀의 눈을 보자, 멈춰있던 그의 심장이 다시 뛰기 시작했다.

"무슨 일로 이곳을 찾아오셨습니까? 지혜의 왕이시여."

하지만 곧 그녀를 대한 반감으로 왕은 약간 경직되었다.

"그 미소로 나까지 속일 생각은 꿈도 꾸지 마십시오. 나는 속지 않습니다!"

"무엇을 속인다는 말입니까?"

그녀는 여전히 웃는 얼굴로 그에게 말했다.

"그대의 꾐에 속아 넘어간 각국의 왕들 말입니다!"

"오호라, 그 일을 알아차릴 지혜가 있으시군요. 그러면 또한, 제가 당신을 위해 얼마나 헌신하고 있는지 알고 계시겠군요?"

이사벨이 점차 그에게 다가왔고, 왕의 눈에 그녀의 매끄럽고 부드러운 얼굴이 가득 찼다. 그리고 그녀는 미세하게 떨리는 그의 반지에 살짝 입을 맞추었다.

"그대는 델릭 왕과 에드워드 왕을 기만했습니다! 이것이 나를 위한 일입니까?"

그는 최대한 그녀를 쳐다보지 않으려 애를 썼다.

"이런, 정말 모르시군요? 그동안 오스텐 왕의 눈에 띄기 위하여 얼마나 갖은 노력을 했는데…… 모두 헛수고가 되었군요."

그녀는 서글픈 목소리로 말했다. 이에 그가 즉각 대답했다.

"당장 내 눈에 보이는 것은 그대가 두 국가를 교란했다는 사실밖에는 없습니다. 어떻습니까? 내 말이 틀렸다면, 말씀해보십시오."

"맞습니다. 이번 전쟁은 델릭과 에드워드 왕의 전쟁이 될 것입니다. 하지만 지혜로운 왕이라면 그 너머를 바라봐야 하지 않겠습니까?"

"한 연맹이 승리하여 살찐 송아지처럼 더욱 거대해지는 것은 결국 우리 페라까지 위협당하는 일입니다. 그것은 결코 용납될 수 없습니다."

"역시, 세간의 말대로 지혜의 왕이라 불리는 이유가 사실이었군요."

그러자 왕은 얼굴이 살며시 달아오르는 것을 느꼈다.

"당장 전쟁을 멈추지 않으면 그대가 거짓 문서로 왕들을 속였다는 사실을 모두에게 알릴 것입니다. 그렇게 된다면, 이곳이 전쟁의 중심지가 될 것은 불 보듯 뻔한 일이겠지요."

그는 그녀의 반응을 보며 말을 아꼈다.

"음…… 그렇다면 큰일이겠군요. 그런데 왕의 표정에선 진심이 전혀 풍기지 않군요? 저도 교황님께 단도직입적으로 말씀드리겠습니다. 페라의 수장께서 친히 이곳에 무슨 이유로 오셨습니까? 진정 전쟁을 막고자 하십니까 아니면 이 사실로 나를 협박하려고 왔습니까!"

왕은 아무런 대답을 하지 못했고, 시간이 지난 후에야 말을 꺼냈다.

"그것을 안다고 달라질 건 없습니다. 이드루스 연맹에서 이 전쟁에 대한 책임을 피할 수 없을 것입니다. 다만, 페라 연맹에서 이 일에 대해 함구하는 조건으로 이제부터 지불할 금액을 논의한다면 상황이 달라질 수도 있겠지요."

그는 자신에게 유리한 방향으로 이끌려 했지만 만만치 않았다.

"그러나, 그대는 이번 전쟁이 저와는 상관이 없다는 사실을 간과하셨군요. 어쨌든 결과는 그 두 연맹 간의 다툼이고, 중간에서 저는 길을 내줄 뿐이니까요. 누가 부추겼건 간에, 세상은 이익에 따라 움직입니다. 물론, 저도 이 전쟁을 통하여 자국의 이익을 위해 그대와 화친을 맺으려고 갖은 노력을 쏟았습니다."

그녀는 자신이 이 일과 무관하다는 표정이었다.

"이번 전쟁에서 승리한 나라는 더 커지게 되고, 결국 그들의 야심은 곧 우리에게 고스란히 닥쳐올 것입니다. 이 전쟁은 이익과는 무관합니다. 행여나 그들이 크루치아를 공격한다면 몰라도……."

그러자, 이사벨은 기다렸다는 듯이 미소를 지었다.

"다음 격전지는…… 반드시! 크루치아의 땅이 될 것입니다."

놀란 오스텐은 더욱 비밀스러운 이야기를 나누기 전에, 모두 밖으로 내보냈다.

"그들이 크루치아와 전쟁을 치른다는 말입니까? 하지만 명분도 없을뿐더러, 내 땅을 거치지 않고서는 불가능한 일입니다!"

그는 누가 들을 세라, 핏대를 세우면서도 최대한 조용하게 말했다. 그러자 여왕은 자신만만한 표정으로 그에게 외쳤다.

"현명한 왕이시여! 누가 십자군을 일으켜 셀주크 튀르크에게서 예루살렘을 탈환했고, 그 누가 콘스탄티노플을 점령했습니까? 얼마 전, 그 두 왕이

제게 화친 제의를 해왔습니다. 그 이유는 전쟁을 벌이기 전에 우리의 영토가 지리적으로 중요해졌기 때문이지요. 다들 혈안이 돼서 저와 연합을 이루려 하고 있습니다. 저는 아직 누구와도 연합하지 않았지만, 때를 기다리고 있었습니다."

"그렇다면 그대는 누구의 편에 설 것입니까?"

"저는 우세한 연맹을 도울 것입니다. 승리를 거머쥔 누구든 우리와 손을 잡게 되겠죠. 결국 자연스레 회의장에서 무산된 십자군을 결성하게 될 것입니다."

"당신도 십자군을 원하고 있을 줄이야 몰랐습니다. 그렇다면 내가 돕겠습니다."

"하지만 선례에서도 그랬듯이…… 이번 십자군은 단순히 예루살렘을 탈환하기 위한 것만은 아닙니다."

여인은 두툼하고 부드러운 입술로 마지막 말을 속삭였다.

"선례라면…… 4차 원정을 말하는 것 같은데, 그렇다면 이번 십자군의 목적이 크루치아란 말입니까?"

"맞습니다. 크루치아로 가기 위해선 당신의 도움이 필요합니다."

왕이 그녀의 뜻을 깨닫자, 이에 여왕이 고개를 살며시 끄덕이며 웃어 보였다. 그녀의 두 눈에는 야심이 가득했다. 이를 본 오스텐은 끝이 없는 교활한 그녀의 계략에 몹시 두려움을 느꼈다.

"내가 그대와 손을 잡아야 한다면, 그 이유와 명분을 주십시오. 그대가 이러한 행동을 하는 진짜 목적을 알아야 내가 안심하고 믿지 않겠습니까?"

그러자 이사벨의 손이 부드럽게 그의 어깨를 타고 올라갔다. 그리고 그녀는 왕을 또렷하게 바라보며 속삭였다.

"저에게는 유럽이 너무나 작습니다. 그렇지만 크루치아 연맹이 무너져서 길이 뚫린다면 우리는 어디로든지 갈 수 있습니다. 더 이상 사람들은 상투스 왕을 칭송하지 않을 것입니다. 또……."

그녀는 가녀린 손으로 그의 뺨을 부드럽게 매만지며 말했다.

"그것이 바로 당신과 내가 할 일입니다. 나는 오랜 시간 동안 당신이 준비되기를 기다려 왔습니다. 이미 전쟁은 불가피합니다. 당신께서도 그 사실을 알고 이곳에 오셨을 테죠? 제 소식에 따르면, 상투스 왕도 그 전쟁이 끝나기를 기다리며 군사를 모으고 있다고 하던데……."

"그가 군사를 모으고 있다니, 그가 패전국을 집어삼키려 한다는 것입니까?"

이에 그녀가 살며시 끄덕였고, 심각해진 그는 한동안 생각에 잠겼다.

"좋습니다, 그대의 생각이 확실하다면 나도 동참하겠습니다!"

"그렇다면 패전국에서 약탈한 황금은 그대에게 반을 드리겠습니다. 십자군이 결성되면 예루살렘을 탈환할 것이며 또……."

그는 이사벨의 매혹적인 눈동자에 깊이 빠졌다.

"하지만, 내게는 실질적인 징표와 명분이 필요합니다. 당신을 믿을 수 있는 증거 그리고 귀족들을 설득할 명분 말입니다."

그의 목소리가 조금씩 떨려왔다.

"증표는 이미 마련되어 있고, 명분은 만들어드리죠."

그 순간, 천으로 덮은 이사벨의 옷이 흘러내렸다.

교황의 눈에서 즉시 엄청난 불길이 일었다. 이를 참을 수 없던 그는 즉시 눈을 꽉 감았다. 교황은 연신 가슴에 성호를 그으며 속으로 기도했지만, 그의 콧속으로 퍼지는 여인의 야릇하고 오묘한 채취가 온몸에 흐르는 것까지는 막을 길이 없었다. 차갑게 식어있던 그의 가슴에 손에 따뜻한 그녀의 손길이 닿았다. 그러자 여태껏 자신의 목표를 이루기 위해 얼어붙었던 심장이 다시 뛰기 시작했고, 그 어느 때보다 강렬하게 요동쳤다.

그가 기도를 끝냈을 때는, 이미 한 침대에서 그녀와 단둘이 벌거벗은 상태였다. 창밖으로는 어느새 붉은 노을이 떠오르며 밤을 알렸다. 그는 서둘러 옷을 갈아입고 몸을 단정히 한 뒤에 여왕의 침실을 빠져나왔다.

태양은 지평선에 걸쳐 있었고 하늘은 주황빛으로 가득했다. 구름은 넓게 퍼져 성난 말처럼 크게 휘감겨 있었다. 비로소 그가 성 안에서 빠져 나오자, 내내 그를 기다리던 센티아가 마중을 나왔다.

"시간이 오래 걸렸습니다. 작전은 성공하였습니까?"

교황이 아무런 대답이 없자, 다시 그가 말했다.

"그녀가 무슨 말을 했습니까? 혹시라도 이사벨이 전쟁 이외에 다른 방안을 말했다면 피해야 합니다. 그녀는 절대로 믿어서는 안 되는 존재입니다."

교황은 그의 말을 들은 척도 하지 않았고, 시종에게 깨끗한 물을 통에 담아오게 했다. 하지만 시종이 가져온 통에 비친 것은 물이 아니라, 이사벨의 벌거벗은 몸이었다. 눈과 정신이 혼탁해진 교황은 병사들이 보는 앞에서 크게 소리를 내어 기도했다.

"하나님이시여, 나는 불의한 자들과는 같지 않으니 이것을 감사드립니다. 제가 하나님의 은혜로 금식하기를 몇 번이나 했습니까. 또한, 남들보다 풍성하고 많은 헌금과 구제를 하였으니 그리스도께서 그 몫으로 저를 남들보다 뛰어나고 의롭게 하심을 감사드립니다……."

교황은 한동안 하늘을 향해 두 팔을 벌린 채로 서서 오랫동안 기도했다. 병사들은 이 모습을 보며 대단한 제사장이라고 생각했다. 모두는 교황의 기도가 끝날 때까지 아무 말도 하지 않고 지켜보았다. 다행히도 해가 뉘엿 넘어가기 전에 기도는 끝났다. 이어서 보병대장 바티오는 병사들을 시켜 여러 대의 마차를 왕 앞으로 끌고 왔다.

"이 마차들은……?" 교황이 물었다.

"여왕의 지시로 피데스라는 자가 주더군요. 그녀가 말하길 마차를 교황께 드리면 알 것이라고 했습니다."

이 모습을 본 센티아는 매우 불길한 느낌이 들었지만, 교황은 아랑곳하지 않고 마차를 향해 걸어갔다. 그 마차의 문을 열자, 안에는 황금이 눈부실 정도로 많았다. 또한, 마차에는 달콤하고 향긋한 냄새가 진동했는데, 그는 이것이 이사벨이 징표와 명분을 준 것으로 생각하고는 만족했다. 그리고 그 황금들을 가지고 조국으로 돌아갔다. 그녀가 선물한 금궤들은 페라 연맹의 큰 도시들과 항구를 통하여 활발히 거래되었다.

한편, 1355년이 돼서야 레치아는 카두스를 공격할 목적으로 병사 2만3천 명을 이끌고 프랑스 북부에 있는 '루치노' 평야에 도착했다. 그 근처 에트르타 항구에는 수십 대에 달하는 프랑스 배들이 정박해 있었다. 프랑스인들은 배에 군수물자를 실어 나르는 데 여념이 없었고, 해안가는 혼잡하고 사람들로 인하여 시끄러웠다.

그러나, 항구에는 이미 도착했어야 할 이드루스 연맹의 군대가 보이지 않았다. 만나기로 약속한 날이 지나고, 이틀이 지나도 아무런 소식이 없었다. 점차 레치아의 병사들은 불안해졌다. 그렇게 기다리기가 닷새째가 되던 날, 멀리서 흙먼지를 일으키며 소수의 이드루스 기마병이 도착했다.

그들은 이드루스 연맹의 깃발을 들고서 이사벨의 서신을 전해주러 온 자들이었다. 그들은 집결하기로 약속한 날짜가 늦어진 것에 대한 용서를 구했고, 이어서 여왕이 직접 쓴 편지를 왕에게 건네주었다. 레치아의 왕은 머리끝까지 화가 차올랐지만, 일단 차분한 마음으로 편지를 읽었다.

한편, 레치아의 기마 대장인 세르비티는 그 서신을 전해준 기마병들에게 다가갔다. 그들은 돌아갈 채비를 갖추고 있었고, 기마병 중 한 명이 그를 보고는 멈춰서 예의를 갖춰 인사를 했다.

"세르비티 기마대장님! 이렇게 직접 만나 뵙게 되더니 영광입니다."

"지금은 한가하게 그런 말을 할 때가 아닌 것 같군. 벌써 약속 기일이 5일이나 지났네. 전쟁을 코앞에 두고 아무런 소식도 없이 편지만 보내다니 있을 수 없는 일이네. 여왕은 반드시 이에 합당한 이유가 있어야 할 걸세."

그는 왕의 귀에 들리지 않게 소리를 낮춰 말했다.

"저희도 여왕님이 보내신 뜻만을 전하러 온 것이기에 아는 것은 별로 없습니다. 다만, 사태가 굉장히 안 좋게 흘러가고 있음은 짐작하고 있습니다."

기병이 조심스럽게 말했다.

"그곳에서 무슨 일이 벌어지고 있는 것인가? 우리는 이 전쟁을 계속할 것인지 아니면 회군할 것인지 서둘러 결정해야 하네. 닷새 동안 수많은 식량을 낭비했고, 병사들의 사기도 떨어졌네. 식량이야 프랑스에서 보급한다 해도…… 전투를 안 하는 병사들은 점차 무용지물이 되어 가고 있네."

"아마도 왕께서 편지를 읽으신다면 무언가 말씀이 있을 겁니다. 저희 지도자께서 그렇게 말씀하시고 서둘러 오라고 하셨습니다. 그럼 먼저 가보겠습니다. 기마대장님께도 신의 가호가 있기를……!"

말을 마치고 기병들은 서둘러 돌아갔다.

한편, 노했던 왕은 짧은 편지를 읽고 나서 거친 숨을 내쉬며 단숨에 종이를 찢어버렸다. 그는 이를 갈며 멀어져가는 기병들을 쳐다보고 있었다.

'감히 불륜아 출신 따위가! 우리를 얕보다니…… 다 참아도 이것만은 절대로 참을 수 없다. 애초에 그녀의 도움 없이도 오만한 에드워드는 손봘 생각이었으니, 어찌 됐든 좋다.'

그리고 델릭 왕은 결심한 듯 기마대장인 세르비티를 불렀다.

"기마대장은 당장에 항구 쪽으로 가서 배들을 출항 준비시켜라. 그들이 목적을 묻거든 여왕과 얘기가 된 것이니 문제없다고 말하라."

황당한 왕의 말에 세르비티가 의아해하며 물었다.

"이번 전투는 이사벨과 연합하여 잉글랜드로 가는 것이 아니었습니까?"

"이 서신에 따르면, 이드루스 군이 잠시 지연된다고 한다. 그러니, 우리가 선공으로 그곳을 치면 그들도 뒤따라 올 것이다."

세르비티는 왕의 말이 믿기지 않았다. 이사벨과 협공해도 어려운 전투임에도 불구하고 독단적인 전쟁을 치르려 한다는 것은 상식적으로 자살행위나 마찬가지이기 때문이다. 머뭇거리던 기마대장은 다시 과감하게 왕에게 청했다.

"감히 말씀드리지만, 이번 출정은 여왕의 부탁으로 시작된 전투입니다. 우리는 그녀의 도움을 받을 권리가 있습니다."

"여왕의 부탁? 착각하지 말라. 우리는 스스로 선택해서 전쟁을 치르는 것이다. 이 전쟁은 그녀의 말 때문도 아니고 더욱이 그녀가 원해서도 아니다! 우리 군이 오만한 카두스를 짓밟기 위한 싸움이란 말이다. 기마대장으로서의 너의 임무를 잊지 말라. 너는 내 명령에만 복종하면 된다."

델릭 왕은 격앙된 목소리로 말했지만, 세르비티는 여전히 완고했다. 그는 물러서지 않고 조심스럽게 왕에게 다시 여쭈었다.

"그렇다면, 편지의 내용이 무엇이란 말입니까? 카두스 연맹은 만만치 않은 상대입니다. 공격하는 처지에서는 이드루스에 연맹에 속한 스코틀랜드의 도움이 필수적입니다. 그들이 없다면, 배를 타고 가서 싸운다 할지라도, 자칫 돌아올 길이 힘들어질 수도 있습니다."

"이런 겁쟁이 같으니라고…… 벌써 돌아올 생각을 하고 전쟁하려는 것이냐! 네가 그러한 용기를 가지고 어떻게 기사들을 이끌 수 있단 말인가? 무엇을 믿고 기사들이 따르겠느냔 말이다. 왕의 기사답게, 용기를 담대히 가져라!"

그러고 나서 왕은 맨손으로 세르비티의 뺨을 강하게 후려쳤다.

"이건 내 말을 명심하라는 뜻이다."

"알겠습니다. 일주일 안으로 배를 준비시키겠습니다."

왕의 기사는 어두우면서 무거운 표정으로 소수의 병사와 함께 에트르타 항구 쪽으로 향했다.

존경하는 위대한 레치아 국왕님께

안녕하신지요? 우선 전쟁 준비로 인하여 얼마나 고단하셨습니까. 저희도 한동안 전쟁 준비로 인하여 바쁜 나날들을 보냈습니다. 그러다가 얼마 전, 병사들 사이에서 작은 다툼이 일어났습니다. 나중에야 알게 된 실상은 그 싸움이 단순히 병사들 간의 다툼이 아니었다는 것이었습니다.

그것은 첩자가 일으킨 분란이었습니다.

다행히도 서둘러 조치를 하여 그 첩자를 잡는 데 성공했지만, 그가 잉글랜드 출신이라는 점과 자신과 같은 첩자가 우리 연맹에 한두 명이 아니었습니다. 그의 말에 따르면 '이미 여러 명의 동지가 레치아가 오고 있다는 사실을 잉글랜드에 전하러 도망쳤다'라고 했습니다. 선전포고 없이 협공하려던 모든 계획은 실패하였습니다. 카두스 연맹은 군사를 준비하고 있으며, 결국 이번 계획은 철저히 무산되었다는 점을 알려드립니다. 레치아의 왕께서도 이 서신을 읽으신다면 당장은 비겁할지라도 군사를 퇴각시키십시오. 카두스 연맹을 상대로 홀로 이기실 수 없습니다. 가까운 시일 내로 다시 집결지를 말씀드리겠습니다. 다시 한 번 말씀드립니다. 에드워드 왕이 이 사실을 안 것은 얼마 되지 않아, 병력을 준비시킬 충분한 시간은 없습니다만, 혼자서는 카두스를 이길 수 없습니다. 반드시 군사를 퇴각시키십시오. 다시 서신을 보내겠습니다. 그동안 평안하시길 바랍니다.

추신. 이드루스 연맹의 앙커스 이사벨

흰 촛불이 반쯤 타들어 간 조용한 방 안에 반듯하게 다듬어진 갈색 나무 탁자가 있었고, 그 위에는 종이들이 널브러져 있었다. 나무 의자에는 이사벨이 앉아 탁상에 발을 걸쳤고, 그 옆에는 아베르토가 주름진 손으로 편지를 읽었다. 그는 자신도 모르게 소리 내어 읽었다. 그의 짧은 흰 수염은 입 모양에 따라 같이 움직였다. 편지를 다 읽은 그는 탁상에 살포시 올려놓고 그녀에게 말했다.

“이 정도면 훌륭합니다. 제가 말씀 드린 것처럼 그가 걸려들 만한 내용이군요.”

그리고 그는 흡족한 미소를 보였다.

“그렇게 확신하는 이유라도 있습니까?”

“제가 델릭 왕을 잘 알고 있습니다. 그는 마치 연약한 갈대와도 같습니다. 왜냐하면 남의 말에 쉽게 흔들리기 때문입니다.”

“그렇다면 도망치라는 말을 해서는 안 되는 것 아닌가요? 오히려 그에게 싸우고 있으라고 격려해도 모자를 것 같은데…….”

“아닙니다. 델릭은 겁쟁이이지만, 또한 왕이기도 합니다. 전쟁의 모든 책임을 맡는 상황이 닥치면, 아무리 겁쟁이라 할지라도 성격이 달라지는 법이죠. 스스로도 평소의 모습으로는 버틸 수가 없다는 것을 잘 알고 있을 겁니다. 그러한 자에게 전진하라고 등을 떠밀면 도망치게 되고, 퇴각하라고 잡아당기면 오히려 과감하게 돌격을 선택할 것입니다.”

이에 이사벨은 이해가 간다는 듯이 고개를 살며시 끄덕거렸고, 이어서 웃긴 상상을 했는지 손등으로 입을 가린 채 점잖게 웃어 보였다.

“연약한 갈대라…… 그것참 적절한 비유군요.”

“우선, 에드워드 왕에게 모든 레치아의 작전 계획을 넘겼습니다. 바보가 아니고서야 카두스는 절대 패배할 수 없습니다. 우린 기다리기만 하면 됩니다.”

“그대의 노고가 이 모든 일을 가능케 했군요. 이제 레치아 연맹의 운명도 얼마 남지 않았네요.”

“아닙니다. 여왕님께서 지난번 카두스 연맹에 수레를 실어 나른 덕분에,

결국 여기까지 온 것 아니겠습니까? 이제 이드루스 연맹이 유럽 너머 세계로 나갈 것입니다. '검은 질병'만 있다면 한 나라를 초토화 시키는 것은 일도 아니죠."

그는 결의한 듯 표정이 심상치 않았다.

"하하, 잘 모르시는군요. 그것이야말로 교황 덕분입니다."

"그게 무슨……?"

아베르토는 놀란 눈으로 그녀를 쳐다보았다.

"총명한 왕이 이미 그 사실을 알고 있었습니다. 이에 황금을 선물해주었더니, 회의장에서 아무런 말이 없더군요. 결국 그가 눈감아준 덕분에 우린 살아남은 것입니다. 황금이라면 그 자를 조종하는 것은 일도 아닙니다."

서로는 한참을 웃었다. 그러나 묘한 느낌이 든 그녀의 표정이 어두워졌다. 그녀는 눈동자를 좌우로 살피더니 아주 천천히 그에게 몸을 기울여 속삭였다.

'누군가…… 이 방 안에 있습니다.'

그러자, 사내는 주변을 살며시 둘러보더니 근처에 있는 몽치를 들고 조심스러운 걸음으로 방 안을 살피기 시작했다. 그러나 방 안은 고요했고 창문 틈으로 새어 나오는 바람 이외에는 아무것도 발견할 수 없었다.

"창문이 살짝 열려 있습니다. 혹시 밖에서 난 소리일지도 모르겠군요."

아베르토는 창문을 닫고는 살며시 웃으며 말했다.

"그런가요? 예민해서 이상한 소리를 들었나 보네요. 자, 이제 편지를……"

그러던 찰나에, 창밖에서 묵직한 소리가 났다. 두 명의 시선은 창을 향했다. 아베르토는 재빠르게 창문을 열고 밖을 살펴보았다.

"…… 아무것도 보이지 않습니다. 밖은 온통 어둠뿐이군요."

"이상하군요. 그대도 소리를 듣지 않았습니까? 병사들을 불러야 할까요?"

"소리는 났지만, 아무것도 없는 것을 보니 잘못 들은 것 같습니다. 그래도 혹시 모르니 병사들을 풀어 주변을 탐색하라고 해야겠습니다. 저는 이만 물러나겠습니다. 아 참, 마지막으로 하시던 말씀이 무엇이었습니까?"

"아…… 편지를 잘 부탁드린다는 말이었습니다. 그대에게 믿고 맡기겠습니다."

그가 문밖을 나가려 하자, 이사벨이 문을 열어주었다. 아베르토는 그녀의 어깨에 손을 올리고는 당부했다.

"그 전에 앞으로 벌어질 일들에 대해 말씀드릴 것이 있습니다."

그녀는 그의 눈에 푸른빛 두 덩이를 보았다. 그 남자의 모습은 점차 커 보이더니 그의 그림자가 방 안을 가득 채웠다.

"그들이 나를 믿으려면 필요한 것이 있습니다."

"필요한 것이 있다면 무엇이든 말씀하세요. 돌일지라도 떡이 되게 해드리죠."

그러자 아베르토는 호탕하게 웃었고, 편지를 손에 쥐고 방을 빠져나갔다.

이사벨은 방 안에 남아 있었다. 시간이 조금 흐른 뒤에, 그녀는 창문을 열고 밖을 내다보았다. 짙고 푸른 어둠이 도시에 깔려 있었다. 달빛을 받은 집들은 지붕만 살짝 비쳤고, 거리는 어둠에 묻혀서 보이지 않았다. 도시에는 마차를 끄는 소리만 들릴 정도로 고요했다. 한동안 창 아래를 훑어보던 그녀는 아무것도 발견하지 못하고 멍하니 하늘을 바라보았다. 그곳에는 터질 듯이 동그랗고 큰 달이 하얗게 빛을 내고 있었다. 그 앞에는 어두운 구름이 달 사이로 흘렀고, 몽롱한 빛은 왠지 도시의 분위기를 음산하게 했다. 그녀는 왠지 모르게 기분이 좋아져서 창문에 팔을 걸쳤다. 푸른 도시에는 그녀의 흥얼거리는 소리가 안개처럼 깔렸다.

붉은 연합군

"감히 이런 짓을…… 누구란 말인가!"

교황의 목소리는 분노에 넘쳐흘러서 심히 떨려왔다.

"진리를 알지니 진리가 너희를 자유케 하리라. 이제 악의 근원이 사라졌습니다. 세상은 한층 평화를 되찾겠군요. 안 그렇습니까?"

그러자, 교황의 손이 심하게 떨려왔다. 그는 칼집에 갖다 대었고, 그제야 떨림은 진정 되었다. 그는 다시 한번 그곳을 뚫어지게 쳐다보았다.

붉은 연합군

나무로 된 깃대가 반으로 부러져 진흙에 처박혀 있었다. 이슬비로 촉촉하게 젖은 흑갈색을 띤 땅에는 황금 물고기가 그려진 깃발의 끝부분이 찢겨 있었고, 그 옆에 같은 문양의 천을 두른 병사들이 바닥에 누워 신음하고 있었다. 눈을 질끈 감은 병사들의 이는 피범벅이 되었고, 그들은 고통하며 하늘을 바라보고 누워 있었다. 붉은 피가 헬름을 타고 흘러내려 그들의 눈가에 맺혔고, 주인 잃은 병마들은 질퍽한 땅에서 이리저리 뒹굴며 길길이 날뛰었다. 이곳에서 조금 떨어진 곳에는 무자비한 도끼질과 칼날에 우후죽순으로 레치아의 병사들을 쓰러져 나갔다. 그러한 공세 앞에서 레치아의 중장기병과 보병들은 후퇴할 곳도, 더 이상 전진할 용기도 없었다.

잉글랜드는 아베르토가 준 문서를 토대로 프랑스 배들이 상륙할 장소를 정확하게 알고 있었으며, 이에 만반의 준비를 한 상태였다. 자신 있게 잉글랜드의 땅을 밟은 레치아 2만3천 명의 병력은 전투가 벌어진지 반나절도 지나지 않아, 해안가에서만 5천 명이 넘는 사상자가 발생했다.

사상자중 대부분은 잉글랜드 궁수에게 당했는데, 그들이 사용하는 장궁의 위력은 대단했다. 레치아 기사들은 상륙하여 땅을 밟고 제대로 싸워보기도 전에 적의 화살 세례를 맞고 차례대로 쓰러졌다. 비처럼 쏟아지는 화살 앞에는 카두스 중장기병의 창날이 버티고 서 있었고, 그들의 철통방어에 당황한 레치아 지휘관들은 병력을 제대로 이끌지 못하고, 갈팡질팡하며 인명 피해만 더 키워나갔다.

이를 지켜보던 델릭 왕은 직접 기마병들과 돌진했지만, 쇠의 무게로 느린 말을 이끄는 것도 모자라, 진흙을 뚫고 나아가기는 매우 어려웠다. 이를 안 궁수들은 양익에서 적을 저지하는 한편, 카두스 기사들도 레치아 기마병들과 격렬하게 부딪혔다.

이러한 총체적인 난관 속에서 유일하게 수페르만이 본대와 따로 떨어진 곳에 상륙하여 승리를 거두었는데, 그는 3천 명의 기사들을 이끌고 잉글랜드의 리즈 성까지 거침없이 격파해나갔다. 용맹함으로 똘똘 뭉친 그들은 녹색 빛 망토를 두르고, 코까지 덮은 헬름 투구에 날카롭게 벼린 검을 휘두르며 빠른 속도로 치고 나갔다.

이 위협적인 수페르의 부대를 지켜보던 카두스 연맹에서는 런던 경비대장인 '피델'이라는 자를 선두로 1천5백 명의 기사들과 보병들을 출전시켰다. 이윽고 피델과 수페르가 런던이 멀지 않은 외곽에서 마주쳤다. 피델의 부대 선두에는 방패를 든 보병들과 많은 궁수가 있었는데, 그들을 우습게 여긴 수페르는 기마대에게 곧바로 돌격을 명했다.

이로서 많은 기마대가 파도처럼 밀려들어갔고, 카두스의 병사들은 지휘관의 명령에 따라 금세 방어 대열을 갖추었고 곧 화살을 준비했다. 수페르의 기마대는 용감하게 돌격했고, 그러한 적들을 향해 자비를 베풀지 말라고 피델이 소리쳤다. 그러자 잉글랜드 궁수들은 하늘을 향해 쉴 새 없이 화살을 쏘았다.

멀리서 본 런던의 하늘에는 무수히 많은 화살이 날아다녔다. 빠르게 달려가던 수페르의 기사들은 속수무책으로 당할 수밖에 없었다. 그들은 쇠의 무게 때문에 비처럼 쏟아지는 화살을 피해갈 수 없었다. 싸움은 일방적으로 피델이 유리 했다. 수페르의 선발대 기사들은 팔과 다리 그리고 가슴에 화살을 맞고 그대로 낙마했고, 이를 지켜보는 후발대 병사들의 얼굴은 창백해졌다. 후발대에서는 겁을 먹고 도망치는 기사들이 생겨났다. 수페르는 기사들에게 돌격을 멈추고 전 병력을 우회하라고 명령했다. 하지만, 돌격 이외에는 다른 전술을 모르던 고집 센 귀족출신 기사들은 그의 명령을 거부하고 계속 앞으로만 돌진했다.

수페르가 혈전을 벌이고 있을 무렵, 기마대장 세르비티는 말을 타고 엉망이 된 해안가를 이리저리 뛰어다니며 지휘관들을 한데 모았다. 보통 지휘관들은 명망 있는 가문 출신의 귀족들이었는데, 대부분은 훈련도 제대로 받지 않았으며, 독단적으로 행동하여 지휘체계를 난잡하게 만들어 통제를 힘들게 했다. 그들은 병사들을 이끌지 못할 정도로 무능력했다. 또한, 자신의 목숨이 위태로우면 말을 돌려 부대를 이탈하기도 했다.

그러나, 이 모든 상황에도 불구하고 세르비티는 병력을 재정비하고 병사들에게 용감하게 싸우라고 외치며 전쟁터를 누볐다. 그의 용기 있는 행동에 병사들도 동참하였고 얼마 지나지 않아, 믿기지 않을 정도로 기세가 회복되기 시작했다. 레치아 기사들은 기마대장만을 믿고 겁 없이 뒤따라갔다.

해안가를 사수하는 룹타스에 맞서 레치아 기사들이 칼과 창을 휘두르며 적진 속으로 파고들었다. 이로써 레치아와 카두스의 칼날은 맹혹하게 부딪혔고, 서로의 칼끝에서는 불길이 번졌다. 날카로운 칼과 뾰족한 창은 서로의 몸에 엮여 손끝에서 강렬한 울림을 느꼈다. 카두스의 병사들은 이를 악 다물고 해안가를 사수하기 위해 적의 목에 칼을 휘둘렀고, 레치아의 병사들은 맹렬한 눈빛으로 그곳을 빼앗기 위해 적의 심장부에 창을 찔러 넣었다.

양측 간의 피 튀기는 치열한 백병전 속에, 레치아의 기사들은 더 힘차게 적의 심장부로 뚫고 들어갔다. 빠르고 거칠게 흘러가는 상황 속에서 카두스 병사들은 적의 공격으로 인하여 병력이 나뉘기 시작했다. 이에 심리적으로 크게 위축되었다. 세르비티 기마대장은 가장 선봉에 서서 적을 베며 길을 만들었다. 그를 뒤따르는 수많은 기사가 뒤로 따라붙었다. 카두스의 뚫린 수비 사이로 레치아의 물결이 급속도로 그들을 집어삼키기 시작했다.

적들의 기세에 두려움을 느낀 룹타스는 점차 밀리기 시작했고, 삼 일째가 되던 날 그는 퇴각을 명령했다. 결국 레치아의 군대는 해안가를 점령하는데 성공했으나, 예상보다 많은 사상자가 발생하여 기뻐할 수만은 없었다.

전투를 마친 세르비티가 피를 뒤집어 쓴 투구를 벗고, 긴 금발을 풀어 헤치며 왕이 휴식을 취하는 침대에 나아와 말했다.

"생각보다 거센 저항에 지휘관들의 사기가 많이 꺾였고, 잉글랜드의 병력이 많지 않음에도 불구하고 허무하게 많은 병력을 잃었습니다. 왕께서도 느끼셨을 것이라 생각합니다만, 아무래도 무언가가 수상합니다. 적이 우리군의 정보를 너무 잘 알고 있습니다."

그는 마지막 말을 목소리를 낮춰 말하여 행여 모를 첩자에 주의했다.

"걱정마라. 이제 겨우 셋째 날이다. 더군다나 우리는 무사히 해안가를 점령했다. 이미 내 아들 수페르가 돌파해 나갔으니, 우리도 그 길을 따라서 편안하게 승리를 쟁취하면 된다."

왕은 자신감 있게 말했지만, 침상에 누워있는 그의 몰골은 끔찍하게 죽어간 기사들만큼이나 처참해 보였다. 그는 애써 떨리는 손을 감추고자, 지팡이처럼 검의 손잡이를 두 손으로 짚고는 먼 하늘만 바라보고 있었다.

"나의 왕이시여, 지금이라도 늦지 않았습니다. 잠시 퇴각하여 프랑스로 돌아가서 여왕의 군대를 기다려야 합니다."

그러자 초췌한 왕의 얼굴이 붉어지더니 고함을 질렀다.

"지금 무슨 말인가! 내 아들이 적진 한가운데서 애타게 나를 기다리고 있을 텐데 프랑스로 돌아가자니……."

"정 돌격하고자 하신다면, 이사벨 여왕과 계획한 작전을 바꾸어야 합니다. 적들은 이미 우리의 경로를 훤히 꿰뚫고 있었습니다. 생각건대, 정보가 적에게 노출된 것이 아닐지 심히 염려됩니다. 그들은 해안가에서 미리 기다리고 있었고, 우리 군이 돌격하는 경로마다 함정을 파놓았습니다. 이것을 미루어 보았을 때, 프랑스에게 배신을 당했을 가능성이 높습니다."

왕은 그의 말을 듣다가 화를 내며 잡고 있던 칼을 휘둘러 옆에 있는 깃발을 반으로 갈라버렸다. 그래도 분이 안 풀린 왕은 근처에 있는 물건들을 바닥에 내동댕이쳤다.

"그렇다면 내가 이사벨에게 속았다는 것인가? 그대는 나의 무지를 드러내는 기사인가! 목숨이 아깝거든 더는 퇴각이라는 말을 꺼내지 마라. 지금 총지휘관이 가는 곳과 우리가 가야 할 목적지는 같다. 우리는 이대로 직진할 것이다. 너는 내게 충성을 맹세한 자가 아닌가? 죽음을 불사하고 나를 따를 것인가 아니면 비겁하게 도망치자는 말만 할 것인가!"

그러자, 왕의 기사는 한 치의 망설임 없이 말했다.

"물론, 주군의 명령을 제 검처럼 받들 것입니다."

총지휘관인 수페르가 적의 방어벽을 뚫고 잉글랜드의 킹스 힐을 지나 런던에서 멀지 않을 무렵, 그의 남은 병력은 2천 명이 채 되지 않았다. 보급로는 오래전에 끊겨서 마을들을 약탈하며 버티고 있었지만, 런던의 장벽을 넘기 위해서는 추가 병력이 절실하게 필요했다.

하지만 시간은 그의 편이 아니었다. 에드워드 왕이 2만 명이 넘는 군대를 이끌고 수페르를 향해 진군해오고 있었기 때문이었다. 추가병력도 없이 에드워드 왕의 부대를 맞닥뜨린 그는 좌우로 수없이 펼쳐진 붉은 깃발을 보게 되자, 완전히 절망감에 사로잡혔다. 아버지의 성격을 닮은 그는 여전히 두려웠지만, 물러서지 않고 끝까지 용감하게 싸웠다.

전투가 완전히 기운 최후까지, 결국 지원군은 오지 않았다. 수페르는 카두스 정예 기사단에 생포되고야 말았다. 카두스의 정예 기사단은 적들의 사기를 꺾기 위해 레치아에 '수페르의 사지를 잘라 바다에 던졌다'라고 소문을 퍼트렸다. 이 소식은 세르비티에게도 흘러 들어갔다. 그는 수페르가 잡혔다는 것을 알게 되어 충격에 빠졌지만, 아들만을 향해 진군하는 왕의 지친 모습을 보며 차마 그 소식을 입 밖으로 꺼낼 수가 없었다. 희망은 사라졌지만, 죽음을 각오한 세르비티는 런던을 향해 묵묵히 나아갔다.

한편, 에드워드는 적의 진군을 늦추기 위해 소수의 부대로 여러 번 작은 전투를 벌이면서 시간을 벌었다. 그들은 상대방의 식량이 떨어지기만을 기다렸다. 이미 지쳐있던 레치아 부대는 매번 큰 피해를 보았지만, 후퇴하는 쪽은 오히려 카두스 쪽이었다. 왕의 기사는 에드워드가 자신들을 전멸시키기 위해 더 깊숙한 곳으로 끌어들이고 있다고 생각하여 심한 불안에 휩싸였다.

하지만, 거짓 승리를 믿은 델릭 왕은 승리를 거듭할수록 자신감을 얻었다. 그는 과감히 런던까지 돌격을 명했으나, 세르비티는 이런저런 이유를 대며 진군을 최대한 늦추려 했다. 하지만 더 이상 자신의 부하들을 죽음으로 내모는 것을 지켜볼 수 없었던 그는 왕에게 비보를 전하기로 마음먹었다.

척박한 땅에 앉아 심각한 얼굴로 세르비티가 생각에 잠겨 있었다.

'아무리 봐도 수페르 님의 흔적을 찾을 수가 없다.'

여태 이동했던 경로에서는 말의 배설물을 이용하여 추적했는데, 요 근래부터 그들의 행방이 묘연해진 것이다. 그는 이 근방 어디선가에 전투가 벌어졌고, 곧 수페르 부대의 흔적을 찾을 수 있으리라 기대했다.

반면, 레치아 왕은 아들이 런던 근처 어딘가에서 기다리고 있을 것이라고 단언했지만, 내심 불안해하고 있었다.

"조금만 더 가면 내 아들이 런던이 곧장 보이는 곳에 레치아의 깃발을 꽂은 채로 우릴 기다리고 있을 걸세. 조금만……."

"나의 왕이시여, 수페르 님의 흔적을 잃어버린 지가 벌써 이주 째입니다. 이곳에 잠시 쉬면서 기병을 보내어 그분의 위치를 파악하는 것은 어떻겠습니까?"

여러 번의 전투로 기운이 빠진 소진한 왕은 순순히 그의 말을 따랐다.

"그 방법도 좋겠군……. 솔직히 말하자면, 이미 난 너무 지쳤네. 이 상태로는 런던까지 같이 갈 수 있을지도 모르겠네, 만약에 자네가 내 아들을 만난다면 먼저 진격하게. 나는 이곳에 머물면서 좀 쉬겠네. 더는 악랄한 저들과 싸울 자신이 없어."

왕의 이마와 입 주변에 주름이 깊게 패 있었다. 세르비티는 계속된 강행군으로 병사들도 지칠 대로 지쳐있어서, 런던으로 가기도 전에 쓰러질 판국이라는 것을 알고 있었다. 그는 재빠르게 근처에 있던 백인 장을 불렀다.

"제일 빠른 기병 30명을 선발하여 수페르 부대의 흔적을 찾도록 하라. 분명히 이 근방에 있을 것이다, 서둘러라!"

"예, 알겠습니다."

백인 장은 날쌘 기병 30명을 선출하여 추적에 나서도록 했다. 한편, 휴식을 취하던 왕은 군사를 정비하던 세르비티를 자신의 처소로 불렀다.

"자네, 내 곁으로 가까이 와 보게."

기력이 없던 그의 표정에선 더는 싸울 의지도, 아무런 희망도 없어 보였다. 아들의 흔적이 끊긴 지 일주일을 넘어서부터 아들이 죽었을지도 모른다는 생각이 왕을 사로잡은 터였다.

"나는 자네를 속였네. 내 양심은 돌격을 멈추라고 말했지만, 이를 어기고 어리석게도 무고한 병사들을 죽음으로 몰아넣었네. 실은, 카두스가 거짓 패배로 우리를 농락하며 유인하고 있다는 것쯤은 나도 알고 있네. 저기 서 있는 병사들의 표정이 보이는가? 저들이 생각하는 것처럼 내 아들은 이미 죽었을지도 모르겠군……. 만약 기병들이 수페르의 패배를 확인하고 온다면 프랑스로 일단 퇴각할 생각이네. 처음부터 자네의 말을 따랐어야 하는 데 너무 늦었지……."

왕은 애써 눈물을 감추려 하늘을 쳐다보며 말을 이어갔고, 세르비티는 고개를 숙이고 가만히 듣고 있었다.

"나는 아들에 대한 사랑에 눈이 멀어서 모든 것을 잃고도 현실을 보지 않았네."

"오, 나의 왕이시여 결코 아닙니다! 너무 염려하지 마십시오. 불길 속에도 희망은 늘 있습니다. 허락해주신다면 제가 군사들을 이끌고 돌격하여 흔적을 찾아보겠습니다."

"아닐세. 자네까지 위험에 빠트릴 수는 없네. 일단 여기에서 이사벨의 군대의 소식이 올 때까지 버텨볼 생각이네……. 아들의 소식도 찾고……."

피곤한 몸으로 간신히 입을 떼던 왕은 말을 마치기 전에 곤하여 잠들어 버렸다.

이에 세르비티는 큰 결단을 한 듯, 긴 금발을 끈으로 단단히 묶고 조용히 투구를 쓰고 말에 올라탔다.

'나의 왕이시여, 아마 이사벨은 에드워드와 한패일 것입니다. 그들의 간교로 레치아가 속았습니다. 이 수치는 반드시 제가 갚겠습니다.'

그들은 전진하지도 못하고 퇴각하지도 못하는 난처한 상황 속에서 며칠 밤을 지새우며 그곳에서 지냈다. 며칠 밤이 더 지나자, 30명의 기병 중 25명이 죽고 다섯 명만이 살아 돌아왔다. 기병들의 말에 의하면 수페르의 군대가 처참하게 패배한 곳을 보았는데, 카두스의 군사들이 그곳에서 시체와 무기들을 정리하고 있었다고 했다.

그것도 잠시, 레치아의 기병들은 발각되어 쫓겼고, 겨우 다섯 명만 살아 돌아왔다고 전했다. 이 사실은 즉각 델릭 왕에게 전해졌다. 수페르가 죽었음을 확인한 그는 큰 상심에 빠져 전군 퇴각을 명했다. 레치아의 퇴각 나팔이 울리자, 이를 기다렸다는 듯이 에드워드의 부대가 퇴각하는 레치아의 후방병력을 공격하였다. 그들은 해안가까지 쫓겨나듯 도망쳤다.

결국 레치아의 총 병력 2만 3천 명 중 고작 4천800명만이 배를 타고 프랑스로 복귀했다. 델릭 왕은 이드루스 연맹이 싸울 의지가 없음을 확인하고서야 본국으로 다시 돌아갔다. 한편, 레치아의 패전 소식은 페라와 크루치아 연맹에게도 알려졌다.

잉글랜드의 땅에서 레치아의 녹색 깃발이 물러나자, 대승리를 거둔 에드워드는 도시 전역에 대대적으로 큰 잔치를 벌였다. 도시와 마을마다 빨간색과 흰색 그리고 다채로운 승리의 깃발이 걸려 있었고, 모든 술집에는 사람들로 붐볐다. 길가에도 술판이 벌어지긴 마찬가지였다. 집마다 고기와 술을 준비하느라 정신이 없었으며, 가난한 이들은 나라에서 고기와 술을 제공해주었다. 왕은 큰 병력의 손실 없이 승리하는 데 혁혁한 공을 세운 이드루스 연맹의 여왕과 귀족들을 그들의 성으로 초청하여 기쁨을 나누고자 했다.

에드워드가 머무르는 성 안에는 우스꽝스러운 복장의 기사들과 봉신들로 발 디딜 틈이 없었다. 승리의 깃발이 좌우 앞뒤로 수를 놓았고, 빈 맥주통 수십 개가 산더미처럼 층층이 쌓여 있었다. 성 안에는 남자들의 떠드는 소리와 여자들의 웃음소리가 떠나질 않았고 맥주 따르는 소리, 술잔을 부딪치는 소리, 게걸스럽게 씹는 소리가 그곳을 가득 메웠다. 봉신들이 앉아 있는 기나긴 탁자에는 고기와 채소 그리고 다양한 음식들이 차려 있었다.

탁자만큼 길게 늘어선 사람들은 질서정연하고도 너저분하게 고기를 뜯었다, 가장 윗자리에는 에드워드 왕이 신나 있었다. 왕은 술잔을 들며 신하들에게 건배를 요청했고, 봉신들은 성 안이 떠나갈 정도로 '왕께 건배!'를 크게 외쳤다.

"자, 마음껏 마시고 부어라! 술과 음식이 끊이지 않도록 하라!"

왕이 옆에 서 있던 룹타스 백작에게 말했다.

"대승을 거두신 것을 축하드립니다."

"이번 승리는 모두 이사벨과 아베르토 덕분이지. 그들에 비한다면 내가 한 것이 초라할 정도라네. 하하."

백작은 내심 해안가에서 많은 사상자를 냈던 자신의 공을 세울 줄 알았지만, 정작 그들을 칭찬하니 이를 질투했다.

"물론입니다만, 해안가에서 적들이 크게 피해를 입지 않았다면 일이 더 힘들어졌을 것입니다. 결국에는 그 일이 승리로 이어졌으니 얼마나 기쁜 일입니까?"

"물론이지! 해안가에서 활약한 자네의 공도 크게 치하할 것일세."

에드워드는 웃음기 머금은 얼굴로 백작의 등을 두드리며 말했다.

그러던 중, 거대한 성문이 열리면서 보랏빛이 은은하게 감도는 매혹적인 천을 두른 한 여인이 들어왔다. 그 여인의 뒤로는 무장한 병사들 6명이 있었다.

"반갑습니다, 이번 전쟁의 가장 큰 공을 세운 프랑스의 여왕이여. 자, 내게 가까이 와서 여기 좋은 자리에 앉으십시오."

"승리를 축하드립니다! 카두스 연맹의 수장이자, 잉글랜드의 왕이며, 또한, 브르고뉴 공작님. 이드루스에서 이번 전쟁의 승리를 축하드리는 의미로 선물을 가져왔습니다."

그녀는 프랑스에서 만든 '프로니카'라는 술을 가져왔다.

"아주 진귀한 술입니다. 한번 맛보면 마음에 드실 겁니다."

그녀는 자신만만한 웃음을 보이며 술을 따랐고, 왕의 잔에는 투명하면서도 연둣빛 술이 가득 담겼다. 호기심이 난 에드워드는 향기를 맡았다.

"처음 보는 술이군요. 향이 아주 훌륭합니다, 고맙게 받겠습니다."

"프랑스의 귀한 술입니다. 마셔도 됩니다."

"아, 괜찮습니다. 지금은 그 어떤 술보다 승리에 취하였으니 말입니다."

"이제부터가 진짜 시작입니다. 기대하셔도 좋습니다."

이에 왕은 마음이 기쁨으로 가득 차 호탕하게 웃어보였다.

"만일 아베르토가 날 설득하지 않았다면, 이런 상황이 일어나지 않았겠죠."

"물론입니다. 그분이 저를 막지 않으셨다면, 저는 끝까지 어리석은 생각을 했을 것입니다. 이에 대해 깊이 에드워드 왕께 감사하고 있습니다. 이제는 저의 과오를 모두 잊고 카두스 연맹과 이드루스 연맹이 힘을 합쳐서 더 큰 연합을 세워야 하지 않겠습니까?"

"물론, 동의하는 바입니다. 이대로 세력을 키워나간다면, 앞으로 페라 연맹이 무너지는 날도 멀지 않았겠죠. 하지만 그 전에 확실히 해두어야 할 것이 하나 있습니다. 먼저, 나는 아직 그대를 완전히 믿지는 않습니다. 만약에라도 그대가 나를 배신할 생각을 하고 있다면, 결단코 용서받지 못할 것을 명심하십시오. 나를 떠난다면 반드시 후회할 날이 올 것입니다."

웃음기가 마른 얼굴로 왕은 그녀의 눈을 똑바로 마주쳤다. 그러자 이사벨도 그의 시선을 맞추었다.

"하늘과 땅을 걸고 맹세하니, 절대로 그런 일은 없을 것입니다."

왕은 그녀의 확고한 의지를 보니, 믿음이 갔다.

"그대의 아름다움만큼이나 말이 진실 되어 보이니, 한 번 믿어 보겠습니다."

그는 길고 아름다운 눈꺼풀을 바라보다가 슬며시 그녀의 몸 아래로 시선으로 옮겨졌다. 고개를 돌려 이를 모른 채하던 여왕은 곧 에드워드 왕에게 다가가 귀에 대고 속삭였다.

'그 아름다움을 믿기만 해서야 되나요?'

이에 왕의 얼굴이 붉어졌다. 그는 달아오른 얼굴을 가리기 위해 그녀가 따른 술잔을 조금씩 들이켰다.

"잔이 벌써 비었습니다."

그녀는 웃어 보이며 왕에게 다시 술을 가득 따랐고, 에드워드는 붉어진 얼굴이 그녀 때문인지 술기운 때문인지 모를 정도로 밤새 취해갔다. 잔치는 밤이 깊어가는 줄도 모르고 계속되었다. 사람들은 의자와 탁상 그리고 바닥 누울 수 있는 곳이라면 어디든지 자리를 차지하고 잠들었다. 새벽이 다 되었을 무렵, 얘기를 나누던 이사벨과 에드워드는 모두가 잠든 틈을 타, 손을 잡고 왕비가 잠든 처소를 피하여 빈방으로 들어갔다.

그날 밤, 에드워드는 흰 천이 천장에서부터 내려오는 커다란 궁전의 침대에서 그녀의 허리를 강렬하게 휘어잡았다. 그는 기름보다 매끄러운 여인에게 사로잡힌 욕정을 하얀 살결을 꽉 쥐어 잡고는 마음껏 쏟아냈다. 이사벨은 그가 쾌락으로 눈이 멀었다는 것을 깨달았다. 그 둘은 옆방의 왕비를 두고 간음 하고도 아무런 죄책감 없이 침대에 나란히 누워있었고, 아침이 다 되도록 밤새 속삭였다.

"잉글랜드의 왕이 프랑스의 여왕을 범했으니, 이를 어찌 책임지실 것입니까?"

"나도 잘 모르겠습니다. 내가 어떻게 하길 바랍니까."

그러자 이사벨이 그의 눈을 응시하며 날카로운 칼처럼 얇은 미소를 드러냈다.

"이제부터 저의 말을 반드시 믿으셔야 합니다."

"그대의 아버지가 내 수하로 들어와 있으니, 이보다 더 확실하고 분명한 믿음이 어디 있습니까?"

"아베르토 말씀이시군요. 그는 우리에게 빠져서는 안 될 인물입니다. 만일 우리가 연합군을 창설하여 힘을 합친다면, 레치아는 물론이거니와 페라 연맹까지 넘보는 것도 무리는 아닙니다."

"연합군이라…… 나쁘지 않게 들리는군요."

"그것만이 살길입니다. 카두스는 지금 질병으로 고통 받고 있지 않습니까?"

"현재 상황은 이드루스 연맹도 마찬가지라고 들었습니다."

"두 연맹 모두 사망자가 너무나 급격하게 늘고 있습니다. 서둘러서 그들의 예방법을 빼앗지 않는다면 점차 상황이 불리해질 수도 있습니다."

"빼앗다니 무슨 말씀입니까?"

"생각해보십시오. 질병으로부터 피해가 적은 연맹은 상대적으로 군사력이 강해지고 있습니다. 이런 상황 속에서 연맹국들이 한자동맹까지 가입하게 된다면 페라 연맹은 주체국으로서 엄청난 이득을 취하여 경제적으로 매우 풍요로워질 것입니다. 또한, 십자군이라는 명목 하에 그들에게 군사를 지원한다면 그들에게 온 유럽을 내주는 꼴이나 다름없습니다. 경제와 군사력까지 갖춘 그들이 무엇을 꿈꾸겠습니까? 그들은 평화를 운운하며 외교를 벌이겠지만, 결국, 그들의 속내는 무력으로 유럽을 완전히 장악할 생각을 할 것입니다."

"시간이 흐를수록 역병 때문에 우리가 불리해진다는 말이군요. 그렇다면 방법이라도 있습니까?"

"먼저, 우리가 해야 할 것은 선조의 왕들이 벌인 전쟁은 깨끗하게 모두 잊고 평화 협약을 맺어 새 출발을 하는 것입니다. 또한, 법을 바꾸고 연합을 반대하는 자들을 모조리 숙청하고 어떻게든 그들의 입을 틀어막아야 합니다. 그래야 아무 탈 없이 우리는 유럽을 차지할 만큼의 큰 세력을 키워나갈 수 있습니다."

에드워드는 그 말을 듣자, 유럽을 차지할 수 있다는 불타는 마음이 올라왔다. 그리고 그녀의 팔을 잡아채고는 다시 눕혔다. 그러자 이사벨은 그를 막았다.

"명심하십시오! 반드시 레치아 다음에는 페라를 쳐야 합니다."

에드워드는 대담한 그녀의 생각에 잠깐 머뭇거렸지만, 그것도 잠시 다시 이방 여인의 품에 안겼다.

애초에 이틀로 정해진 온 카두스 연맹의 축제는 여왕의 청으로 연장되었다. 그리고 엿새 동안 밤낮으로 지속했다. 그렇게 닷새째 되던 날, 거리에는 온통 술에 취해 제정신인 사람이 없을 정도였다. 사람들은 전염병으로 죽은 시체와 부둥켜안고 춤을 추며 울기도 하고 웃기도 했다.

사내들은 순리대로 여자를 버렸다. 남자들은 서로 음욕이 불붙은 것처럼 길거리와 도시에서 장소를 불문하고 짐승처럼 관계를 맺고 버리기를 반복했다. 이러한 일들이 집단적으로 일어나자, 더 상황은 심해졌다. 이성을 잃은 일부의 사람들은 동물들 혹은 시체들과 성관계하는 일도 생겼다. 사람들은 이것을 문화라며 그들을 힐난하는 사람들을 뒤떨어진 자들이라고 욕했다.

쾌락에 빠진 사내들은 성인 남자로는 이제 만족할 수가 없었고, 그들은 어린아이들에게 눈독을 들였다. 처음 그들은 아이들의 억압된 성을 해방해야 한다고 강력하게 주장했다. 그들은 소수였지만 연합했고, 그들의 거짓된 사랑을 옹호하는 군중은 점차 늘어갔다.

결국 그들을 막지 못한 에드워드 왕은 어린아이의 성을 해방하는 법을 공포했다. 얼마 지나지 않아, 미성숙한 아이들은 어른들의 성적 노리개가 되어 무수히 죽어나갔고, 거리에는 온통 벌거벗겨진 아이의 몸이 값싼 쓰레기 마냥 모퉁이 한구석에 처참히 구겨져 있었다. 우스꽝스런 노란 옷을 입은 사람들은 그 시체를 거들떠보지도 않았다. 그 일에 관한 법이 따로 없어, 사람들은 문제될 것이 있느냐고 반문하였다.

이 모든 일은 여왕이 프랑스로 돌아간 지 석 달이 채 되지 않아서 벌어진 일들이었다. 언제부턴가 런던 거리에는 난잡하고 문란한 생활로 인하여 자유민과 시민들이 거리를 뛰쳐나와 절규했다. 어느 때와 비교할 수 없을 정도로 대규모의 전염병이 온 도시를 휩쓸어버린 것이다. 시민들은 죽음을 피할 수 없다는 생각에 머리칼을 부여잡고 의사들에게 달려갔지만, 이미 늦은 후였다. 급한 대로 의사들은 그들의 동맥을 잘라 피를 빼냈지만, 그러한 방법으로 사람들은 더욱 빨리 죽어갈 뿐이었다.

온 거리에는 감염자의 비명으로 가득 찼다. 길목마다 구토와 더러운 오물들로 발 디딜 틈이 없었다. 이유를 알 수 없는 전염병은 잉글랜드에서 하루 천 명에 가까운 사망자를 내며 줄어들 기미를 보이지 않았고, 에드워드 왕은 잔치가 끝나기가 무섭게 공작들을 불러 긴급회의를 소집해야만 했다.

한편, 같은 시기에 페라 연맹에서도 큰 도시에서부터 전염병이 크게 유행하기 시작했다. 특히 돈거래가 일어나는 큰 무역상에서 작은 시장의 상인에 이르기까지 다양한 계층의 사람들이 영문도 알지 못한 채로 죽어 나갔다. 교류가 별로 없는 마을들은 비교적 안전했으나, 큰 도시들은 크게 피해를 입었다. 이전에 행했던 씻는 방법으로는 일시적으로 나아질 뿐, 도저히 해결되지 않았다.

여태 질병에 노출되지 않았던 사람들은 급속도로 확산하는 광경을 보고 겁에 질렸다. 깨끗한 페라의 거리에는 더 이상 사람들이 돌아다니지 않았고, 이에 부랑자들이 무단 점거해 나갔다. 얼마 지나지 않아, 페라 연맹국의 온 거리와 도시는 오물과 시체 썩은 냄새로 뒤덮였다. 교황이 이전에 행했던 방법으로는 전염병의 속도를 막을 길이 없었고, 깨끗했던 만큼 전염은 빠르게 퍼져나갔다.

이처럼 불안한 상황 속에 사람들은 왕과 교회에 대한 신뢰를 점차 잃어갔다. 병이 퍼진 지 얼마 지나지 않아, 25만 명의 사망자가 발생하여 페라 연맹의 경제와 군사력은 크게 타격을 입었다.

페라에서 이렇게 엄청난 사상자가 발생한 반면에, 프랑스 해안가 근방에 있는 멀리 떨어지지 오래된 돌담길에서는 축제가 벌어졌다. 그 길에 있는 돌들은 언제부터 쌓여 있는지도 모를 정도로 오랜 세월이 흐른 것들이었는데, 돌의 틈에는 정교하게 다듬어진 매끄러운 나무 막대기가 꽂혀 있었다.

그리고 나무 막대기 끝에는 이드루스 연맹과 카두스의 깃발이 엇갈리게 걸려있었다. 오래된 돌담길을 따라 그러한 깃발이 수백 개가 전시되어 있었다. 그 끝에는 무장한 병사들이 자신의 자리를 지키고 있었으며, 그들은 엄중한 분위기를 풍기며 몰려드는 사람들을 통제했다.

병사의 수가 2천 명이 넘을 정도로 많았지만, 군중은 7천 명이 넘게 몰려들어 혼잡했다. 부모들은 자신의 아이를 번쩍 들어 올려 이 날을 기념하듯 구경했다. 목마를 탄 아이들은 카두스 연맹의 통치자와 이드루스 연맹의 여왕이 서로의 깃발을 넘겨주며 동맹 협약식을 치르는 것을 두 눈으로 볼 수 있었다.

'흑사병'으로 인해 국력이 약해진 잉글랜드와 프랑스는 비로소 전쟁을 종식하고 영원한 연대를 맺고 서로를 지켜주겠다는 약속을 한 것이다.

이사벨은 금장으로 장식이 된 붉은 장갑을 끼고 낫과 망치를 에드워드에게 내주었다. 그러자 그은 동맹을 상징하는 낫과 망치를 넘겨받고는 그것을 하늘에 번쩍 들어 보였다. 그러자 군중들은 환호성을 지르며 붉은 튤립과 보랏빛이 도는 스타티스 꽃잎을 하늘로 높이 던졌다. 하늘에서는 꽃비가 내리며 이들의 동맹을 축하했고, 시간이 갈수록 그들의 동맹은 더욱 강해졌다.

1358년, '붉은 연합군'이라 불리는 이 동맹은 레치아에 선전포고를 시작으로 무섭게 성장해나갔다. 그 누구의 도움도 원치 않던 델릭 왕은 아들을 잃고 패배한 이후에 소극적으로 대처했다. 그렇게 3번의 큰 전투와 8번의 작은 전투에서 모두 패배한 레치아 연맹은 5년 만에 나라의 절반을 빼앗기고 톨레도 지방까지 내주어야 했다. 한편 사태가 심각해지자, 카스티야의 한 성에서는 델릭 왕이 권위 있는 기사들을 불러 모아 대책 회의를 했다. 그러나 앞날은 아무런 희망도 없이 암울했다. 레치아 성 안에 진한 갈색 깃대는 나무가 썩어 당장이라도 부러질 듯 위태롭게 깃을 지탱하고 있었다. 그 초록바탕에 금색물고기가 그려진 깃발 아래에는 40여 명의 지휘관이 양 갈래로 나뉘어 금방이라도 검을 빼 들고 서로 죽일 기세로 다툼을 벌였다.

"도저히 들어줄 수 없는 말을 지껄이는군. 레치아 연맹이 붉은 연합군에게 곧 정복될 것이며, 그들에게 항복해야 한다는 말이 누구의 생각인가! 내가 그 머리를 잘라주겠다. 죽음을 각오하고 끝까지 싸울 작정은 하지 않고 기사라는 놈들이 한낱 목숨 따위나 구걸하자는 것이냐!"

기사단의 완장을 찬 세르비티가 상대편 무리를 보며 호랑이처럼 언성을 높였다.

"너희들의 무능력함이 일을 여기까지 끌고 왔다. 단 한 번이라도 그들에게 대항하여 이긴 적이 있는가? 이런 겁쟁이들 같으니……."

수페르의 부재로 임시 국경 사령관이 그들을 비꼬며 말했다. 그러자 사태는 더욱 심각해졌고, 사십 명의 무리는 고성과 모욕으로 성이 떠나갈 듯 시끄러웠다.

이러한 난장판에도 불구하고, 왕좌에 앉아 있던 델릭은 아무런 대꾸도 반응도 하지 않았다. 그는 머리를 옆으로 반쯤 숙이고 손가락으로 머리를 감싼 채, 고뇌에 빠져 아무것도 들으려 하지 않았다.

이미 나라의 절반을 빼앗겨 버린 상황과 연달아 패배한 전투 그리고 붉은 연합군의 세력을 생각할 때, 왕의 마음에는 이미 포기하는 것만이 살 길이라는 간절함이 터져 나왔다. 하지만 자신을 바라보는 시민들과 기사들을 위해서라도 그는 간신히 참아내어야 했다.

레치아의 국왕이 아무 말도 하지 않자, 시끌벅적하며 떠들던 귀족과 기사들이 제정신을 차리고 입을 다물기 시작했다. 그제야 왕은 손가락으로 세르비티 진영을 가리키며 무거운 입을 뗐다.

"나는 그대들의 생각을 알고 싶다. 어떻게 했으면 좋겠는가?"

"저희의 생각은 확고합니다. 연합군에 맞서 싸워야만 합니다! 이제는 각개전투가 아니라, 크루치아와 힘을 합쳐야 합니다. 그들은 이익이 아닌, 하나님의 나라와 공의를 위해 싸우는 자들입니다. 반드시 우리를 도와줄 것입니다. 그렇게 된다면 붉은 연합군에게 승리할 수 있습니다!"

그러자 그를 따르는 무리가 이 주장에 힘을 실어서 싸우자고 외쳤다. 이에 세르비티와 대치하고 있던 반대편 무리도 말을 꺼내 들었다.

"이미 승산이 없습니다. 하나님의 나라? 얼토당토하지 않는 소리입니다. 우리는 이미 11번의 크고 작은 전투에서 모두 패했습니다. 더군다나 그 강대했던 페라 연맹조차 2년을 버티지 못하고 항복할 일만 남은 상태입니다. 희망이 어디 있습니까? 현실을 직시하셔야 합니다. 서둘러서 우리도 '붉은 연합군' 연맹에 들어가서 이익을 취하는 것이 현명한 선택입니다."

"과연 그렇단 말이지……."

왕이 살며시 고개를 들며 임시 국경 사령관을 쳐다보았다.

"물론입니다. 그들은 머지않아 상투스 왕도 굴복시킬 것이고, 그다음에는 예루살렘 성지까지 차지할 수 있는 강한 힘을 가진 자들입니다."

"지난 십자군을 말하는 것인가. 예루살렘…… 그들이 그곳을 노린다는 것은 어떻게 안 것인가?"

"모…… 모두가 알고 있는 사실입니다. 소문이 벌써 온 나라에 퍼졌습니다."

임시 국경 사령관은 당황한 듯 말을 더듬었다.

"아무튼, 막을 수 없다는 것이군."

"붉은 연합군에 일찍 들어갈수록 손해 볼 것이 없다는 뜻입니다. 조금만 편하게 생각한다면 모두가 좋아질 것을 굳이 저들과 싸우면서 손해를 입어야 할 이유가 어디 있습니까? 우리는 이미 큰 손실을 보았습니다. 더 이상 버티는 것은 아무런 의미가 없는 행동입니다. 사람이 먼저입니다. 최선의 선택을 하십시오."

"자네 말이 맞을 수도……."

왕은 잠시 생각에 잠기더니 다시 말을 이었다.

"이미 나는 아들을 잃었네……. 그 이후에도 많은 땅과 병사들도 빼앗기거나 죽임을 당했네. 이대로 무능력한 왕이 레치아 왕좌에 앉아 있는 한 희망은 없겠지. 그들에 대해 두려움이 내 온몸에 독처럼 퍼졌고, 내 손은 그들에 대한 생각만으로도 떨리고 있네. 얼굴은 활력이라곤 도무지 찾아볼 수 없을 정도로 근심이 가득 찼지."

그러자, 왕의 기사가 잔뜩 근심한 표정으로 그에게 말했다.

"이럴 때일수록 굳은 마음으로 일어나셔야 합니다! 왕께서 포기하지 않으셔야 기사들인 우리가 힘을 얻고 붉은 연합군에 맞서 싸울 수 있습니다. 왕께서 흔들리시면 이 연맹의 미래는 없습니다."

잠시 정적이 흘렀고, 왕은 자신의 떨리는 두 손을 바라보다가 다시 꽉 쥐었다.

"좋다, 나는 결정했네."

그러자 고위 기사들과 귀족들의 시선이 일제히 집중되었다.

"레치아 왕으로서 엄히 명령을 내리겠다. 이제부터 레치아 연맹은 잠시 동안 섭정을 세워 통치하도록 하겠다. 본격적인 전쟁 준비에 앞서 짐이 회복하는 것이 우선이며, 나는 잠시 왕좌에서 물러나서 휴식을 취할 것이다. 섭정은 관례에 따라 혈통 관계가 우선이나, 내 아들인 수페르가 죽었으므로 나의 오른팔인 세르비티가 대리인으로서 섭정의 임무를 수행할 것을 명하는 바이다. 국경사령관은 섭정 임명식에 대한 문서를 내게 가져오고 다른 절차는 모두 생략하라."

그러자 국경총사령관을 비롯한 고위기사들이 얼굴이 붉어지며 명령이 믿기지 않는 듯, 이를 갈며 서 있었다.

"말도 안 됩니다! 세르비티에게 왕좌를 맡긴다면, 레치아 연맹은 파멸하고야 말 것입니다!"

"시끄럽다! 이제 기마대장을 제외한 모두는 이곳에서 물러나도록 하라."

왕의 명령에도 불구하고, 기사들은 그 자리에서 불만을 표하며 쉽사리 떠나지 않았다. 그러자 왕을 호위하는 병사들이 '조속히 물러나라'라고 외치며 촉구했고 결국 그들은 세르비티를 쳐다보고는 불만 가득한 얼굴로 문을 박차고 나갔다.

레치아에서 가장 오래되고 큰 대성당에 섭정 임명식을 위하여 성직자들과 귀족들이 모여 있었다. 끝을 모르고 치솟은 천장과 다양한 석고상들은 성당을 아름답게 꾸몄고, 성직자들은 델릭 왕의 양옆으로 줄지어서 서 있었다. 그 뒤에는 각기 다양한 촛불들이 촛농을 흘리며 빛을 내고 있었고, 대관식이 치러지는 그곳에서 왕은 화려한 옷과 금관을 입고 봉신들에게 자신의 검을 가져오게 했다. 그들이 가져온 왕의 검은 사람의 양팔의 길이보다 더 길었고, 제련된 은빛 칼날은 천장의 그림을 빨아드린 것처럼 무늬가 새겨져 있었다.

칼의 손잡이에는 초록색 에메랄드가 박혀 있었고, 곳곳에 금으로 된 물고기들이 장식되어 있었다. 이어서 왕의 옆에 선 성직자가 칼을 왕에게 건네주었다. 성직자가 그에게 말했다.

"무릎을 꿇고, 왕의 의무를 무겁게 받아들이시오."

그러자 세르비티는 왕의 앞에서 무릎을 꿇고 고개를 약간 숙였다.

"가장 큰 자가 왕으로 세워지는 것이 아니다. 그리스도께서 너희를 부르신 뜻대로 왕 같은 제사장이 되어 백성들을 위하여 잠들지 말고 깨어 그들을 지켜라."

레치아의 왕은 두 손으로 검의 양 끝부분을 평평하게 잡았다.

"내게 약속하라, 늘 진실만을 말하고 공의를 이 땅 위에 세울 것임을. 또한, 자기 생명을 아끼는 사람은 잃을 것이며, 그리스도를 위하여 생명을 버리는 자는 얻을 것임을 명심하라. 여성과 아이 그리고 노인을 보호하며 용맹함을 잃지 말고 기사의 정신으로 무장하라. 모든 착함과 선한 행실이 왕의 명예임을 기억하라. 양심을 너의 생명처럼 귀히 여겨라, 이를 지키지 않는 자는 그리스도를 절대 따를 수 없다. 늘 예의를 바르게 하여 단정하게 다니라. 무엇보다 왕이 아니라 진짜 기사가 되는 것에 늘 힘쓰라. 가장 훌륭한 왕은 의로운 기사에서 비롯되고 의로운 기사는 신과 이웃을 사랑하는 시민에서 비롯되는 것이다."

델릭의 말이 끝나자, 이어서 성직자가 세르비티에게 말했다.

"고개를 들고 왕의 검을 받아라. 성부, 성자, 성령의 이름으로……."

델릭은 그의 양어깨와 머리에 검을 갖다 대었다.

의식을 마치자, 그는 검을 세르비티에게 건넸고, 그는 두 손으로 왕의 검을 하사받았다. 검을 손에 쥔 그의 몸에 강력한 불의 권능이 흐르기 시작했다. 그는 온 몸을 일깨우는 불이 머리부터 아래로 흘러내림을 강하게 느꼈다. 이에 하늘부터 권능의 기름이 쏟아지며 완전히 그를 사로잡아 감쌌다.

"이 검은 그리스도를 상징하는 십자가이니, 날마다 그를 기념하라. 그대는 그리스도께서 세상의 빛과 소금으로 부름 받은 바, 어둠속에 갇힌 세상에 빛을 비추라. 세상은 날마다 부패하니, 소금이 되어 이를 막아라!"

다시 한 번 성직자가 세르비티에게 말했다.

"이제 일어나시오, 레치아의 섭정이여."

세르비티는 왕의 검을 받들고 일어섰다. 그러자, 일제히 봉신들과 성직자들이 새로운 섭정을 향해 고개를 숙여 예의를 갖췄다. 대성당은 엄숙하고 고요하게 촛불만 은은히 타올랐다. 이어서 종탑에서는 사제가 종을 쳤는데, 그 큰 울림이 마을까지 들릴 정도로 퍼져나갔다.

이에 델릭은 왕위에서 잠시 내려왔고, 세르비티는 레치아의 섭정이 되었다.

세르비티가 섭정이 되어 다스리는 그 시기에, 오스텐은 자신의 영토로 침입하려는 붉은 연합군에 맞서 싸웠다. 그러나 잉글랜드에서 페라의 한자동맹에 속한 브레멘 지역을 지속해서 공격하였고, 이에 무역과 장사하기에 불안해진 상인들은 그곳을 하나둘씩 떠나가기 시작했다.

이에 맞춰서 프랑스에서도 한자동맹에 가입된 밀라노 도시에 무역을 중단시켰다. 이는 페라 연맹의 경제적 기반에 큰 타격을 입혔다. 한자 동맹 상인들은 전쟁으로 인해 프랑스의 상파뉴와도 무역할 수 없었고 다른 도시와도 불안하기는 마찬가지였다. 그러한 상황에서 잉글랜드 연맹은 플랑드르 지방과 거래를 통하여 이익을 얻었으며, 프랑스도 레치아의 카스티야 일부를 얻으면서 크게 성장해 나갔다. 비록 한때 전염병을 막았을지라도, 전쟁에서는 큰 두각을 보이지 못한 오스텐 왕은 한자동맹 상인들의 신뢰를 잃었고, 연쇄반응으로 귀족들에게서 점차 권위를 잃어갔다.

얼마 후 신성로마제국의 도시는 잉글랜드와 프랑스의 협공으로 분열되었다. 왕권의 군사력이 약해지니, 이에 페라의 귀족들이 강세를 보이기 시작했다. 더군다나 교황의 유일한 강점이었던 전염병에 대한 예방도 속수무책으로 무너져, 사람들은 더 이상 그를 따르지 않게 되었다. 이러한 불신은 전투에까지 이어졌다. 병사들은 지휘관의 명령을 따르지 않았고, 전쟁을 위해 소집하면 도망가기 일쑤였다. 이렇듯, 단합되지 않은 군사력은 오합지졸이나 마찬가지였다.

결국에 페라 연맹은 전염병과 경제적 타격 그리고 한자동맹 상인들의 신뢰 상실로 인해, 2년 만에 붉은 연합군에게 항복을 선언했다.

그들은 붉은 연합군의 속국이 되었다. 강대했던 페라 연맹까지 항복을 선언한 상황에서 남은 것은 이제 반쯤 붕괴한 레치아 그리고 크루치아 뿐이었다.

붉은 연합군이 속국과 다른 나라의 약탈을 일삼자, 그들은 동로마인 러시아와 비잔티움을 제외한 서로마 전체를 집어삼킬 듯 거대해졌다. 오스텐은 이사벨에게 교황자리를 유지하는 대신, 붉은 연합군에게 끊임없이 온갖 무기와 전쟁 물자들을 내어 주기로 은밀히 거래했다. 오스텐은 나라를 통째로 이사벨에게 넘겨주었다. 하지만 그러한 노력에도 불구하고, 이사벨은 나라를 통째로 집어삼키고 강제로 그를 폐위시켰다.

결국 그는 아비뇽으로 유배를 당했다. 붉은 연합군의 위력 앞에 용기 있다던 기사들은 모두 잠잠했다. 하지만, 유일하게 여왕의 정책에 반대하는 무리가 있었는데, 여왕은 이들을 '그리스도 기사단'이라고 불렀다. 그리고 그들을 무자비하게 학살하고 고문했다. 그리스도 기사단은 성서에 쓰인 대로 사람들에게 거룩함과 양심대로 살 것을 요구했다. 이는 여왕의 정책과 반대되는 것이었고, 여왕은 그들을 눈엣가시로 여겼다. 그녀는 성서를 모조리 불태우고 싶었지만, 이에 대한 사람들의 반발이 거세게 일어나서 시행할 수 없었다.

결국 여왕은 술수를 썼다. 그녀는 동성애, 어린아이의 성 욕구해방, 남녀 성 구별금지 등 성해방운동을 통하여 많은 사람을 자신의 편으로 끌어들였다. 그리고 성서에서 그것들을 금지하고 있다는 명분으로 성서를 불법서적 만드는데 성공했다. 그 이후에 여왕은 성 해방 운동을 금지하는 내용이 담긴 성서 자체를 모두 불태울 것을 명령했다. 그러자, 이전과 같은 반발은 더 이상 일어나지 않았다.

이에 그치지 않고, 여왕은 페라 연맹국에서 자유라는 단어를 모두 빼버렸다. 이는 페라의 사람들이 자유라는 단어자체를 생각하지 못하게 하기 위함이었다. 그리고 붉은 연합군은 반란을 일으킬 수 있는 교회와 그리스도 기사단원들을 철저히 감시했다.

한편, 아비뇽으로 향하는 마차에 오스텐이 타고 있었다. 그 마차의 창문은 철창으로 단단히 막혀 있었다. 그는 두 손으로 차가운 쇠를 꽉 움켜잡으며, 좁은 틈으로 창밖의 풍경을 바라보았다. 틈 사이로 풍성한 잎사귀들이 그를 빠르게 스쳐 지나갔다. 그것도 잠시, 그는 자신이 처한 비참함에 울부짖었다. 풀어헤친 그의 머리는 예전의 단정하고 깔끔했던 흰 머리를 찾아볼 수 없었고, 머리카락은 비에 젖은 개털처럼 너저분하게 갈기갈기 뭉쳐 있었다. 그의 십자가 같은 장신구들은 너무나 무겁고 헐거워져 흘러내렸고, 빼빼 마른 그의 쇄골은 그동안의 고생을 드러내는 듯했다.

눈처럼 희었던 옷도 검은 얼룩과 자국들로 더러워져 있었다. 포장되지 않은 울퉁불퉁한 흙길 사이로 달리는 마차는 거칠게 흔들렸다. 마차 안에서 그는 초점 없는 두 눈으로 바깥세상을 바라볼 뿐이었다.

그러다 문득, 그는 어느새 마차가 멈춰 서 있다는 사실을 깨달았다. 뒤이어 근방 수풀에서 무언가가 달그락거리는 소리가 들려왔다. 그는 눈을 시퍼렇게 뜨고 기겁을 하며 마부에게 전속력으로 달리라고 소리쳤지만, 앞에선 아무런 대답이 없었다. 이것이 자신을 처치하려는 음모라는 것을 확실한 그는 마차의 끝에 달라붙었다. 그리고 고꾸라질 듯한 자세로 문을 향해 발을 치켜들었다. 그는 암살자들에게 자신의 목숨을 쉽게 내어줄 수 없었다. 한동안 그렇게 오스텐은 숨도 쉬지 않고 천천히 마차의 문이 열리기만을 기다렸다.

하지만 오랜 시간이 지나도 문은 열리지 않았고, 앞에 마부와 병사들이 소리가 다시 들리기 시작했다. 이제야 그는 마부와 병사들이 급하게 용변을 보러 다녀왔다는 것을 깨달았지만, 여전히 달처럼 커진 그의 눈동자와 쿵쾅거리는 심장 소리는 쉽사리 돌아오지 않았다. 울창한 숲을 벗어나자 그는 긴장이 풀렸다. 또한, 자신의 비참한 처지를 다시 생각하며 주먹으로 바닥을 치고 오열했다. 그는 미친 사람처럼 '나는 죽음이 두렵지 않다!'라며 크게 외치다가도 조용히 혼잣말을 되풀이하며 웃다가 울기도 했다.

'모든 영광을 다 누렸던 내가…….'

그는 끊임없이 이 말을 되새기며 구슬피 이를 갈며 울었다. 그가 탄 마차는 작은 점이 되어 새벽이슬처럼 소리도 없이 사라졌다.

페라가 붉은 연합군에 빼앗기고 레치아도 그들에게 힘을 잃을 무렵, 유럽에서는 시간이 지날수록 검은 질병이 사람들의 일상 속에 한 부분으로 자리 잡게 되었다. 시민들은 매일 보는 풍경처럼 산더미같이 쌓인 시체들이 익숙해졌고, '흑사병'으로 인하여 더 이상의 폭동은 없었다. 붉은 연합군에게서도 사상자는 많이 발생했지만, 페라 연맹을 집어삼키고 레치아를 무너트리면서 성장하는 속도만큼 큰 영향력을 발휘하지는 못했다.

그러나 시간이 지나, 연합군이 크루치아의 국경을 침범하기 시작할 때쯤부터 붉은 연합군의 대원수였던 에드워드는 이상하리만큼 허약해져 갔다. 유럽 각지에서 유명한 의사들은 다 불러 모아 왕을 진찰해보았지만, 도저히 원인을 찾을 수 없었다. 그들은 왕에게 유전병이나 '불치병' 혹은 '신의 저주'라며 고개를 저으며 돌아갈 뿐이었다. 그 병은 왕에게서 점차 기력을 빼앗아갔고, 그는 걷는 것이 힘들어졌다. 결국 그는 부축을 받지 않으면 계단을 오를 수 없는 지경에 이르렀다. 또한, 왼쪽 눈에는 하얀 안개가 씐 것처럼 초점이 흐렸다.

그토록 활력이 넘치던 왕은 어느새 시들어 사라졌다. 병을 앓은 지 반년 만에, 그는 분별력을 잃어서 가끔은 봉신들의 얼굴조차 기억을 잘 하지 못했다.

차가운 냉기가 돌던 궁전 안에 에드워드 왕은 추위에 떨며 담요를 덮고 있었다. 그는 하염없이 땅을 응시하며 머리를 한 손으로 부여잡고 침을 바닥에 늘어트리고 있었다. 바닥에는 그의 피 섞인 침이 흥건하여 시종이 계속 닦아내야 했다.

그러는 도중 연합군의 부원수인 이사벨이 그의 병세가 깊어졌다는 소식을 듣고 찾아왔다. 그녀는 말라서 광대뼈가 다 드러난 에드워드를 보고는 금방이라도 눈물을 쏟아낼 것 같은 표정으로 다가왔다.

"이게 어찌 된 일입니까? 그 강했던 대원수께서 이런 모습이 되다니……."

그녀의 말을 듣고도 한참이나 아무런 반응이 없던 에드워드는 천천히 고개를 돌려 이사벨을 쳐다보고는 말했다.

"아…… 그렇습니까? 하긴, 내 몰골이 말이 아니지."

그는 끌끌 웃더니 숨이 넘어갈 정도로 기침을 해댔다. 간신히 기침이 멎자, 그는 몸에 기운이 다 빠진 듯이 뒤로 기대어 풀린 눈으로 허공만을 바라보았다.

"왕께서 병에 걸리셨다는 소식은 전해 들었으나, 이렇게 심각할 줄은 몰랐습니다. 크루치아를 정복할 수 있는 대업이 눈앞에 있는 데 힘을 내셔야 합니다!"

그녀는 그의 병색에 근심하면서도 기뻐하는 듯 보였다.

"심각하다라, 맞는 말입니다. 내가 지금 정신이 있을 때라도……."

에드워드 왕이 손잡이를 잡고 몸을 일으켜 세우려 하자, 이사벨이 그를 막았다.

"무리하시면 안 됩니다. 왕께서 일단 치료에 전념하시는 것이 우선입니다."

"그러면 누가 이 연맹을 돌본단 말인가요."

"이 연맹은 섭정을 세워 잠깐만 맡기시면 되지 않겠습니까?"

"섭정이라, 그것이 무엇이지?"

그는 머리가 아픈지 두 손으로 이마를 질끈 부여잡았다.

"왕을 대신하여 잠깐 나라를 통치할 사람 말입니다. 이 상태로는 안 됩니다. 어서 치료를 받으셔야 합니다."

"아, 섭정 말이군요. 내가 잠시 단어를 잊어버렸소. 섭정이라면……."

"미리 세워둔 후계자라도 있으십니까?"

이사벨은 초조한 듯 입술을 깨물며 말했다.

"이 연맹을 맡길만한 사람이 내겐 없습니다."

그러자 이사벨은 회심의 미소를 보이며 말했다.

“룹타스 백작이 있지 않습니까. 왕의 가장 유능한 봉신인 룹타스 말입니다.”

“룹타스라…… 그가 누구요?”

그는 잠시 생각에 잠시더니 간신히 기억해냈다.

“맞는 말이오. 내겐 룹타스가 있었지. 가만, 그게 어디 있더라…….”

그는 엉뚱하게도 의자 밑을 손으로 짚어보면서 잃어버린 물건을 찾듯이 이곳저곳을 살폈다. 이 광경에 왕궁의 사람들은 싸늘하게 굳은 얼굴로 왕을 바라보고만 있었다. 이에 그녀가 두 손에 얼굴을 묻고 흐느끼는가 싶더니, 갑작스레 웃음을 터트렸다. 왕궁의 분위기는 정적이 흘렀다. 그녀의 웃음소리만이 성 안을 가득 메웠다. 그렇게 웃던 여왕의 표정은 순식간에 싸늘하게 바뀌었다.

이를 본 병사들은 섬뜩함을 느꼈고, 그녀는 카두스의 병사들에게 외쳤다.

“다들 잘 들어라! 에드워드 왕께서 나라에 섭정을 두시어 잠시 나라를 맡기신다고 하니 이를 논의할 것이다. 당장에 룹타스와 제후들을 불러들여라.”

병사들이 어리둥절하며 가만히 서서 머뭇거리자, 다시 그녀가 강하게 말했다.

“붉은 연합군의 부원수로서 명령하는 것이다. 서둘러라!”

이에 병사들은 그녀의 명에 따랐다. 그러한 중에도 여전히 에드워드는 ‘룹타스’를 찾으려 주변을 살피고 있었다.

에드워드 왕의 병세는 날이 갈수록 심해졌다. 일주일 대부분을 그는 침상에서 지내야 했고, 피곤한지 늘 잠들어 있었다. 교황청의 성직자들은 때때로 침실에 찾아와, 누워있는 에드워드를 내려다보며 어두운 낯빛으로 중얼거렸다.

'지금 왕은 제정신이 아니네.'

'왕은 나라를 이끌 수 없어. 누군가가 나서서 붉은 연합군을 이끌어 가야 해.'

'그렇다면 누가 그 자리를 대신 하는 것인가?'

'아마도 이사벨이겠지…….'

성직자들이 이러한 얘기를 나누는 도중에, 이사벨 여왕이 문을 박차고 들어왔다. 그 소리에 화들짝 놀란 그들은 성호를 그으며 마음을 진정시켜야 했다.

"왕께서 저에게 말씀하셨습니다. 제정신이 있을 때라도 나라를 섭정에게 맡겨서 대업을 이루어야 한다고 말입니다, 왕궁 안에 있던 자들이 모두 증인입니다."

"그렇다면 에드워드께서 정확히 누구에게 나라를 맡긴단 말씀을 하신 겁니까?"

그들이 일제히 물어보았다.

"바로 저와 룹타스 백작입니다."

그러자 성직자들은 놀란 눈으로 그녀를 말똥하게 쳐다보았다.

"분명 그렇게 말씀하셨소? 아무리 섭정을 통하여 연맹을 이끈다고 하지만 이사벨 여왕께서는 엄연히 이드루스 연맹의 통치자이지 않습니까."

그들은 고개를 끄덕이며 이 말에 동의했다.

"맞습니다. 저는 분명히 이드루스 연맹의 통치자입니다. 동시에, 저는 붉은 연합군을 이끌 수 있는 유일한 지도자이기도 합니다. 왕께서도 그것을 아시기에 저에게 왕권을 잠시 맡기시는 것입니다. 백작과 같이 동역하라고 말입니다.”

“…….”

성직자들은 이 말이 두려웠지만, 한편으로는 이해가 갔다.

“그렇다면 이른 시일 내로 준비해야겠군요. 머지않아 크루치아 연맹도 무너트리려면 말이죠.”

교황청의 높은 성직자가 탐심 가득한 눈으로 그녀를 바라보며 말했다.

“바로 그것이 왕께서 원하시는 것입니다! 룹타스와 저라면 크루치아 연맹도 머지않아 굴복하게 될 것입니다. 서둘러서 대관식을 준비하십시오.”

두 달 뒤, 에드워드가 제정신이 아닌 틈을 타 성직자들은 섭정 임명권에 대한 동의를 얻어내었고, 결국 카두스 연맹을 이끌어 가는 자는 섭정인 룹타스와 이사벨이 되었다.

시간이 지날수록 병이 깊어진 에드워드는 이제 침실 밖을 나오지 못했다. 왕궁의 침실 밖 거리에는 여전히 전염병으로 죽어가는 사람들이 넘쳐났지만, 반면 섭정인 룹타스는 나라에 별 관심이 없었다.

그는 자신이 최고의 권력에 올랐다는 기쁨으로 가득 차 온갖 쾌락을 추구하는 자였다. 섭정은 매일 밤 잉글랜드 곳곳에 있는 아름다운 처녀들을 선발하여 자신의 침실로 들였고, 그의 음욕을 채우는 데 온 관심을 기울였다. 섭정은 자신의 군사들을 풀어 마을을 돌며 여자들을 데리고 오게 했다. 왕궁에서는 매일 술판을 벌어지며 방탕하게 세월이 흘러갔다. 나라가 엉망이 되어간다는 이 소식은 빠르게 잉글랜드 그뿐만 아니라, 신성로마제국에도 퍼졌다.

그러자 프랑스 아비뇽 교황청에 갇혀 있던 교황은 겉으로 붉은 연합군에 복종하며 온순히 지내는 모습을 보이면서도, 밤이 되면 비밀통로를 통하여 밖으로 빠져나가 나라의 소식을 듣곤 했다. 에드워드가 병으로 쓰러지고 섭정이 군사력은 물론 속국 관리에 소홀해지자, 그는 나름대로 역모를 꾀할 기회가 왔다고 판단한 것이다. 그리고 페라 연맹을 되찾기 위해 은밀하게 병사들을 모아가기 시작했다.

어둡고 칙칙한 천을 뒤집어쓴 교황이 하수구로부터 연기가 하얗게 올라오는 어두운 길목에서 누군가를 기다리고 있었다. 그 골목에는 쥐들이 오가며 음산한 분위기를 더했고, 멀리서 익숙한 남성의 모습이 보이기 시작했다. 그자는 바로 센티아였다. 폐위된 교황은 그를 보자마자 주변을 살피며 반가이 악수를 청하고는 소식을 물었다.

"지금 에드워드의 상태가 얼마나 심각해진 것인가?"

조심스럽게 속삭이듯 그에게 물었다.

"제가 듣기로는 침실에서 빠져나오지 못할 정도로 기력이 쇠약해졌다고 합니다. 기억력이 흐려져서 이러한 상태라면 얼마 지나지 않아서 완전히 정신을 놓게 될 것입니다."

"자네가 보기에 섭정인 룹타스는 어떠한가? 소문대로 붉은 연합군에는 관심이 없다는 게 확실한가?"

"소문은 아주 정확합니다. 오히려 소문이 그를 과소평가하고 있다고 생각될 정도입니다…… 그는 섭정의 자질이 없는 자이고, 반란이 일어난다면 군사를 다룰 수도 없고 부하들이 그를 따르지도 않을 겁니다."

"그렇다면 이제는 조국을 되찾을 시기가 다가오고 있다는 것 아닌가. 서둘러서 병사들을 더욱 모집해주게나, 그리고 내가 부탁한 것도 잊지 말고…….”

“걱정 마십시오. 그것이라면 확실하게 해놓았습니다. 빼앗긴 페라 연맹을 위해 동참하겠다는 병사들도 수가 5천 명이 넘어가고 있습니다. 다만, 걸리는 점이 있는데 레치아에서 무슨 일이 일어나는지는 잘 모르겠지만 붉은 연합군의 주둔 병력이 일부 빠져나갔다는 소식이 들려왔습니다……. 생각해보니 정말 신이 우릴 돕는 것처럼 절묘한 시기입니다. 지금 이곳에 주둔하고 있는 연합군의 병력이 대략 8천 명인 것을 고려한다면 곧 때가 다가올 것입니다.”

이에 오스텐의 눈에 빛이 또렷해졌고 두 주먹을 불끈 쥐었다.

“반드시…… 반드시 이번 일은 성공해야만 하네. 실패한다면 두 번 다시 기회는 없을 걸세.”

이도르는 말없이 고개를 끄덕이며 조용히 어두운 골목으로 사라졌다.

교황도 주변을 경계하며 교황청의 비밀통로로 돌아갔다.

한편, 에드워드가 머무는 성 안에는 시녀들의 비명이 들려왔다. 병으로 머리가 온통 백발이 되어버린 그가 식탁에 차려진 음식들을 손으로 걷어치우며 내팽개치고는 난리를 피웠던 것이다. 그의 눈앞에는 예전 전쟁터에 피를 묻히던 그때처럼 끔찍한 장면들이 수시로 나타났다가 사라지곤 했다. 그는 점차 눈앞이 흐려져 깜깜해졌고, 사방에서 들려오는 병사들의 신음에 견딜 수 없어서 방 안에 놓인 손에 익은 검을 빼 다가오는 병사와 봉신들에게 칼을 휘둘렀다. 몇몇은 이를 저지하려다가 그 칼에 치명상을 입고 실려 나가기도 했다.

이 소식은 빠르게 페라 연맹과 크루치아 연맹에도 퍼져나가, 오스텐은 점차 빼앗긴 조국 되찾을 야망을 키워갔다. 이에 상투스 왕도 약해진 붉은 연합군과 싸우기 위해 군사를 모아나갔다.

병으로 약해진 에드워드가 침상에 누운 지 1년이 채 안 되어 오스텐은 평민과 기사들로 이루어진 7천 명의 비밀결사대를 모으는 데 성공했다. 교황청을 몰래 빠져나온 그는 결사대와 합류하여 가장 먼저 수도인 프랑크푸르트를 탈환했다. 그러자, 그 소식을 듣고 곳곳에 숨어있던 신성로마제국의 기사들이 힘을 보태어 합류했다. 얼마 지나지 않아, 반란군의 총 병력은 1만을 넘어섰다. 이에 크루치아에서도 프랑스로 길을 열어주는 조건으로 3천 명의 보병을 지원해주었다.

결국, 반군은 플랑드르의 일부 지역을 제외한 신성제국에서 여러 차례 전투에서 승리하며 붉은 연합군을 그들의 땅에서 물리치는 데 성공했다.

이 기세를 몰아 교황은 군사를 재정비하여 무기력해진 잉글랜드를 향했다. 크루치아 연맹에서도 이 기회를 놓치지 않고 카두스 연맹을 향해 병사 1만 5천여 명을 대동하여 프랑스로 향했다.

오스텐은 다시 왕의 자리를 되찾았다. 그는 마침 크루치아의 병사들이 프랑스로 향한다는 소식을 듣게 되었고, 잉글랜드로 진군하던 병력을 멈추었다. 그들은 프랑스로 향하는 경로에서 천막을 치고 한동안 그곳에서 생활하면서 넓은 평야에 크루치아군이 나타나기만을 기다렸다.

한동안 잠잠했던 평야에 대지가 흔들렸다. 그러자, 크루치아의 병사들이 마침내 모습을 보이기 시작했다. 크루치아의 군대 맨 앞에는 거대한 황금으로 된 십자가가 빛을 발하며 번쩍였고, 그 뒤로는 흰 깃발이 수도 없이 펼쳐졌다. 이어서 좌우로 넓고 수많은 기마병의 모습이 보였다.

끝을 알 수 없을 정도로 많은 병력이 거대하면서도 천천히 그들을 향해 다가오고 있었다. 그 위압감에 페라 진영의 묶여 있던 말들은 거친 숨을 내쉬며 두려운 기색을 감추지 못하고 말굽을 땅에 굴렀다. 마침내 그 두 나라는 멀지 않은 거리를 두고 대치했고, 먼저 상투스 왕이 소수의 기사를 이끌고 나아왔다. 오스텐은 그를 보자 매우 놀랐는데, 상투스 왕의 모습이 매우 특이했던 것이다. 얼굴은 은색 가면을 쓰고 있었고 한쪽 팔은 보이지 않았다.

"이런 맙소사, 그대에게 무슨 일이 일어났던 것인가. 오른팔이……."

"성경이 말하길 죄를 범하면 차라리 잘라내라고 하지 않습니까? 그래서 잘라냈습니다. 이런, 너무 심각한 표정이시군요. 농담입니다."

"농담치고는 꽤 어리석고 섬뜩한 말이군. 성경에서 죄를 범하면 차라리 잘라버리라고 했다고 진짜로 그렇게 한단 말인가? 그건 그런 뜻이 아니라네."

그러자 상투스 왕이 되물었다.

"그렇다면 무슨 뜻입니까?"

"뭐, 자르는 시늉만 하라는 뜻 아니겠는가? 아무튼, 그건 중요치 않으니 넘어가지. 크루치아의 목적지는 어디인가? 자네도 카두스를 염두하고 왔겠군."

그는 모든 것을 알고 있는 표정으로 거만하게 그를 노려보았다.

"우리는 단순히 붉은 연합군의 악을 멸하고 공의를 세우기 위해 온 것입니다. 교황께서 원하신다면 일시적으로 동맹을 맺어 붉은 연합군을 무너트리는 데 협력하는 것도 나쁘지 않을 테지요."

"만약 우리가 힘을 합쳐서 붉은 연합군을 무너트린다면, 그 이후에는 어떻게 할 것인가?"

"왕께서 크루치아를 배신하지 않는다면 동맹은 결코 깨지지 않을 것입니다."

"아니지. 자네가 나를 배신하지 않는다면 말이야……. 동맹을 맺는 대가는 무엇이고, 어디 지역을 원하는지 구체적으로 말해보게."

"그런 계산은 우리에게 없습니다. 크루치아는 그저 그리스도의 길을 곧게 펴는 자들의 소리이며, 그의 나라를 바라는 백성들입니다. 우리는 단순히 이익이나 얻고자 움직이는 군대가 아닙니다."

"지금 나보고 그딴 허무맹랑하고 얼빠진 소리를 믿으라는 말인가? 무릇 왕이 되려면 국익을 위해서 온갖 피를 손에 묻혀도 아쉬울 마당에, 그런 이상 따위를 갖고 무얼 하겠다는 것인가? 이제 얼빠진 크루치아의 앞날은 뻔하군. 아니면, 자네는 나를 속이고 시험해보고자 말해본 것인가?"

"속이지 않습니다. 그대는 스스로에게 속임을 당하고 있군요. 그렇기에 그대가 왕으로서 백성들에게 군림하는 것입니다."

이 말을 들은 오스텐은 이해가 가지 않았지만, 어쩐지 기분이 상해 속으로 이를 갈고 있었다. 상투스 왕은 흰 장갑을 낀 왼팔로 은색 가면을 매만졌다.

"교황에게 무슨 무례한 말인가! 그럼 자네는 왕이 아니라, 신이라도 된다는 것인가?"

"저는 결코 신이 아닙니다. 우리는 그분의 뜻을 이루고자 그리스도의 종으로서 이 자리에 서 있을 뿐입니다. 다만, 하나님께서 원하신다면 나를 당신의 신이 되게도 하시겠죠."

"망령된 소리 말라! 하나님의 뜻을 제대로 아는 자는 교황밖에 없다. 그대가 단단히 착각하고 있군. 어쨌든, 이번 동맹을 통하여 신이 누구의 편인지 잘 알게 되겠지."

"좋습니다! 이제 페라 연맹과는 동맹 관계라는 것을 병사들에게 잘 전하겠습니다. 우리는 악을 처단하는 것 외에는 관여하지 않겠습니다."

교황은 그가 도통 무슨 생각을 하고 있는지 알 수 없었고, 진정한 속내를 알기 전까지는 믿지 않으려 했다. 그리고 그는 때가 되면 배신하여 이득을 취하기로 마음먹었다.

"그렇다면, 나야 거절할 이유가 전혀 없지. 앞으로 우리는 강력한 동맹이 될 것일세. 자, 이제 붉은 연합군을 무너트릴 시간이네."

그렇게 페라와 크루치아는 일시적으로 결성된 동맹을 맺고 나아갔다.

그들은 길고 긴 황무지를 지나, 먼 여행길에 올랐다. 마침내 그들은 붉은 연합군의 땅에 들어섰고, 가장 먼저 '프르그란티아'라는 큰 성으로 향했다. 그 성은 카스티야 연맹과 마르세유 사이에 있는 붉은 연합군의 보급로로 쓰이던 곳이었다. 하지만, 그들이 몇 달에 걸쳐 도착한 프르그란티아의 성벽은 이미 여러 군데가 무너져있었다. 도시 안에는 곳곳에 불탄 흔적이 보였다.

성곽에는 있어야 할 연합군의 병사들이 전혀 보이지 않았고, 수비가 삼엄하고 철통 요새라고 불렸던 그곳은 이미 폐허처럼 변해 있었다.

이에 오스텐은 무슨 영문인지 확인하기 위하여 정찰병을 보냈고, 잠시 후에 그들이 돌아와 보고했다.

"프르그란티아 성 안은 난장판이었고, 병사들은 코빼기도 찾을 수 없었습니다."

"도대체 누가 이렇게 거대한 성을 함락시켰다는 것인가?"

오스텐은 일이 쉽게 풀리자, 기쁘면서도 솟아나는 의구심을 감출 수 없었다.

"도시 곳곳에 불에 탄 흔적들이 보였고, 성 안에는 믿지 못할 것이 있었습니다."

그들이 이후에 말을 꺼내지 않자, 오스텐은 무엇을 보았는지 재차 물었다.

"그것은…… 직접 확인해 보셔야 알 것입니다. 신속히 안내하겠습니다."

그는 안전하다는 걸 확인한 후에, 병사들을 이끌고 성 안으로 들어갔다.

"생각지도 못한 일에 기쁘면서도 당황스럽군. 자네 생각은 어떠한가?"

오스텐은 그의 은색 가면을 뚫어지게 쳐다보며 말했다.

"그분의 뜻대로 부르심을 받은 자들에게는 모든 것이 합력하여 선을 이루는 것입니다. 기대가 되는군요."

"신의 뜻이 대변인인 나를 통하니, 곧 나의 뜻 아닌가. 내가 하나님의 부르심으로 질병에 빠진 나라를 다시 회복시켰으니 그 어떠한……."

마을 중심부에 다다른 그들은 공터에서 커다란 나무기둥을 발견할 수 있었다. 웃으며 얘기하던 교황은 굵직한 나무를 보자 멈춰 섰다.

한편, 상투스 왕은 은빛 가면 사이로 옅은 미소를 띠었다.

"결국, 하늘의 뜻이 땅에서도 이루어졌군요."

상투스 왕은 반가움의 표시로 그에게 손을 들어 기쁨을 표했다.

"감히 이런 짓을…… 누구란 말인가!"

교황의 목소리는 분노에 넘쳐흘러서 심히 떨려왔다.

"진리를 알지니 진리가 너희를 자유케 하리라. 이제 악의 근원이 사라졌습니다. 세상은 한층 평화를 되찾겠군요. 안 그렇습니까?"

그러자, 교황의 손이 심하게 떨려왔다. 그는 칼집에 갖다 대었고, 그제야 떨림은 진정되었다. 그는 다시 한 번 그곳을 뚫어지게 쳐다보았다.

5장

해방의 군대

붉은 연합군의 단단한 창들은 크루치아의 말들에게 씹어 먹히듯이 부러져 버렸고, 뚫린 곳으로 감당할 수 없을 만큼 많은 기마병이 쏟아졌다. 그들은 적군의 방어벽을 무너트리고는 칼과 창을 휘두르며 연합군의 병사들을 베어 나갔다. 베르는 해방군과 힘을 합치기 위하여 길을 내었고, 해방군도 크루치아 군을 보며 뚫고 나아갔다. 여러 갈래로 병력이 나뉜 연합군은 점차 두려움에 삼켜져 전의를 상실했다.

해방의 군대

전쟁에서 대패한 델릭 왕은 동물의 털로 만든 어깨 장구와 찢어진 청록 망토를 축 늘어트리며 병사들과 숲속을 헤맸다.

"이 길은 어디로 향하는 것인가?"

그의 마음속에는 집으로 돌아가고 싶은 생각밖에 없었다.

"조금만 더 가면 레치아의 국경이 보일 것입니다. 그러면……."

기마 대장인 세르비티는 말을 끝내지 못했다. 이번 전투에서 왕이 맏아들인 수페르를 잃은 슬픔에 큰 낙심에 빠져 있었고, 자신은 이 상황을 뒤바꿀 수 없는 한낱 기사에 불과했음을 절실히 깨달았다.

"내가 그녀의 꾐에 속아 모두의 기대를 저버렸구나."

"너무 상심하지 마십시오. 이번 패배를 반드시 성공의 발판으로 삼을 것입니다."

"아니다. 이번 계기로 나는 알았다. 더는 레치아 연맹의 내 자리는 없다."

"그것이 무슨 말씀입니까? 레치아 연맹에 델릭 왕께서 계시지 않는다면 무슨 소용이란 말입니까. 말씀을 거두어주십시오!"

세르비티는 놀란 마음으로 다급하게 말했다.

"내겐 이제 그들과 맞서 싸울 기력이 남아있질 않구나. 그저 한적하고 조용한 곳에서 쉬고 싶은 마음뿐이다. 어서 고향으로 돌아가 깊은 잠을 청하고 싶다. 어서 날 안내하라. 육신은 잠조차 정복할 수 없는 존재이거늘……."

"당장이라도 제가 병력을 이끌고 여왕을 잡아들이겠습니다!"

델릭이 낙심한 것을 보자, 기마대장은 분노로 들끓었다.

"그럴 수 있다면 좋으련만……. 다시는 그녀에게 속지 않으리라!"

"명령을 내려주십시오. 반드시 이사벨의 목을 잘라서 만천하에 드러내겠습니다."

"진정하라. 일단 돌아가는 데 힘쓰고 뒷일은 나중에 생각하도록 하자."

델릭이 카두스 연맹에게 패한 후에, 귀족들은 더는 왕을 신뢰하지 않았고, 군사력이 나뉜 레치아는 점차 힘을 잃어갔다.

그는 아들을 잃은 슬픔에 잠겨 매일 술에 빠졌고, 국정을 소홀히 하는 날들이 이어졌다. 그러한 상황 속에서 붉은 연합군이 레치아 국경 근처의 마을들을 약탈하기 시작하더니 본격적으로 침략을 해왔다.

이에 맞서 그들도 연합군에 맞서 싸웠지만, 막아내는 데 급급했다. 귀족들의 불신으로 인해 단결되지 못한 힘은 줄지어 무너져 내렸으며, 그들의 땅은 금세 붉게 물들기 시작했다.

결국, 붉은 연합군은 커다란 손실 없이 5년이 채 안 되어 레치아 땅의 절반을 손에 넣게 되었다. 연합군의 영향권 안에 들어간 마을들에서는 막대한 금품을 '보호비'라는 명목으로 넘겨주어야 했고, 이 재물을 토대로 그들은 페라 연맹까지 넘보기 시작했다.

한편, 이 시기에 페라 연맹은 유례없는 전염병으로 크게 전투력을 상실하였다. 급기야 군대에는 남성간의 성행위가 유행처럼 번지기 시작했다. 한 명으로는 도저히 만족하지 못한 그들은 짐승들도 하지 않는 집단적인 성관계를 마구잡이로 하여 결국 난장판이 되었다. 그들에게 지휘관들의 명령을 통할리 없었고, 오히려 지휘관을 강제로 범하는 일이 비일비재하게 일어났다. 페라의 군대에서 시작된 성문화는 점차 다른 것들을 요구하기 시작했다.

그들은 '모든 억압을 해방시켜야 한다'라는 명목으로 투쟁했다. 처음에는 아이들도 성을 누릴 권리가 있다며 투쟁하였고, 결국 늙은 남성들은 아이들의 성을 개방하여 그들과 관계를 맺었다. 이어서 동물들을 잡아들여 성적 대상으로 만족을 삼았고 그것도 모자라, 심지어는 근친관계조차도 억압되었다며 투쟁에 나섰다. 이어서 페라는 모든 것이 허용되었으며 종교는 수천 개로 갈라졌고 군대는 통제 불능에 빠졌다.

한편, 에드워드 왕을 독살하기 위해 만든 '프로니카'라는 술을 담근 것은 다름 아닌 오스텐이었다. 여왕이 그것을 받고 에드워드에게 주는 데 성공하자, 오스텐은 훗날 여왕이 에드워드를 배신하고 자신에게 돌아올 것이라 믿고 있었다. 하지만 애초에 이사벨이 자신과 에드워드 둘 다 처리할 생각이었다는 것을 알고는 크게 분노했다.

그가 머무는 교황청에는 황금빛이 싸늘하게 식어 있었으며 성직자들은 온데간데없고 병사들과 지휘관들만 가득했다.

"그래서 총 병력이 어떻게 되는가?"

교황이 길고 푸르스름한 머리를 풀어헤친 상태로 주름진 미간을 매만졌다.

"붉은 연합군의 병력이 최소 3만5천 명을 넘어섰습니다."

"한자동맹이 신뢰를 잃어 무너졌고, 우리 군이 1만 3천에 불과한데 그들을 어떻게 막아낸단 말인가."

"……."

센티아는 왕의 호소에 미처 답하지 못하고 입술만을 꽉 깨물었다.

"연합군에 대항하다가 레치아는 이미 항복 직전입니다. 만약 레치아도 붉은 연합군에 동참하게 된다면 그야말로 걷잡을 수 없게 됩니다."

"그건 나도 알고 있네. 내 말은 당장 무언가 방도가 없냐고 물은 것 아닌가!"

교황이 버럭 화를 내며 자리에서 일어났다.

"싸우거나, 항복하거나 둘 중 하나입니다. 만약 싸우시기로 결정하신다면 제가 선봉에 나서서 이끌겠습니다."

센티아는 결의를 다진 얼굴로 왕에게 말했다.

"한낱 기사 따위가 무슨 힘이 있다고, 내가 나서서 지휘해도 모자를 판국에……. 우리는 최대한 전면전을 피하고 방어에 집중할 것이다. 먼저 총사령관과 얘기해야겠다. 그를 데려오라."

얼마 후에 총사령관인 바티오가 도착했다.

"필요하신 본부 모두 따르겠습니다."

바티오는 긴 갈색 곱슬머리를 늘어트리며 고개 숙여 인사하고는 그의 반지에 입을 맞추었다.

"지금 전란의 기운이 우리를 향해 다가오고 있다. 페라는 붉은 연합군에 맞서서 싸울 것이다. 그에 앞서 총사령관인 그대의 의견을 듣고 싶다."

"물론, 왕께서 싸운다고 하시니 저는 이를 따를 것입니다. 하지만, 적들의 수가 이미 3만 5천 명을 넘어섰고, 이에 대항하는 우리 군의 수는 반에도 못 미치는 수준입니다. 가망이 없습니다, 도움을 요청하셔야 합니다."

"도움이라니? 누구에게 도움을 요청하며 또 누가 남아 있단 말인가."

"크루치아 연맹이 있지 않습니까?"

"하! 정녕 그들이 우리를 돕는다고 생각했단 말인가? 매우 어리석군."

"왕께서 허락하신다면 제가 그들에게 도움을 요청해 보겠습니다."

"그만두어라, 나는 절대로 크루치아에게 도움을 청하지도 않을 것이고, 허락하지도 않을 것이다. 그들은 우리가 붉은 연합군에 함락되기만을 기다리며 군사를 모으고 있을 텐데 그곳에 도움을 요청한다니…… 제정신이란 말인가!"

이에 이드스가 바티오의 말을 거들었다.

"분명히 요청을 받아준다고는 생각하기 힘들지만, 상투스 왕은 인자한 자입니다. 한 번 해볼 만한 가치는 있다고 생각합니다."

"다들 누구의 편이란 말인가. 내 말이 곧 법이 되는 이곳에서 그대들은 감히 상투스를 감싸는 것인가!"

화가 난 오스텐이 옆에 있던 접시를 집어 그들을 향해 던졌다. 시간이 흘러 차분해진 그는 다시 말을 꺼냈다.

"그대들의 뜻이 정 그렇다면, 크루치아가 신뢰할 수 있는 행동에 나설 때, 그들과 협상을 해볼 것이다. 이에 앞서 모든 병력은 붉은 연합군 연맹에 대비하여 총 방어태세를 갖추고 물자도 넉넉하게 준비해 두어라."

"예, 알겠습니다."

일제히 대답하고 모두가 빠져나갔다. 그리고 그는 의자에 앉아 고심했다.

'그가 연합군에 맞서 행동에 나서야 할 텐데…… 너무 늦어지면 도움을 요청해야 하는 페라의 체면이 땅에 떨어질 것이 아닌가? 이럴 게 아니라 내가 그에게 가서 고개를 숙여야 하는가. 아니지, 그것만은 절대로 용납 못 한다. 서둘러라 상투스! 교황인 내가 그대에게 고개를 숙일 수는 없는 것 아닌가.'

오스텐은 손톱을 물어뜯으며 불안에 떨었다.

한편, 크루치아의 상투스 왕은 델릭의 패전 소식을 들었고, 그들을 도우려 기사들을 소집했다. 먼저 대원수와 제1 기마 대장 그리고 지휘관들이 이번 파병에 대해 의논하기 위해 왕의 성으로 속속히 도착했다. 그 성 안에는 정의감에 불타는 기사들로 붐비고 있었다.

"천하에 범사가 기한이 있고 모든 목적을 이루는 때가 있다고 했습니다!"

상투스 왕은 은빛으로 무장한 철갑을 착용한 채로 그들에게 말했다.

"찾을 때가 있고 잃을 때가 있으며, 지킬 때가 있고 버릴 때가 있으며 전쟁할 때가 있고 평화할 때가 있습니다. 붉은 깃발에게 패배하여 굶주리며 착취당하고 노예처럼 사는 그들의 비참한 모습들을 보십시오! 그리스도 안에서 차별이 없습니다. 가난하나 부유하나 지위가 높으나 낮으나 모두가 완벽히 똑같은 영혼을 가진 우리의 형제들입니다! 지금은 그리스도의 후손들이 저 악한 붉은 연합군에 맞서 싸워야 할 때입니다."

이에 베르가 말했다.

"맞습니다! 붉은 무리에 맞서 진리를 지키기 위해 목숨 걸고 싸워야 합니다. 악한 일에 관한 징벌이 속히 실행되지 않으니, 저들이 악을 행하면서도 마음이 담대한 것 아니겠습니까? 그들은 레치아의 영토를 약탈하는 것도 모자라, 아이들을 노예로 부리고 아녀자들을 겁탈하고 있습니다. 온갖 악행이 이 땅 위에서 벌어지고 있습니다. 더는 교회와 그리스도인들이 방관할 수 없는 일입니다."

십자군 시절 이후, 해체된 템플 기사단원의 후손이었던 베르가 외쳤다. 그곳에 모여 있던 기사들과 군중들이 이에 술렁였다.

"그러나, 저들의 병력을 보십시오! 연합군의 세력은 너무나 막강합니다. 우리가 가진 병력으로는 그들에게 맞서기에는 턱도 없습니다."

한 지휘관이 말하자, 나머지 사람들도 동요하며 여기저기서 '옳소'라는 외침이 터져 나왔다.

"전쟁은 숫자가 아니라 단결의 싸움이며 동시에 믿음의 싸움입니다. 그대들은 왜 싸우고 있습니까? 우리는 결코 자신을 위해, 더 넓은 영토를 갖고자 싸우는 것이 아닙니다. 만약 우리가 그것을 위해 싸웠다면, 승리해도 진 것입니다. 그러나, 언제부터 우리가 그리스도의 이름을 버렸단 말입니까! 하나님의 심판 날을 바라보는 자들이, 양심을 따르지 않고 언제부터 이 땅의 불의를 방관했습니까?"

그러자 무리에서 동요가 일어나기 시작했다. 상투스 왕은 강력한 음성으로 그들에게 전의를 불어넣었다.

"우리의 선조들은 그리스도의 이름을 헛되지 않게 하려고 온갖 타락과 불의에 대해 싸웠습니다. 우리도 진정 그리스도 안에서 참되게 연합한다면, 지상의 그 어떠한 군대보다 강력할 것이며 절대 끊어지지 않을 것입니다."

"그렇다면 우리가 무엇을 해야 한단 말입니까?"

무리에서 탄식이 흘러나왔다. 이어서 왕의 기사가 성령의 감동으로 외쳤다.

"그러므로 이르시기를 잠자는 자여, 깨어서 죽은 자들 가운데서 일어나라! 그리스도께서 너희에게 비추이시리라. 빛을 받고 용기 없음을 회개하라! 불신을 깨트리고 앞으로 나아갈 때입니다!"

베르는 그러한 자들에게 권위 있고 강력한 음성으로 외쳤다. 그러자 모여 있던 군사들 사이에 하늘에서 내려오는 강력하고 불과 같은 성령이 임하기 시작했다. 그곳은 급하고 강한 바람이 그들의 불신을 깨트렸고, 심령이 뜨겁게 타올랐다. 한두 명씩 표정이 굳어지더니 결심한 듯, 인상이 강렬해졌다.

"그리스도의 영광을 위하여!"

병사들은 주먹을 불끈 쥔 손을 번쩍 들어 보이며 환호하기 시작했다. 그들의 몸에서는 알 수 없는 권능의 전류가 흐르기 시작했고, 몸의 감각이 점차 무뎌졌다. 그러한 기운을 감지한 상투스 왕은 옆에 있던 베르에게 명령을 내렸다.

"그대가 수고를 해주어야 할 일이 있네. 대신 신속하게 처리해야 하네."

"무엇이던 간에 명령을 따르겠습니다."

"총 병력 2만5천 명의 군사 가운데서 당장 움직일 수 있는 7천 명을 정예로 선발하여 준비하고 한 달 내로 모든 준비를 마칠 수 있겠는가?"

"예, 본부 하신 명을 시일 내로 마치겠습니다."

"무리한 부탁에도 고맙네. 그러나 매우 중요한 일이니 잘 부탁하네."

상투스는 병사들을 보며 베르의 어깨에 손을 올렸다.

"드디어…… 심판의 때가 다가오고 있네."

"저들이 울고 웃으며 서로 껴안는 모습을 보십시오! 병사들의 마음은 울며 애통할수록 세상은 기뻐할 것입니다. 우리의 의에 대한 근심이 이 땅 위에 도리어 기쁨이 되어 돌아올 것입니다!"

베르가 자신감 있고 힘이 담긴 목소리로 답했다.

이에 고개를 끄덕인 상투스 왕은 눈을 돌려 기사들을 향해 바라보았고, 이후에 일어서서 크게 말했다. 그곳에 모인 기사들은 일제히 그를 쳐다보았다.

"강하고 담대하라! 여호와를 바라는 자들아. 담대함을 버리지 않는 것이 너희에게 큰 상이 될 것이니, 온 땅에 그대들의 빛이 힘 있게 비추일 것이고 어둠은 더는 버티지 못하고 사라질 것이다!"

"기사들이여! 자리에서 일어나라. 지금은 지극히 높은 왕의 부르심이 이곳에 가득하니, 그대들의 칼을 빼 들어라!"

베르가 크게 외치자, 기사들은 일제히 자리에서 일어나 왕을 향해 섰고, 허리에 찬 검을 빼 자신의 눈앞에 갖다 대었다. 흰 구름과도 같은 권능의 전류가 그곳을 가득 메우고 있었다. 그 안에 있던 기사들은 신선하고도 무겁고 활활 타오는 불과 같으면서도 세차게 흐르는 물과 같은 영광의 구름 속에 완전히 자신의 몸을 맡겼다. 칼에서부터 시작된 권능의 전류는 손을 타고 흐르더니 머리 그리고 온몸으로 퍼져나가 숨을 쉬기 힘들 정도로 강력해졌다.

"그대들의 검이 곧 영광의 십자가가 될 것이다. 마땅한 기사의 도를 행하고 시민과 자유를 위하여 죽음을 각오하고 싸워라. 이는 세상을 이기신 자가 바로 우리 편에 섰으니, 보라 때가 찼고 천국이 가까이 왔다!"

상투스 왕이 말했고 이어서 병사들이 외쳤다.

"신이 우리와 함께하신다!"

그러자 일제히 기사들도 흥분된 목소리로 하늘 높이 칼을 들며 뜨거운 호흡을 표출했다.

크루치아 연맹, 헝가리 외곽에 있는 훈련소에서는 사내들이 줄을 길게 늘어트려 대기하고 있었다. 레더 아머와 스케일 아머 등 각종 집안에서 사용하던 방어구를 착용한 신입 병사들은 긴 창을 어깨에 걸치고는 종이에 써진 모집 명령서를 심각한 얼굴로 읽고 있었다.

반대쪽에는, 전투 물자를 나르는 남자들과 여성들 그리고 무장한 병사들이 질서정연하게 바쁘게 오갔고, 구석에서는 뜨거운 불에서 갓 꺼낸 붉어진 철을 쇠망치로 연신 두드리며 칼을 제련하고 있었다. 여자들은 머리에 헝겊을 두르고 바구니를 이고 병사들이 먹을 식량을 옮기기도 했다. 그곳에서 잠시 벗어난 규모가 큰 기사 훈련소에서는 기사들을 돕기 위한 종자들과 무장한 기사들이 말을 타며 창을 들고 표적을 찌르기를 연습했다.

풀밭이 길게 펼쳐진 훈련소의 중앙에는 나무로 된 큰 탁자가 있었고 그 주위에 고위 기사들, 즉 지휘관들이 둘러앉아 지도를 판독하고 있었다. 병사들이 교대로 그 옆을 지켰지만, 어린아이들이 뛰어다니며 소란스럽게 하여 이를 막으려고 애를 먹었다. 아이들은 신나게 뛰어다니며 이마에 송골송골 맺힌 땀을 자랑스럽게 여기듯 질주해나갔다. 훈련소 입구 쪽에 다다르자, 어느 두건을 쓰고 있던 남성이 뛰던 아이 중 한 명을 붙잡고는 번쩍 들어 올렸다.

아이는 신난 나머지 그를 향해 입을 부르르 떨며 침을 튀겼으나, 그 남성은 너무나도 해맑게 웃고 있었다. 그자의 눈은 파랗고 눈매가 깊었으며 코도 반듯하고 단정했다. 그 남성은 베르와 함께 있었는데, 이윽고 아이의 어머니가 간신히 아이를 찾아 치마를 한 손으로 붙잡고는 뛰어왔다. 그녀는 아이를 들고 있는 남성을 보자 너무 놀란 나머지 크게 벌린 입을 다물지 못했다. 두건을 쓴 상투스 왕이 자신의 아이를 번쩍 들고 있었던 것이다. 아이는 다시 어머니 품으로 안겼고, 왕에게 인사를 한 여인은 곧 있던 곳으로 돌아갔다.

"이 일은 외부에 발설되면 안 되네. 더욱 지금 같은 시기에 이 사실을 병사들이 알게 된다면 사기가 급감할 수도 있으니, 자네는 남아서 이곳을 맡아주게나."

그러자 걱정스러운 표정으로 성기사가 왕에게 애원하듯 말했다.

"이렇게 위험한 일은 제가 가야 할 일입니다. 왕께서……."

그러자 코르는 그의 어깨를 다독이며 위로했다.

"자네가 이곳에 무척 필요해질 걸세. 이미 말했듯이, 병력을 이끌고 페라 연맹을 거쳐 빠른 시일 내로 그곳으로 와야 하네. 가능하겠는가?"

"사람으로서는 할 수 없겠지만, 하나님으로서는 다 하실 수 있습니다. 이 믿음으로 반드시 그곳에 가 있겠습니다."

"좋아…… 그렇다면 6주 뒤에 톨레도로 와주게. 그러기 위해선 베네치아에서 병사들을 이끌고 출발하여 페라 연맹을 점령하고 있는 붉은 연합군 군사들을 뚫고서 정해진 기간 내에 마르세유를 통과해야 하네. 아마도 거센 저항은 없으리라 예상하지만, 그래도 시간이 촉박하니 서둘러야 하네."

"6주 뒤에 광명이 땅을 비추면 반드시 그곳에 있겠습니다."

"고맙네……."

코르는 팔을 뻗어 베르의 팔뚝을 잡고 뜨겁게 달궈진 눈시울로 그를 지긋이 바라보고는 흰 말에 올라탄 뒤, 힘차게 그곳을 떠나갔다.

한편, 델릭은 세르비티에게 정권을 맡기고 몸이 회복되면 돌아오겠다던 약속을 지키지 않았고, 한참이나 포르투갈 레이리아에서 조금 벗어난 해안가 지역에서 살아갔다. 섭정인 세르비티가 여러 번 그에게 찾아와 귀환을 간청했으나, 델릭은 좀처럼 아들을 잃은 상처와 패배감에서 헤어 나오지 못했다. 끝내, 왕의 기사는 그를 대신하여 조금 더 섭정 일을 맡아서 해나갔다.

그가 거주하는 집 앞에는 드넓게 바다가 펼쳐져 있어 햇살이 눈부셨지만, 뒤로는 숲속이 우거졌다. 아무도 오지 않는 오지를 택하여 그곳에서 왕은 몇 명의 시종들과 함께 살고 있었고, 나무로 된 집은 반듯했으나, 풀잎으로 뒤덮였다. 집의 안쪽에는 동물의 털로 된 가죽들이 따뜻하게 바닥을 감쌌다. 중앙에는 화로가 놓여있고 밖에는 겨울을 나기에 충분한 장작들이 쌓여 있었다. 아침이면 햇빛도 들어오지 않는 의자에 앉아서 떨리던 손을 진정시키고자 차를 마시던 그의 눈에 평소와는 다른 것이 들어왔다.

차가운 바람을 등진 사내가 문 앞에 서 있었던 것이다. 그 남자는 이내 문을 열고 들어오더니 외투를 벗으며 델릭을 보고는 환한 미소와 함께 팔을 활짝 벌려 반가워했다.

"자네가 이곳을 어떻게 왔는가?"

그는 벌떡 일어나 추위로 얼굴이 벌겋게 달아오른 친구를 멍하니 쳐다보았다.

"친구를 만나기 위해서라면 먼 곳이라도 마다하지 않는 법이지. 자네를 보아하니 아주 멀쩡해 보이는군. 그런데 이런 외지에서 무얼 하는 것인가?"

코르는 그를 한 손으로 품에 꼭 안고 그의 등을 토닥이며 위로를 건넸다. 그러자 델릭이 절망적인 눈빛으로 주변을 훑어보았다.

"보시다시피, 나는 이런 어두운 곳에서 생활하고 있네. 희망도 없고 빛도 들어오지 않는 이곳에서 말이야……."

"내 오랜 친구여, 사람이 낮에 다니면 세상의 빛을 보며 길을 잃지 않고,

밤에 다니면 빛이 없으므로 길을 잃어버리는 것일세. 이곳은 자네와 어울리지 않는군."

"맞는 말이지……. 하지만 나는 길을 잃었네. 내 생명과도 맞바꿀 아들을 잃었으니 말이야, 하지만 그것 아는가? 이제는 더는 길을 찾으려 하지도 않는다네. 아들과 함께했던 지난날들은 힘들어도 이겨낼 수 있었는데 이제는……."

그는 아들과의 지난 추억을 떠올리다가 격한 감정에 울먹이며 더는 말을 잇지 못하고 한쪽 팔로 눈물을 훔쳐냈다.

"소중한 아들을 잃어 얼마나 큰 슬픔이겠는가. 그 감당할 수 없는 공분을 어떻게 끝맺을 것인가? 이곳에서 평생을 아들을 생각하며 늙어갈 작정인가? 아들의 죽음을 생각한다면 더욱 아비로서 힘을 내어 그가 생명까지 받치며 지키려 했던 것들을 소중하게 지켜야 하지 않겠는가."

조용히 듣고 있던 그는 고개를 떨궈 묵묵히 듣고만 있었다.

"아들을 잃었으니, 더는 그의 영토까지 그들에게 허용하면 안 되네. 그곳은 아들의 유산이며 신념이 깃들어 있는 땅이네. 지금 붉은 연합군의 군대가 그가 사랑하던 추억까지 없앨 작정이네. 일어서서 나와 함께 그리스도를 위하여 싸우게나. 아들의 육신은 죽음을 맞았으나, 그가 사랑했던 시민들은 아직 살아서 이렇게 왕의 귀환을 기다리고 있지 않은가?"

"나는 밤새도록 수고하여 싸웠네. 붉은 연합군 맞서서 여러 차례 커다란 패배를 겪어서 저들을 잘 알고 있네, 우리는 결코 이길 수 없어. 승산이 없는 싸움을 더 이상 강요하지 말게……."

그러자 갑작스레 코르 왕의 모습이 거대해 보이더니 집안을 가득 채웠고, 쩌렁쩌렁하게 울리는 음성으로 의심하는 델릭에게 강력하게 말했다.

"그리스도는 부활이며 생명이니, 무릇 죽고자 하는 자는 살 것이라 했네! 자네 아들은 그 빛을 위해서 죽었네. 그의 희생으로 인해 이제 크루치아가 레치아의 편에 섰으니, 눈먼 자여! 해방이 코앞에 다가왔다는 것을 왜 보지 못하는가!"

이에 델릭은 바닥에 무릎 꿇고 통곡하고야 말았다.

"두려워 말고 믿음으로 무장하여 같이 싸우세. 내가 선한 싸움을 싸우고 나의 달려갈 길을 마치고 믿음을 지켰으니……."

그러자 그가 울먹이는 목소리로 천천히 뒤 구절을 읊조렸다.

"이제 후로는 나를 위하여 의의 면류관이 예비 되었으므로 곧 의로우신 재판장이 그날에 내게 주실 것이니…… 늘 자네가 내게 용기를 주던 구절이었지."

이에 상투스 왕이 먼저 손을 내밀었고, 델릭은 굳세게 그의 손을 잡고는 일어서서 옷에 묻은 먼지를 털어 냈다. 그는 곧 그곳을 버려두고 왕을 따라갔다.

레치아의 왕이 귀환한다는 기쁜 소식을 들은 세르비티는 당장에 섭정의 일을 내려두고 다시 기마대장의 임무를 맡았다. 카스티야 전 지역에는 상투스 왕과 델릭 왕이 손을 잡았다는 소식이 돌았다. 붉은 연합군에 점령당한 레치아 시민은 이 소식에 환호했지만, 붉은 연합군은 이를 두려워했다.

이사벨은 신속하게 떡잎의 뿌리부터 제거하기 위해 페라 연맹에 주둔하던 병력까지 일부 철수시켜, 군사들을 징집하기 시작했다.

한편, 연합된 크루치아와 레치아는 온 마을을 두루 다니며 붉은 연합군에 속박된 도시와 마을들에서 전투를 벌이고 승리를 거두며 속속히 해방군으로서의 이름을 널리 알리기 시작했다.

줄줄이 패전 소식을 들은 여왕은 마음이 조급해졌고, 서둘러 붉은 연합군을 움직이기 시작했지만, 미처 훈련도 제대로 받지 못한 평민 보병들과 싸울 줄 모르는 귀족들이 대부분이었기에 실력은 형편없었다.

코르가 이사벨이 페라에서 철수한 병력을 합한 4만 명의 대군을 움직인다는 소문을 들었을 때는 이미 붉은 연합군이 빼앗은 '유라티오'라는 곳을 재점령하고 난 후였다. 하지만 해방군의 지휘관들은 붉은 연합군의 규모를 듣고는 겁을 먹었고, 승리를 거두었음에도 그들의 한계선을 긋고 전진하려 하지 않는 분위기가 팽배해 있었다. 기사들은 무리를 지어 왕에게 찾아와 당당하게 탄원했다.

"우리는 승리했지만, 더 이상은 전진할 수 없습니다!"

당당하게 그들은 자신들이 나아갈 수 없는 이유를 왕도 잘 알고 있으며, 자신들의 요구를 들어줄 것으로 생각했다. 하지만 코르는 이제 첫걸음일 뿐이며, 이곳에서 멈출 생각은 단 한 번도 해보지 않았던 터였다.

"그대들은 고통 받는 레치아 백성들을 외면하고 다시 어두움 가운데로 들어가겠다는 말을 이리도 자신 있게 외치는 것인가!"

공분에 사로잡힌 왕이 그들에게 따끔한 말을 하자, 해방군의 지휘관들은 목을 빳빳이 들고 목소리를 높여 말했다.

"우리의 현실을 돌이켜 봤을 때, 그들에게 맞선다는 것은 승산이 없는 전쟁이며 무의미한 싸움일 뿐입니다. 신께서도 우리의 헛된 죽음을 원치 않을 것입니다!"

이러한 반응에 몇몇 병사들은 격한 공감을 나타냈고, 그 불신은 급속도로 퍼져나가 모두가 겁을 먹은 새처럼 두려움에 스며들기 시작했다.

그는 한참을 아무 말 없이 두려움에 떨고 있는 기사들을 쳐다보며 진실된 목소리로 차분히 말했다.

"우리가 정말 그리스도를 증거 하는 빛의 군대라면…… 진실로 진짜가 된다면 말이다! 아무리 산 위에 있는 마을일지라도 어둠을 숨기지 못할 것이며, 아무리 붉은 연합군이 악하고 그 수가 많을지라도 그대들의 빛이 반드시 어두움을 뚫고 나아갈 것이다. 믿는 자들은 적들이 두려움에 떨며 도망치는 것을 두 눈으로 똑똑하게 보게 될 것이다. 그러나, 믿지 못하는 자는 반드시 걸려 넘어질 것이고 결국 대열에서 이탈하여 도망치게 될 것이다."

이 말에 후퇴 소식을 기다렸던 병사들은 충격을 받고는 멍하니 듣고만 서 있었다. 조용한 분위기 속에서 오히려 해방군의 델릭 왕이 대꾸했다.

"하지만 그들의 병력은 4만입니다. 1만5천 명의 병사들로 어떻게 승리한단 말입니까?"

"진리로 허리띠를 띠고 믿음의 방패로 적들의 불화살을 소멸하며 구원의 투구와 성령의 검을 가진 자들을 저들이 어떻게 상대할 수 있겠습니까?"

이에 성기사 베르가 다소 엉뚱한 말을 꺼내자, 델릭은 의심의 눈초리로 그를 훑어보고는 반박했다.

"현실적인 대안 말입니다! 나는 실제로 1만의 군사로 4만의 대군에게 대항할 방법을 말하고 있습니다."

그러자 잠시 베르가 침묵을 이어갔고, 시간이 조금 흐른 뒤에 그는 델릭의 눈과 여러 기사의 표정을 훑어보고는 다시 말을 이었다.

"왕께서 보고 있는 지금의 현실은 무엇입니까? 우리는 믿는 자들입니다. 믿음만이 우리가 가진 가장 신뢰할만하며 현실적인 방안입니다. 하나님께서는 우리같이 약하고 미련한 것들을 택하시고 강한 자들이 부끄러움을 당하도록 도우십니다. 아무 육체라도 하나님 앞에서 자랑치 못하도록 주께서 도울 것입니다! 백 명의 이기적인 군사는 믿음으로 연합된 다섯 명을 이길 수 없습니다. 모두가 한마음을 품고 그리스도 안에서 하나가 된다면 이것이 진정 살아있는 용맹이고, 지금 우리가 가진 무기입니다."

그리고 조슈아는 눈을 돌려 겁을 먹은 기사들에게 다시 외쳤다.

"그대들이 겁을 먹고 두려워 떠는 현실은 정녕 무엇이란 말입니까! 또한, 그대들의 눈에는 지금 무엇이 보입니까? 4만이라는 대군의 함성이 눈앞으로 다가왔습니까? 당신의 옆을 보십시오. 골리앗을 앞에 두고 물매를 세차게 돌리는 다윗 같은 형제들이 있습니다!"

베르의 말에 델릭 왕은 듣고만 있었다. 그러자 상투스 왕이 말을 꺼냈다.

"자, 보아라. 여호와의 구원하심이 칼과 창에 있지 아니하다! 전쟁은 여호와께 속한 것이다! 우리는 무엇을 위해 싸우는가? 적들은 이미 자유를 빼앗기 위해 다가오고 있다. 이에 그대들은 기사로 부르심을 받은 군대이며, 마땅히 백성들을 지켜야 할 기사도를 가진 자들이다. 무엇이 그대들로 하여금 부르심을 가로막고 있단 말인가? 절대 한계를 생각하지 말라, 그대들이 생각하는 최후 경계선이 결국 그대들을 가로막고 좌절케 할 것이다. 나는 목숨을 버리는 한이 있더라도 끝까지 갈 것이며, 나를 따르는 자들과 항상 함께할 것이다. 과연 누가 붉은 악으로 무너진 공의와 양심을 바로 세우겠는가!"

무거운 공기가 바닥으로부터 병사들의 머리까지 흘렀고, 어떤 이들은 용맹을 넘어서 신성하기까지 한 왕과 베르의 말에 공명이 되어 눈물을 흘리기도 했다. 델릭도 이 말에 공명하여 감동을 받고 크게 외쳤다.

"나도 그대들과 함께하겠네! 하지만, 내가 알고 있는 방법이라고는 용맹하게 돌격하는 것뿐이네. 내게 부디 지혜를 나누어 주게나."

코르는 델릭에게 다가가 어깨에 손을 잠시 얹고는 그의 이마에 자신의 투구를 강렬하게 맞대었다.

"우리에게 필요한 것은 믿음 한 가지뿐일세. 전장에서도 돌격이 될지 도망이 될지는 우리의 확고한 믿음으로부터 비롯되는 것이지. 적으로부터 승리할 수 있다는 믿음, 신이 우리를 가호해준다는 믿음. 인간의 머리로는 이해할 수 없는 절대적인 신뢰이며 우직한 믿음이 신에게는 가장 큰 기쁨이 되는 법일세."

그러자 델릭은 얼굴이 붉어져서 통곡하며 그에게 말했다.

"형제여, 내가 또다시 그대를 실망하게 했네. 레치아를 도우려 이 먼 곳까지 싸우러 와준 그대를 믿지 못했어……. 이제는 나도 레치아의 백성들을 위해서라도 믿음으로 싸우겠네."

그러자 상투스 왕은 델릭 왕을 다독여주며, 시선을 돌려 모여 있는 무리를 향해 외쳤다.

"과연 그리스도의 심장과 정의를 가진 자들이 누구인가! 레치아 백성들이 붉은 연합군에게 그리스도인이라고 하여 고문과 핍박 그리고 굶주림을 당하며 피를 흘리고 신음하고 있다. 나는 죽음을 각오하고 신음하는 그들을 위해 풀 한 포기 없는 메마른 광야로 나갈 것이다. 우리는 십자가 아래서 하나로 연합된 자들이다. 과연 누가 신의 마음을 헤아려 대신 싸우겠는가!"

코르왕과 성기사 베르 그리고 델릭까지 하나로 뭉친 해방의 군대는 위력이 대단했다. 그들은 가는 곳마다 마을을 점령하고 있는 붉은 연합군을 물리쳐냈고, 적들은 중장기병과 깃발로 가득 찬 군대를 멀리서 바라보기만 해도 겁을 먹고 도망치기 일쑤였다. 넓게 퍼져서 분산된 그들을 상대하기란 어렵지 않으나, 문제는 이사벨이 당장에 군사를 모집하기 시작했다는 것이었다. 이후 승전 소식은 카스티야는 물론 아라곤 연맹까지 퍼져서, 프랑스 아비뇽에 갇혀 있던 교황에게도 들어가게 되었고, 그는 하수구의 쥐처럼 교황청을 몰래 빠져나와 즉시 크루치아로 향했다.

한편, 레치아의 영토인 하엔 지역 외곽에 보초병 2명이 얘기를 나누고 있었다. 그들은 깊은 밤, 서리가 낀 창을 붙잡고 불 주변을 맴돌며 주변을 살폈다.

"그런 얘기를 해도 결국 어쩔 수 없잖아?"

"꼭 필요한 일인지 모르겠다니까! 우리 영토도 지키기 힘든 마당에, 먼 이곳까지 와선…… 무슨 고생이냔 말이야."

한 병사는 바닥에 있는 돌을 불 속에 던져 넣으며 뒷말을 누가 들을 세라 목소리를 낮춰 말했다.

"기사는 그냥 왕의 명령에만 복종하면 돼. 헛소리하지 말고 주변이나 잘 살펴."

"너는 아직 정식 준기사도 아니잖아, 물론 나도 마찬가지지만…… 잠깐만."

말하던 병사 한 명이 멈칫하더니 손가락을 입에 대며 쉬잇 했다.

"무슨 일이야. 무언가를 봤어? 어디 있는데? 나에게도 알려줘."

한층 수그린 다른 병사가 그에게 물었다.

"잠깐만 조용히 해줄 수 없어? 소리가 들려, 말발굽 소리…… 이쪽이야!"

그 두 명은 동시에 말발굽 소리가 나는 곳을 향해 돌아보았고, 그곳에는 어느새 검은 말을 탄 남자가 조용히 다가오고 있었다. 그 즉시 두 병사는 칼을 빼 들고는 경계하며 그를 향해 소리쳤다.

"누구냐! 신원을 밝혀라!"

"에쉬, 넌 사람들에게 침입자가 있다고 알려, 내가 여기를 맡고 있을게."

"싸워도 같이 싸워야지 혼자 도망갈 수는 없어."

"한 번이라도 내 말 좀 들어, 서둘러 어서!"

"그럴 필요 없다……."

흑마 위에서 긴 망토를 두른 사내의 음성이 굵직하게 들려왔다. 이어서 낯선 이가 말에서 내리고는 망토를 벗고 모습을 드러냈다.

"이분은……!" 에쉬는 할 말을 잃고 멍하니 서 있었다.

"이쪽으로 모시겠습니다. 교황님."

오스텐은 병사들의 안내에 따라 코르가 있는 곳으로 도착했다.

천막을 걷고 교황이 들어서자, 그 안에 있던 지휘관들이 일제히 그를 보며 예의를 갖췄다. 지휘관들 사이에는 상투스 왕이 레치아 연맹국의 지도를 보고 있었지만, 교황이 방문하자 잠시 회의를 중단하고 그를 맞았다.

"어서 오게나, 친구여. 갑작스럽게 이 먼 곳까지는 무슨 일로 찾아왔는가?"

"내 지금 시간이 많지 않으니 서둘러서 본론만 말하겠네. 실은 자네가 나를 좀 도와줬으면 해서 이곳에 왔네."

교황은 한 손을 허리에 올리고 난 뒤에 난감한 표정으로 말했다.

"무엇을 도와주길 원하는가?"

"자네가 숨기고 있는 것을 내게 알려주게."

"숨겨진 것이 너무 많아서 말해주어도 들을 귀가 없다면 소용없네."

그러자, 교황의 안색이 좋지 않았다.

"지금 붉은 연합군은 4만을 넘어섰네. 그런데 어떻게 그에 절반도 안 되는 군사로 연달아 승리를 거두는 것인가?"

교황에게는 악한 귀신의 힘으로 싸운다고 믿을 정도로 신기한 일이었다.

"당할 수 있는가는 무슨 말인가? 그리스도를 믿는 자에게는 능히 못 할 일이 없다는 진리의 말씀은 자네가 더 잘 알 텐데. 나는 단순히 그것을 믿고 행하고 있을 뿐이라네."

그러자 교황은 머리에 쓴 카펠로 로마노를 벗고 손에 꽉 쥐어 구기며 말했다.

"그것은 성서의 구절일 뿐이지 않은가. 진실로 그 구절이 승리의 원천이라고는 내게 거짓을 말하지는 않겠지? 나는 자네가 숨기고 있는 연합군에 대항할 전략들이 필요하네."

그는 모든 것을 알고 있다는 능청스러운 눈으로 다른 대답을 기대했다.

"우리는 주를 위해 싸우고 있네. 우리는 세상을 얻고자 싸우는 것이 아니네. 이 땅에 주의 나라가 임하는 걸 원하고 있기 때문에 그분이 함께 하시는 것뿐이지. 우리가 하나님의 군대 소속이기 때문에 하나님께서 함께 하시는 것은 당연한 일이고, 그것이 승리의 전부이네."

일순간 경직된 교황은 가까이 오더니 이를 악 다물고 그의 귀에 대고 말했다.

"눈에 보이지 않는 믿음 따위로 어떻게 눈에 보이는 실제적인 힘을 이긴단 말인가! 정말 내게 말해줄 것이 이것뿐이라면, 나는 그대가 귀신을 의지하여 붉은 연합군을 물리치는 것이라고 알고 있겠네. 페라 연맹의 군대로도 해내지 못한 일을……. 고작 2만 명에도 못 미치는 병사들로 어찌 이긴단 말인가!"

그러자 코르는 그의 양팔을 잡고 말했다.

"우리는 실상이 보이고 나서 비로소 믿지 않네. 우리가 먼저 믿었을 때 그 실상이 그림자처럼 따라다니는 것이 바로 믿음의 큰 시험이자, 숨겨진 비밀이지. 소돔 성읍 가운데서 진노를 피하기 위해서는 고작 의인 10명만이 필요할 뿐이었네. 무슨 말을 기대하고 내게 찾아온 것인가? 하나님께서 지혜롭고 슬기로운 자들에게 숨기시고 어린아이에게 나타내셨다함이 바로 그대에게 한 말이 아닌가?"

그러자 오스텐의 표정이 금세 굳어지더니 얼굴이 혈기로 가득 차 시뻘게졌다. 그의 손은 미세하게 부르르 떨렸다. 이를 본 코르는 그의 마음속에 악독함이 가득함을 보았다.

"나는 그딴 말이나 듣고자 교황청에서 몰래 빠져나온 것이 아니네! 지금쯤 나를 찾느라 정신이 없을 텐데, 고작 내게 해줄 수 있는 것이 그런 허무맹랑한 소리란 말인가!"

이에 코르 왕은 그를 보며 조용히 성서 구절을 말했다.

'외식하는 자는 겉은 깨끗이 하되, 그 안에는 탐욕과 방탕으로 가득하여 회칠한 무덤 같으니, 겉으로는 아름답게 보이나 그 안에는 죽은 사람의 뼈와 모든 더러운 것이 가득하도다.'

"내게서 떠나라! 살아 있으나, 이미 죽은 자여. 정녕 하나님께 깊이 회개치 않는다면 그 분의 진노를 피할 수 없을 것이다."

그의 말을 듣던 교황은 갑자기 웃음을 터트렸다. 한동안 웃던 그는 크루치아 왕을 내리 깔아보았다.

"나는 하나님이 선택한 교황이다. 누구 앞에서 성서를 인용하며 훈계하려 드는 것인가? 모든 신자의 존경을 받고 잔치의 상석과 성전의 높은 자리 그리고 사람들에게 선생이라 칭함을 받는 자가 바로 나란 말이다. 불의

한 자들은 나와 비교도 할 수 없으니, 내가 어찌 회칠한 무덤이란 말인가."

교황은 자신의 손가락에 끼인 어부의 반지를 매만지며 과시했다.

"그리스도께서 말씀하신 것이 바로 그대 같은 자가 정녕 뱀이며 독사의 새끼라는 것을 도무지 깨닫지 못하겠는가? 불의한 자와 멍에를 함께 질 수 없으니, 그대가 회심하지 않는다면 나는 그대를 도울 수 없네."

교황은 그 말을 듣자마자, 머리에 로마노를 착용하고 뒤로 고개를 돌려 말했다.

"그대의 헛소리 중 단 한 가지는 똑똑히 들었네, 그대가 바알세불의 권능으로 싸운다는 것을 말일세."

이후 그는 신속하게 밖으로 나갔고, 말을 타고 다시 교황청으로 돌아갔다.

잉글랜드 연맹의 워릭 성, 왕을 모시는 침실에는 에드워드가 누워있었다. 제대로 먹지 못해 피폐해진 얼굴에 광대가 두드러져 보였고, 볼은 핼쑥하게 패여 있었다. 눈을 가늘게 뜨고 있었지만, 초점은 없었다. 코는 혈기가 없이 시들했고, 입술은 사막처럼 바싹 말라 있었다. 그 옆에서 수중을 들던 시녀들은 꽃과 과일을 옆에 두어 그의 몸을 닦으며 얘기를 나누었다. 그 옆에는 이사벨이 편안한 차림새로 팔짱을 끼고 서 있었다.

'정작 필요할 때 써먹지 못하니…… 독주를 너무 많이 마시게 했구나.'

그녀는 한참이나 그를 보며 분노를 품었고, 시녀들은 그러한 그녀를 쳐다보지도 못한 채 시중을 들었다. 얼마 후 누워있는 에드워드를 두고 그녀는 자리를 떠났고, 곧장 섭정인 룹타스가 있는 왕궁으로 향했다.

예전 에드워드가 앉던 왕좌에는 벌거벗은 두 여인이 양 팔걸이에 걸터앉아 룹타스와 웃음꽃을 피우고 있었다. 섭정은 매일 왕좌에 새로 들여온 여자들을 앉혀놓고 괴기한 웃음소리를 내며 신을 내며 술에 취하는 데 바빴다. 그러나 암살을 두려워한 그는 왕궁 안에 40명가량의 병사와 5명의 지휘관을 두어 철통같이 자신을 호위하게 했다.

하지만 나라가 흑사병으로 뒤덮일 때마다 아무런 대처도 하지 않는 왕궁의 분위기는 절로 어두울 수밖에 없었다. 그러한 상황 속에서 이사벨이 문을 열고 들어왔고, 이를 기뻐하던 병사들도 여럿 있었다.

그녀를 본 룹타스는 내심 싫어하면서도 겉으로는 두 팔을 벌리며 반갑게 맞았다.

"어서 오시오, 이사벨! 안 그래도 내가 부를 참이었소."

그러자 그녀의 눈에 왕좌에 앉아 있는 벌거벗고 있는 여인들이 거슬렸다.

"지금 사태가 어떻게 흘러가는지는 알고 여인들과 노닥거리는 겁니까."

신경질적인 말투로 이사벨 여왕은 섭정인 룹타스를 뚫어지게 쳐다보았다.

"너무 염려할 것 없소. 겨우 레치아 땅 일부분을 빼앗긴 것뿐이지 않습니까? 성서에도 이런 구절이 있지 않소. 음…… 염려함으로 자기의 인생을 한 시간이라도 늘릴 수 없다고 말이오. 내가 충고하나 하겠는데, 그대도 좀 즐기고 이 순간을 마음껏 즐거워할 필요가 있소."

룹타스는 말을 마친 뒤에 팔걸이에 앉아 있던 나체의 여자들을 번쩍 들어 올려 내보냈다. 이에 여왕은 마음에 있는 분노를 식히며 평온한 얼굴을 되찾았다.

"그렇다면 확실히 즐기도록 하죠."

그 말을 들은 그의 마음에 불길함이 퍼져나갔다.

“당장 군사를 준비하지 않으면 이를 후회하게 될 것입니다. 코르 왕이 델릭과 함께 하고 있습니다.”

그녀가 차분하게 말했다. 화들짝 놀란 그는 몸을 뒤로 젖히고 멍하니 그녀를 바라보다가 침을 삼키고 말을 꺼냈다.

“고작 크루치아가 레치아를 돕는다는 게 큰일이라고 그렇게 걱정하시는 것이오? 그들이 할 수 있는 일은 없지. 약한 왕에게서 나약한 기사들이 나는 법입니다. 그대가 레치아 국왕을 제일 잘 알지 않소?”

“그 입 닥쳐라!”

이사벨은 손으로 그를 가리키며 성을 내었다.

“귀족들이 다 있는 이곳에서 감히 내게 욕을 보이다니…… 큰 무례를 범하는 것이오. 용서를 구하지 않으면 강제로 내보내겠다!”

델릭도 주변의 술렁이는 소리를 의식한 듯 크게 말했다.

“진정 무례한 것이 무엇인지 보여드리죠.”

말을 마치고 여왕은 당당히 룹타스가 앉아있는 왕좌의 계단을 성큼성큼 올라오기 시작했다.

“무…… 무엇을 하려는 거요. 당장 물러나시오. 안 그러면 병사들을 부르겠소.”

하지만 그녀는 멈추지 않고 계속 다가갔다.

“이봐라, 여기 이 난동꾼을 쫓아내라!”

그러자 그녀 뒤에서 피델이 칼을 겨누고 그녀에게 말했다.

“당장 내려오지 않는다면 목숨을 부지하기 힘들 것입니다.”

하지만 병사들이 여왕의 압도에 짓눌려 아랑곳하지 않자, 그도 함부로 행동할 수 없었다. 결국, 그의 앞까지 다가온 이사벨은 귀에 대고 속삭였다.

'누가 그대를 이 왕좌에 앉게 했는가를 기억하십시오.'

그러고 나서는 이사벨은 그의 멱살을 붙잡고는 순식간에 바닥으로 던져 버렸다. 그는 계단을 몇 번 구르고 나서 바닥에 엎어졌고, 고통에 신음했다.

이 엄청난 상황에 병사들은 다들 놀라서 가만히 있었지만, 유일하게도 피델만이 신속히 섭정에게 다가가 그의 상태를 살폈다.

이사벨은 그 왕좌에 앉고는 병사들을 쳐다보았다. 그들은 서로의 눈을 마주치지 않고 바닥을 보며 두려움에 떨었지만, 내심 난봉꾼인 룹타스를 누군가 처리했으면 좋겠다는 생각도 한 번쯤 해본 자들이었다.

"에드워드 왕의 명에 따라 내게도 카두스의 왕권이 부여된 바! 이제부터는 저 호색꾼이 아니라 내가 직접 통치한다. 불만이 있는 자는 신속히 나오라."

그 안에 있던 모두가 머뭇거렸으나, 용기 있는 8명의 병사만이 그녀 앞에 나왔다. 피델이 그들을 대표하여 그녀에게 말했다.

"허용할 수 없습니다! 우리는 잉글랜드의 군사들입니다. 아무리 여왕께서 왕권을 물려받았다 할지라도, 프랑스 국왕의 명에 목숨을 바칠 수는 없습니다."

"오, 진실로 그러한가. 훌륭한 충심이로다. 그대의 그 충심이 빛나가서 살짝 아쉽긴 하지만……."

이사벨은 말을 마치고 누군가에게 까딱 손짓했다. 그러자 왕궁 문을 박차고 프랑스 기사들이 들어오기 시작했다. 금방 100명이 넘는 무장한 기사들이 들어와 그들을 가득 둘러싸고는 칼을 겨누었다. 그러자 안에 있던 지휘관들과 병사들은 겁에 질려 여왕에게 호소했다.

"우…… 우리는 그대를 따르고 충성할 것입니다. 살려주십시오!"

이에 여왕에게 저항하지 않은 나머지 병력이 제각기 살려달라고 외쳤다.

"섭정 따위에게도 충성하지 못하는 자들이 어찌 나에게 충성하겠는가? 모두 남김없이 죽여라!"

그 말을 들은 100명의 기사는 그곳에 있던 사람들을 무참히 베어나가기 시작했다. 사방에 피가 튀기고 비명이 울려 퍼지는 가운데 이사벨 여왕은 비명과 함께 크게 웃고 있었다. 몇 명은 자신의 검으로 맞서 싸웠지만, 좁은 공간에서 살아남기는 불가능해 보였다. 시간이 흘러 3명만이 살아남았는데 그중에는 피델도 있었다. 그의 머리에는 피가 흘렀으며, 시체들 사이에서 포승줄로 팔이 묶여 무릎을 꿇고 있었다.

"끝까지 살아남다니 입만 산 것은 아닌 모양이구나. 네 이름이 무엇인가?"

그녀가 물었다.

"닥쳐라, 네 따위가 명예로운 내 이름을 알 것 없다. 나는 에드워드 왕과 룹타스 섭정에게 충성을 맹세한 자이다. 어서 내 목숨을 끝내라!"

"정 그렇다면, 그 소원은 내가 대신 이루어 주지. 그 고결한 충성을 마지막까지 함께해라."

이사벨은 병사들에게 피델의 손에 검을 쥐여 주게 했다. 이에 당황한 피델이 그녀를 멍하니 쳐다보았다.

"병사들은 잘 들어라, 무력을 써서라도 피델의 손으로 하여금 룹타스의 목숨을 끝내도록 도와주어라."

여왕은 승리의 건방진 미소를 띠며 마치 벌레를 보듯 그를 보았다.

"무…… 무슨 짓이냐. 절대로 그딴 일은 하지 않을 것이다!"

병사들 다섯 명에게 붙잡혀 손에 검을 쥐게 했고 그는 발악했다. 그리고 병사들은 쓰러져있는 룹타스를 향해 그를 끌고 갔다.

"차라리 내 목숨을 끝내라. 이러한 수치를 받고 죽을 수는 없다! 이사벨, 반드시 너는 칼로 망할 것이다. 명심해라, 아악……."

피델은 강제로 룹타스의 등에 칼을 꽂게 되었다. 엎드려 신음하던 룹타스는 피를 흘리며 죽었고, 포승줄이 묶인 그는 섭정의 옆에서 무릎 꿇은 채 아무 말 없이 구슬프게 눈물을 흘렸다.

"말이 씨가 되는 법, 칼로 망하지 못하게 저놈의 목을 베어라. 그리고 그의 머리를 성문에 걸어두어 사람들에게 본을 보이고 내게 거역하는 자는 모두 그리될 것이라고 단단히 일러라! 카두스 연맹도 오늘부터 전쟁을 준비할 것이다."

여왕은 병사들에게 피델의 목을 자르게 한 뒤에, 성문 높은 곳에 걸어두게 했다. 사람들은 그 절망에 사로잡힌 그의 해괴한 얼굴을 보며 두려움에 떨었고 결국 이사벨은 카두스 연맹까지 통치하는 붉은 연합군의 원수가 되었다.

이렇듯 붉은 연합군은 완전히 이사벨의 명을 따라 움직이게 되었다. 겨울이 다가오기 전, 그녀는 준비가 마치는 대로 총 병력 5만 명 중에서 3만 명의 중장보병과 준기사들 그리고 기사 작위를 받은 귀족들을 이끌고 다시 레치아 연맹국의 국경을 선전포고도 없이 쳐들어왔다.

해방군은 난생처음 보는 대군의 위엄 앞에 지레 겁을 먹었지만, 그들에게는 코르 왕이 있었다. 수없이 펼쳐진 붉은 깃발들이 하늘을 뒤덮듯이 높게 솟아 있었고, 각기 다른 무기를 든 병사들은 하나같이 거칠 것이 없는 표정이었다. 그들의 진군만으로도 대지가 세차게 흔들릴 정도로 압도적인 병력을 가졌다.

수천에 이르는 붉은 연합군의 말들이 무거운 쇠를 주렁주렁 달았고, 그 위에는 철갑으로 무장한 기사들이 거만한 표정을 덧입고 창을 내세우며 도시와 마을들을 차례대로 무너트리기 시작했다. 이에 해방군은 여러 차례 전투를 치렀지만, 압도적인 병력의 차이에 기세를 잃고 후퇴하기 급급했다.

붉은 연합군과 맞서 싸울수록 부상과 위생문제로 인하여 전염병은 심하게 퍼져, 수많은 병사가 전투 후유증과 질병으로 사망했다. 레치아의 군사들과 크루치아의 정예병들은 매번 성을 빼앗기고 후퇴해야만 했다.

붉은 연합군은 수단과 방법을 가리지 않고 전염병으로 죽은 사람들을 이용하여 투석기에 매달아 공격하기도 했고, 불붙은 화살을 쏘아 마을과 도시를 불태우기도 했다. 마을 사람들은 공격을 피해 다른 마을로 이주했지만, 그곳도 결코 안전하지 않았다.

해방군은 고심 끝에, 전 병력을 모아서 톨레도로 집결하기에 이르렀다. 적들이 치고 들어오는 속도가 확연하게 달라져 방어에 관심을 기울일 틈이 없었고, 바로 전투를 준비해야하는 상황이었다.

한편, 코르 왕을 둘러싼 기사들은 모두 죽기까지 각오한 충성스러운 자들이었다. 그들은 날카로운 칼과 견고한 방패 그리고 믿음직한 투구까지 완벽하게 무장된 이들이었고, 어떠한 적일지라도 막아낼 수 있다는 믿음을 가진 자들이었다. 수천 명에 달하는 기사들과 준기사들 그리고 중장보병들까지 모두 약탈과 겁탈을 일삼는 연합군에게 분노를 느끼며 전투를 준비했다.

한편, 톨레도에 멀지 않은 붉은 연합군은 일정한 대열을 유지하며 지나가는 모든 도시와 마을을 약탈했다. 붉은 깃발 하나가 바람에 펄럭이기 시작하면 수천 개의 깃발이 동시에 하늘을 갈라놓을 듯이 흔들렸다. 그 기세는 바람을 타고 해방군 진영까지 엄습했다. 얼마 남아 있지 않은 거리를 두고 해방군과 붉은 연합군은 대치했다.

하늘은 짙은 회색 구름이 넓게 펴져 있어 햇살이 하늘에 머물러 옅은 광채를 퍼트렸다. 바람은 이미 피를 예고한 듯 거칠게 이리저리 광야를 들쑤시며 병사들의 마음을 괴롭게 했다. 누가 먼저라고 할 것도 없이 이사벨의 붉은 연합군은 해방군을 상대로 총공격을 감행했다.

수천 마리의 날뛰는 말들이 거침없이 달려가는 대지는 해방군의 온 사지를 뒤 틀만큼 강력한 지진처럼 다가왔다. 가만히 서 있기만 해도 저절로 턱이 흔들리고 몸이 부르르 떨리는 상황 속에서 해방군의 병사들은 용기를 잃지 않고 전진해나가기 시작했다.

서로 한 치의 양보도 없이 돌격하는 가운데, 선봉군들이 긴 창을 서로의 심장을 겨누며 피 튀기는 전장 속으로 빨려 들어갔다. 그들의 창끝과 칼끝에는 서로가 눈을 크게 뜨며 고함을 지르는 악랄한 표정이 담겨 있었고, 신조차 그것을 막지는 못했다. 연합군은 거대한 기병을 앞세워 해방군의 진영을 번번이 무너트렸고, 그 틈으로 보병들이 엄청나게 쏟아졌다.

아무리 베어도 끝이 보이지 않는 연합군의 병력에 압도된 해방군의 기사들은 점차 힘에 부쳤고, 뒤에서 쩌렁쩌렁하게 울리는 연합군의 함성에 두려움에 사로잡히기도 했다. 연합군의 병사들은 붉은 갑옷을 입고 칼로 찌르고 베어 온통 피범벅이 되었는데, 그들의 표정은 지옥에서나 볼 듯이 악랄하고도 잔인했다. 코르 왕과 델릭이 분투하며 그들에게 맞서 싸웠지만, 점차 기세는 연합군에게 유리해지기 시작했다.

이것을 직감한 상투스 왕은 최대한 병력을 손실 없이 방어에 치중했고, 연달아 공격하던 연합군도 지쳐서 잠시 쉬고는 했다. 낮부터 시작된 전투는 오후의 해가 기울도록 계속되었고, 어두워지자 점차 잦아들기 시작했다. 병사들은 제각기 진영으로 돌아가 휴식을 취했지만, 배나 되는 병력을 상대하느라 해방군은 지쳐 있었다.

저녁이 되어 해방군 진영에서 쉬고 있던 피 칠갑을 한 기사들의 표정에는 지친 기색이 역력했다. 그들의 깃발은 부러져 있었고, 부상으로 신음하며 괴로워하는 병사들로 진영이 가득했다.

그렇게 다음날도 붉은 연합군의 기사들은 온갖 악을 쓰며 쓰러져 있는 해방군의 기사들을 향해 칼과 창을 휘두르고 찔렀다. 델릭은 병사들이 고통을 겪는 모습을 보게 되자, 두려움이 임하여 후퇴할 생각만 했다.

거대한 붉은 연합군을 마주할수록 미래가 보이지 않았고, 날이 갈수록 희망이 사라지는 듯했다. 그는 상투스 왕에게 거듭하여 후퇴하자는 요청을 했지만, 번번이 그의 신념으로 인해 무산되었다.

낮 동안의 소용돌이 같은 전쟁이 마무리되어가고 다시 밤이 찾아왔다. 해방군의 기사들과 보병들은 지친 몸을 이끌고 자신의 무장을 베개 삼아 다들 잠이 들었다. 밤새 타오르는 장작더미의 불길은 평온한 소리를 내며 점차 사그라졌다. 하지만 아침이 다가오며 불은 희미한 빛만이 남아 몰려드는 추위와 불길함을 막아주지 못했다.

다음 날도 어김없이 동이 텄다. 붉은 연합군은 새벽 일찍부터 군장을 다시 갖추고 서둘러서 전투에 임할 준비를 했다. 이에 해방군은 패배를 예감하며 불길한 기운을 감출 수 없었고, 이번에는 더는 그들을 막아낼 자신이 없었다. 해방군의 병사들은 자신이 죽지 않기 위해 간절하게 기도했고, 지휘관들은 상투스 왕의 곁에서 옴짝달싹 못 하게 달라붙어 떠날 생각을 하지 않았다.

마침내 햇빛이 온 땅을 적셨다. 이어서 붉은 연합군의 나팔이 길게 울리며 그들이 진군하기 시작했다. 해방군의 병사들은 떨리는 두 손으로 긴 창을 꽉 쥐고는 몸에 달싹 붙여서 그들을 맞을 준비를 했다. 천천히 오던 중장기병들이 조금씩 속도를 냈고, 정렬된 말들은 거친 콧김을 내쉬며 달리기 시작했다.

그러한 긴박한 상황에서 어디선가 연합군과는 다른 나팔 소리가 크고 길게 하늘에 울려 퍼졌다. 내달리던 붉은 연합군의 기사들은 정체불명의 소리를 듣고는 고개를 돌려 일제히 소리가 난 방향을 바라보았지만, 어디서 난 소리인지 근원지를 알 수 없었다.

그것도 잠시, 연합군의 기사들은 다시 적에게 집중하며 달렸다. 연합군이 해방군에 절반 정도 다가갔을 때쯤에, 이번에는 좀 더 가까이서 크고 웅장한 나팔 소리가 대지를 진동시키듯 쩌렁대게 울려 퍼졌다.

분명 해방군이 쓰는 나팔 소리였다.

이를 들은 연합군의 지휘관들은 병사들에게 멈출 것을 명했고, 서서히 그들의 돌격은 멈췄다. 해가 돋아난 방향에서는 희고 붉은 십자가의 크루치아 깃발이 하나 보이기 시작했다. 광명은 검은 땅을 천천히 밝게 비추었다. 붉은 연합군의 병사들 머리에도 눈부시게 빛이 비추었고, 그들은 놀란 눈으로 쳐다볼 수밖에 없었다.

언덕 위에서 성기사인 베르가 크루치아의 깃발을 휘두르며 불꽃처럼 강렬한 눈으로 그들을 뚫어지게 보고 있었던 것이다. 이후에 크루치아의 수많은 깃발이 언덕 위로 솟아나기 시작하며 수를 헤아리기 힘들 정도로 많은 기마병이 모습을 당당히 드러냈다. 이를 본 해방군은 심장이 마구 요동치며 불타는 듯 뜨거워지며 환호했다.

반면, 뜻하지 않은 지원군에 이사벨 여왕은 동요하고 있는 병사들을 진정시키려고 노력했지만, 베르의 등장에 당황한 것은 그녀도 마찬가지였다.

베르는 엄청난 위험을 무릎 쓰며 수차례나 전투를 치르고, 결국 6주에서 하루 모자란 날에 톨레도 입성에 성공했다. 베르 조슈아는 해같이 빛나는 얼굴로 크루치아의 기마병들에게 외쳤다.

"저기 보아라! 너희들의 동지들이 고통 받는 모습을. 그리고 또 보아라, 저기에 있는 우리 형제들이 기뻐하는 모습을! 그리스도의 영광이 온 땅에 충만할 때까지 싸워라. 사나 죽으나 우리는 주의 것이다!"

말을 마친 후, 베르 조슈아는 크루치아 기마병들에게 돌격할 것을 명했고, 서서히 그들은 나오기 시작하더니 이내 급하고 강한 물결처럼 질주하기 시작했다. 그러자 대지는 그 어느 때보다 더 엄청난 진동으로 흔들렸고, 감당할 수 없을 정도로 천지가 좌우로 흔들리는 듯했다.

붉은 연합군은 일시에 양쪽을 막아야 했다. 지원군을 보고 힘이 난 해방군의 보병들은 함성과 화살로 적들의 시선을 분산시켰고, 베르를 막고자 병력을 돌린 연합군에 균열이 생겨났다. 해방군의 병사들은 코르와 베르가 함께 한다는 희망을 품고 다시 칼과 창을 꽉 쥐고는 앞으로 나아갔다.

한편, 연합군의 원수인 이사벨은 우선 적군의 돌격을 막아내고 해방군을 다시 무너트리려는 심산으로 철통같은 방어선을 구축하고 그들을 기다렸다. 연합군의 궁수들이 아무리 화살을 쏘아도 지난번처럼 두려워하는 기색이 없이 크루치아 군은 거대한 파도처럼 쓸려오고 있었다.

화살을 맞고 쓰러지는 기마병들이 많았지만, 그것으로는 속도를 늦출 수 없었다. 이사벨은 화살을 멈추고 당장에 백병전을 대비하여 창을 앞으로 세워 오기만을 기다렸다. 대지가 점차 강하게 울리고 기마병대의 함성이 귀에 가득 차게 되자, 연합군의 병사들은 벌벌 떨기 시작했다. 마침내 등 뒤에 큰 광명을 숨긴 크루치아의 기마병대가 연합군의 창들과 맞닥뜨리자, 번개와 같은 커다란 소리가 쾅하고 울려 퍼졌다. 마치 대지가 찢기고 하늘의 샘이 터지는 것처럼 강력하고도 웅장한 소리였다.

붉은 연합군의 단단한 창들은 크루치아의 말들에게 씹어 먹히듯이 부러져 버렸고, 뚫린 곳으로 감당할 수 없을 만큼 많은 기마병이 쏟아졌다. 그들은 적군의 방어벽을 무너트리고는 칼과 창을 휘두르며 연합군의 병사들을 베어나갔다. 베르는 해방군과 힘을 합치기 위하여 길을 내었고, 해방군도 크루치아 군을 보며 뚫고 나아갔다. 여러 갈래로 병력이 나뉜 연합군은 점차 두려움에 삼켜져 전의를 상실했다.

기세가 역전되는 것은 이렇듯 순식간이었다. 붉은 연합군의 기사들과 종자들이 도망치기 시작했고, 그 퇴각의 물결은 바람처럼 부대 전체를 휩쓸었다. 연합군의 지휘관들은 어떻게든 도망치는 기사들을 붙잡아두려 했지만, 오히려 그들은 자신들의 지휘관에게 창과 칼을 휘두르며 도망가기 바빴다. 놀란 눈과 반쯤 벌어진 입 그리고 두려움에 휩싸인 표정과 함께 붉은 연합군의 기사들은 말을 힘차게 달렸다. 반 이상이 전투 불능에 빠진 연합군은 결국 후퇴할 수밖에 없었다. 해방군의 병사들은 이에 큰 승리를 거두어 환호성을 크게 질렀다.

왕의 성배

밝은 햇살에 반응하는 풀처럼 그의 몸은 생기가 가득해졌다. 몇 번이라도 더 싸울 수 있는 것처럼 하늘의 강력한 활기가 그의 몸을 에워쌌고, 몸은 이전과는 비교할 수 없을 정도로 단숨에 회복되었다. 그리고 조슈아는 남은 한쪽 손으로 강하게 그의 팔을 엇갈려 잡았다. 베르는 다시 일어설 수 있었다. 바깥에서 들어오는 빛은 찬란하게 그 두 명이 마주 보고 서 있는 자리를 환하게 비추었고, 어느 때보다 밝았다.

왕의 성배

붉은 연합군의 대원수는 자신의 병력이 수적으로 우세함에도 불구하고 크루치아에게 크게 패배하자, 해방군의 수장인 코르를 죽여야 한다고 생각했다. 그를 죽이기 위해 여왕은 각국에 파견된 첩자를 불러들여서 정보를 수집했다.

어두운 화실에 화려한 색상의 꽃들이 빛을 받지 못하고 캄캄한 곳에서 숨죽여 입을 막았다. 긴 벌레들이 다리를 꿈틀거리며 이리저리 흙 속을 파헤치고 바닥에는 울퉁불퉁한 돌들이 놓여 있었다. 문이 닫힌 화실 안에는 이사벨이 첩자와 차를 마시며 이야기를 나누었다.

"코르가 그런 식으로 대했단 말이지……."

"확실한 정보입니다. 듣기로는 교황이 굴욕을 겪고 돌아갔다고 했습니다."

흥미로운 듯 그녀가 슬며시 미소를 띠었다.

"가두어 놓았던 쥐새끼가 자꾸 교황청을 몰래 빠져나오는군. 먼저 그를 찾아가 봐야겠다. 잘 설득하면 상투스 왕을 죽일 기회가 생길지도 모르는 일이니……."

"아비뇽에 가신다면 저도 함께하겠습니다."

"아니다…… 너는 자칫하면 화를 불러올 수도 있는 존재이니 몸을 잘 숨겨라."

"그렇지만, 제가 분명 필요하실 것입니다."

"이미 필요한 일은 모두 네가 처리해 주었다. 다만, 너는 교황의 측근 '센티아'라는 자를 좀 더 알아보고 와라."

첩자는 이에 수긍했고, 그녀에게 가벼운 인사를 하고 조심스레 걸어 나갔다. 이를 앉아서 지켜보고 있던 이사벨은 그 뒷모습을 보더니 잠시 생각에 잠겼다. 얼마 후에 그녀는 어이없는 듯한, 웃음을 짓고 첩자를 따라갔다.

"오, 이런 내가 너에게 괜한 일을 시켰나 보구나."

여왕이 그에게 다가가, 그의 어깨를 토닥여 주었다.

"무슨 말씀을……?"

첩자는 위로 올려다보며 그녀의 표정을 보았는데 흡사, 뱀이 쥐를 잡아먹기 전과 동일했다. 그는 놀란 눈으로 이 상황을 직감했으나, 이미 이사벨이 단칼로 그의 옆구리에 찔러 넣었다가 순식간에 빼고 난 후였다.

"아악…… 윽!"

그 첩자는 옆구리를 한 손으로 잡으며 쓰러졌다. 이에 이사벨이 쓰러진 그를 향해 단칼을 들어 올리더니 내리찍었다. 그 첩자는 본능적으로 칼을 손으로 막았지만, 손바닥이 뚫려 피가 얼굴로 단번에 떨어졌다. 그녀는 칼에 온 체중을 실어 죽이려 들었다.

"절뚝거리는 발걸음을 보니, 네가 바로 지난번 방에 숨었던 쥐새끼였구나…….”

이사벨은 이제야 지난번 방 안에서 누군가 숨어들었던 것이 그였음을 깨닫고 필사적으로 숨통을 끊으려 했다.

“젠장, 조금만 더 시간이 있었다면 너를 죽일 수 있었는데……. 그래도 왕으로서 해야 할 일을 한 것이라고 억지로 생각해 보았지만, 아무리 생각해도, 그 미친 짓은 양심에 화인 맞지 않고서야 불가능하다는 것을 깨달았을 때는…….”

“닥쳐라!”

첩자는 손에 박힌 칼을 무시한 채, 다른 손으로 그녀의 목을 조이고 들어 올려서 옆으로 던져버렸다.

“검은 질병이 우연히 사람들에게서 퍼지는 것이 아니라, 악마에게 쓰임받는 한 사람 때문이라는 것을 너무 늦게 알았다. 조금만 더 시간이 있었더라면 내 계획이 성공하여 그대를 죽일 수 있었겠지만, 아쉽게도 모두 들켜버렸으니 이제라도 그 실수를 바로 잡으리라.”

그는 결연한 표정으로 거침없이 손을 관통한 단칼을 뺐고, 피 묻은 칼을 들고는 그녀를 향해 걸어갔다. 그러자 당당하던 여왕의 눈동자가 흔들리기 시작했다. 그녀는 주변을 둘러보았지만, 쓸 만한 무기라고는 화분뿐이었다. 할 수 없이 그녀는 옆에 있던 화분을 들고 그에게 맞서려 했지만, 칼을 들고 있는 건장한 사내에게 대항하기엔 버거운 것이 사실이었다.

이윽고 첩자가 그녀에게 가까이 다가왔다. 그러나 알 수 없게도 이사벨은 두려워하는 기색 없이 웅크린 뱀처럼 자신만만해졌다. 그녀의 눈동자 안에는 첩자 그뿐만 아니라, 어느 사내도 들어 있었다. 그가 놀라서 뒤를 돌아보려는 순간, 그의 눈앞에 가슴을 뚫고 긴 칼이 들어왔다. 자신의 몸을 뚫고 나온 매우 날카로운 장검의 끝에는 피가 뚝뚝 떨어지고 있었다.

"이제야 내가 너를 진짜로 죽일 수 있게 되었구나, 타첸다."

"네놈들의 수작을 회의장에서 까발렸어야 하는 건데……. 으윽, 억울하다."

"네가 자초하여 돕겠다고 하지 않았는가? 이렇게 은혜를 갚으면 안 되지."

고통스러운 표정을 지으며 입에서 피거품이 흘러나온 타첸다는 억지로 고개를 돌려 그를 보았다. 아베르토는 두 눈을 크게 뜨고는 누런 이빨을 다 드러내며 웃고 있었다. 그가 칼을 빼니 그 즉시 타첸다는 쓰러졌고, 다시는 일어나지 못했다. 두 명은 쓰러져 있는 그를 보며 한동안 서 있었다.

아베르토가 먼저 말을 꺼냈다.

"바깥에서 경계를 서던 병사가 안 보이기에 무슨 일인가 하여 왔더니…… 반역자가 이곳까지 숨어들어왔군요."

이사벨은 자신의 이마에 땀을 타첸다의 옷으로 닦아 내었다.

"쓸 만한 것들은 죄다 변절을 꿈꾸는군요. 저는 교황을 만나러 아비뇽으로 당장 갈 것입니다. 당신도 나를 따라오실 건가요 아니면 들고 있는 그 칼로 나를 찌르실 건가요?"

이사벨은 피 묻은 손으로 아베르토가 들고 있는 검을 가리키며 말했다.

"물론, 저는 여왕님을 따를 것입니다."

그는 말을 마치고 고개를 숙여 그녀의 손등에 입을 맞췄다.

한편, 아비뇽에 있는 교황청에서는 여왕이 온다는 소식을 듣고 분노한 교황이 이리저리 복도를 돌아다녔다. 멀리서부터 걸어오는 이사벨을 보고는 오스텐은 앙심을 품었다.

"그대가 나를 배신하여 이 지경까지 이르렀구나……. 내가 침묵한 덕분에 여기까지 왔다는 것을 벌써 잊었는가!"

그는 분노에 휩싸여 떨리는 목소리로 간신히 말했다.

"과거의 일은 잠시 덮어두죠. 지금은 그대에게 단 한 가지만을 물을 것입니다."

이사벨은 차갑고 분명하게 말했다.

"더는 그대의 말은 듣지 않겠다. 나를 감시하는 자에게 내가 무엇을 해주길 바라는 것인가!"

"이번 전쟁을 통하여 깨달았습니다. 이대로는 붉은 연합군에게 승산이 없습니다. 나는 코르 왕을 죽일 것입니다. 이 일을 위해서는 그대의 힘이 필요합니다."

확신에 찬 이사벨을 본 오스텐은 잠시 진정하더니 그녀의 눈을 보며 말했다.

"병력은 충분할 텐데, 굳이 나를 이용하려는 의도가 무엇이지?"

"아시다시피, 나의 군대는 수가 많지만, 처참히 패배하고 있습니다. 붉은 연합군의 병사들은 그들을 두려워하고 있어서 단결되지 않는 상황입니다. 하지만, 코르를 죽일 수만 있다면 이 모든 일은 단번에 해결될 것입니다. 듣기로는 그가 당신에게 수치를 주었다고 하던데……."

이사벨은 말꼬리를 흐리며 미세하게 웃음을 지어 그를 분노케 했다.

"누가 그런 참람한 말을 한단 말인가!"

오스텐은 얼굴이 붉어진 얼굴로 말했다.

"그 소문이 벌써 프랑스까지 퍼졌습니다. 그렇기에 더욱 당신이 크루치아 왕을 잡아야 합니다."

"프랑스? 소문이 벌써 그곳까지 퍼졌다는 것인가 그러면 잉글랜드와 다른 나라에 퍼지는 것도, 이런 맙소사…… 이 소문을 어떻게 잠재운단 말인가. 방법이 있는 것이겠지? 어서 내게 말해주게."

오스텐이 반쯤 울먹이는 목소리로 묻자, 여왕이 철장 가까이 다가왔다.

"아무도 몰라야 합니다. 제게 더 가까이 오십시오……."

이에 철창에 갇혀 있던 교황은 그녀의 말을 듣기 위해 가까이 다가갔다. 그러자 그는 갑작스레 두 손으로 그녀의 목을 뱀처럼 꽉 잡아 조였다.

"내가 악마에게 또 속을 것 같으냐, 진정 너의 속내를 밝혀라! 아니면 내 손에 죽을 것이다!"

여왕은 강력한 그의 손아귀에 목이 조여 제대로 말할 수 없었다.

"윽…… 내 말을 믿어야 합니다. 크루치아가 조만간 카두스를 공격할 것입니다."

"여태 잠잠했던 그들이 왜 카두스를 공격한단 말인가? 죽고 싶지 않다면 어서 사실대로 말해라!"

"왜냐하면, 에드워드가 죽어가고 있기 때문입니다. 섭정인 룹타스는 카두스에 해가 되는 존재입니다. 그는 가망이 없습니다. 붉은 연합군이 레치아와 싸우고 있을 동안 교활한 코르가 이 약점을 노리고 공격해 올 것입니다."

"그렇다면 내가 그대를 도와야 할 이유가 어디 있는가. 코르가 멋대로 날뛰던 내 알 바 아니다. 썩 물러가라!"

교황은 꽉 쥐었던 손을 풀고는 여왕을 놔주었다.

"그대가 돕던 안 돕던 상관없습니다. 그러나, 내 말을 명심하십시오. 만일 내가 죽게 된다 하더라도 당신이 그들을 막아야 합니다. 상투스 왕은 델릭과 손을 잡고 붉은 연합군을 무너트리려합니다. 그 피의 대가는 결국 페라 연맹까지 흐를 것입니다. 미리 막지 못한다면 모두 실패하게 됩니다. 그대의 땅이 모두 크루치아로 흘러 들어가기를 진정 원하시지 않겠죠. 명심하십시오, 이것이 제 마지막 말이 될 것입니다."

교황은 그녀에게서 등을 돌린 채로 그 마지막 말을 되새겼고, 온종일 좁은 감옥 안을 서성였다.

한편, 큰 승리를 거둔 상투스 왕은 성기사 베르 그리고 델릭과 함께 병력을 이끌었다. 처음에는 1만 5천 명에 불과했던 병력이 어느새 2만 1천 명에 가까운 규모로 거대해졌고, 그들은 남쪽 그라나다부터 시작하여 톨레도까지 영토를 회복하는 데 성공했다.

해방군은 세 연대로 나누어 빠른 속도로 치고 올라갔다. 상투스 왕은 마드리드를 향했고, 델릭 왕은 팔렌시아를, 성기사인 베르는 테루엘을 목표로 삼았다.

마침내 델릭 왕이 군사들을 이끌고 팔렌시아라는 도시에 다다랐을 때, 그곳에는 이미 붉은 연합 수장인 이사벨이 협상 깃발을 높이 세우고 기다리고 있었다. 델릭은 이를 의심하여 경계하였지만, 먼저 용기를 내어 온 것은 이사벨이었다.

멀리서 횃불을 밝히고 오던 이드루스 군사들이 델릭의 진영에 도착했고, 붉은 연합군의 수장인 이사벨이 말에서 내리자 병사들은 놀라움과 두려움으로 감탄을 자아냈다. 그녀는 자신만만한 표정으로 그에게 다가갔다. 델릭은 이유를 알 수 없는 이러한 상황에 난처하지만 담대하게 그녀를 맞았다.

"이런, 밤중에 귀한 손님이 오는 것을 달갑게 맞을 수만은 없네. 자네가 알고 있는지 모르겠지만, 우리는 지금 전쟁을 치르고 있지 않았던가?"

그가 어깨를 들썩이며 의아해하자, 옆에서 듣던 병사들이 그녀를 비웃었다.

"수페르의 아버지이자, 자신의 핏줄을 잊은 자여. 내가 긴히 할 말이 있어서 그대에게 왔다."

사방에서 음성이 퍼져 울렸고, 아들의 이름을 들은 왕은 분노한 얼굴이었다.

"그대는 수페르의 이름을 꺼낼 자격이 없는 자다. 내 아들의 죽음이 너와 관계있다는 사실을 정녕 모르는가. 또 무슨 꾀를 가지고 나를 찾아온 것이냐!"

왕이 눈을 치켜뜨며 그녀를 바라보았다. 이사벨은 무언가 숨기는 듯 실실 웃고 있었다.

"자격은 충분하다. 그대가 에드워드 왕에게 패배한 후에 아들을 잊어버리고 산 여러 해 동안 내가 그를 돌보고 있었으니……."

그러자 델릭의 눈동자가 커졌으나, 즉각 반발했다.

"거짓을 꾸며내지 말라. 내 아들은 이미 죽은 지 오래되었다. 또 속임수로 나를 기만하려는 것이냐!"

"과연 그대의 믿음대로 될 것이다. 그대는 수페르가 살아있길 바라는 것인가 아니면 그렇게 계속 죽었다고 믿을 것인가? 죽었다고 믿는다면 그대에게 온 이유가 사라졌으니 돌아가겠다."

그러자 이사벨은 한 치의 망설임도 없이 뒤로 돌아섰고, 손짓으로 병사들을 모두 퇴각하라는 명령을 내렸다. 그러자 델릭이 그녀를 잠시 멈춰 세웠다. 이후에 그는 말에 실은 가방에서 한 자루 칼을 꺼내며 말했다.

"이 칼이 오랫동안 주인을 기다려왔다."

그녀는 아무 말도 하지 않은 채 그의 말을 듣고 있었다.

"죽은 해가 오래 지났건만, 아들의 검을 이토록 내 품에서 떠나보낼 수가 없었다. 내 모든 것이었고 유일한 기쁨이었던 아들이 죽어서 나는 살아도 산 것이 아니었지. 지옥 같은 고통 속에서 하루하루를 견디며 아들이 생각날 때마다, 내가 대신 죽고 싶은 심정이었다."

"아들이 있는 곳을 내가 알고 있지만, 내가 관여할 수 없는 곳에 갇혀 있다."

"그 긴 시간 동안 내 아들 수페르를 한 번도 잊어본 적이 없다. 한 번만 다시 볼 수 있다면, 너를 위해 뭐든지 할 테니 그의 얼굴을 한 번만이라도……."

울먹이던 델릭은 결국 아들의 칼에 얼굴을 파묻으며 흐느꼈다.

"원한다면 보여주겠다."

"……어디 있는가, 내 아들은?"

"그는 잉글랜드 북부 숲으로 둘러싸인 외진 성에서 잘 지내고 있지. 그대가 이토록 살아있다고 믿으니 내가 책임지고 수페르를 그대의 품 안으로 보낼 것이다. 다만 내게 한 가지만 약속한다면 말이지."

"그것이 무엇이란 말인가. 당장 말하라!"

델릭의 눈물 섞인 두 눈가가 흔들렸다. 이에 잠깐 말하지 않던 이사벨이 무겁게 입을 열었다.

"너는 크루치아의 왕을 내게 데려와야 할 것이다. 그것만이 네 아들을 되찾을 수 있는 유일한 방법이다."

그러자 그는 눈물 가득한 두 눈을 동그랗게 뜨고 그녀를 한없이 쳐다보았다.

“무엇으로 아들이 살아 있다는 것을 믿어야 한단 말인가. 그가 살아있다는 증거를 내게 보여라!”

그러자 그녀는 기다렸다는 듯이, 손에 쥐고 있던 물건을 그에게 던졌다. 바로 레치아의 국경 사령관이 차는 피 묻은 완장이었다.

“수페르의 완장…….”

시간이 흐르자, 그는 손에 아들의 물건을 꽉 쥐고서는 굳은 결심을 했다.

“지금은 섭정인 룹타스가 그를 구금하고 있다. 내가 그를 성 안에서 빼내오는 것은 동맹국간의 문제가 될 수도 있는 일이니, 네가 나를 믿는다면 은밀하게 그를 빼낼 수 있도록 도와주도록 하지. 그러나 네가 나를 믿지 않는다면 이 일은 없던 일로 할 것이다.”

“네가 정녕 크루치아의 성배를 원한다면 내가 주겠다. 코르의 왕좌를 원하는가? 네가 그 왕좌를 검게 물들이고 다스려라. 다만, 확실히 내 아들을 데려와라. 그게 내 조건이다.”

“신에게 맹세코 네 아들을 데려오도록 하지.”

이사벨은 흡족해하며 고개를 살며시 끄덕였다.

“네 말을 반드시 지켜라!”

그는 얼굴에 희망이 가득했지만, 애써 숨기며 역정을 내었다.

“네 믿음대로 될 것이다.”

그 말 뒤에 여왕은 돌아섰고 긴 망토가 바람에 펄럭였다. 하지만 이내 델릭은 그녀를 불러 멈춰 세웠다. 여왕은 그를 등지고 가만히 서 있었다.

“그는 어떻게 할 것인가, 크루치아 왕을 말이다…….”

“그것이 무엇이든 간에.”

그녀는 호호하며 다시 걸어갔다. 그녀는 말을 타고 이내 병사들과 함께 시야에서 사라졌다.

코르는 톨레도의 외곽지역에 있는 '페르디아'라는 한 교회에 머물면서 밤낮으로 기도했다. 베르는 그의 곁에 머물면서 시시각각으로 적들의 상황을 보고 받았고, 틈이 나는 대로 왕에게 알려주었다.

하지만 시간이 흐를수록 상황은 해방군에게 불리하게 작용하였다. 페라 연맹에서 붉은 연합군에게 군사를 지원하게 되면서 해방군이 밀리고 있다는 소식이 곳곳에서 들려왔기 때문이다.

이사벨과 잠시 만난 델릭도 곧장 상투스 왕이 있는 곳으로 향했다. 그의 눈빛은 어느 때보다 타오르며 빛났다. 마침내 레치아 왕이 톨레도에 입성하자, 도시 사람들은 그의 군대를 반겼다. 이미 승리를 거둔 거리에는 붉은 깃발이 달린 깃대가 여러 개 부러져 있었고, 불에 탄 것들도 있었다.

한편, 황금빛 들판을 지나 언덕 부분에 있던 교회 옆에 딸린 마구간에는 성기사인 베르가 자신의 말을 씻기고 있었다. 그는 흰옷의 평상복 차림에 어느 때보다 평화로웠다. 해가 지기 전에 햇빛은 들녘을 빛으로 물들이며 따뜻했다. 하지만 코르에게 찾아가는 델릭의 마음은 한 겨울의 눈보라보다 더 시렸다. 그가 페르디아 교회에 들어가려고 하자, 베르가 이를 막아 세웠다.

"코르 왕께서 '기도하는 동안에는 아무도 만나기 원치 않는다'라고 말씀하셨습니다."

"그럼 언제 나오신다는 말인가?"

델릭의 초조한 눈빛을 읽은 베르는 수건으로 말을 닦는 일을 그만두었다.

"그건 신 이외에는 아무도 모릅니다."

"그것참 큰일이로군, 내가 아주 긴급한 소식을 들고 왔는데 말이야……."

그는 뒷짐을 지고 초조한 듯 땅을 쳐다보았다.

"그것이 무엇입니까? 저에게 말씀하시면 코르 왕께 그대로 전하겠습니다."

"자네가 들을만한 내용은 아니지만, 곧 다가올 부활절을 기념해서 성찬식에 코르 왕을 모실 계획이라네."

그러자 베르는 그의 오만함이 거슬렸고, 델릭이 조급해 보이며 자꾸 다른 곳을 신경 쓰는 모습이 그의 눈에 선명히 들어왔다.

"그렇다면 제가 모셔오겠습니다. 잠시만 여기에 계셔주십시오."

이렇게 말한 뒤에 베르는 허리에 찬 칼집을 풀어헤쳐 건초더미에 놓았다.

그가 성전 문을 열고 안으로 들어가자, 그 안에는 어두컴컴했다. 창문에 빛이 들어오지 않게 모두 막았던 탓이었다. 한 치 앞이 아무것도 보이지 않는 그곳에는 숨을 쉬기도 힘들었다. 겨울에나 생길 법한, 흰 안개와 같은 것들이 그곳에 자욱이 깔려 있었다. 무겁고 거룩한 기운이 그의 심장을 조여 오는 듯했다.

'엎드려라, 너는 내게 엎드려라. 그러면 나를 볼 수 있을 것이다. 고개를 드는 자는 결코 나를 보지 못하리라. 엎드리지 않으면, 나의 위엄과 영광을 네게 보일 수 없다. 나의 얼굴을 보고 살 자가 아무도 없으므로 영광을 보일 수 없노라. 고개를 숙인 자는 영광의 보좌에 앉은 나를 보고 경배할 수 있을 것이다. 너는 오직 내게 엎드려라.'

어디선가 들려오는 크고 웅장한 음성에 베르는 왕이 자신에게 말한 줄로 알고 당장에 엎드렸다. 그렇게 베르는 한참동안이나 그곳에 머리를 땅에 붙였고, 오랜 시간이 지나자 어느새 상투스 왕이 다가와 그를 일으켜 세웠다. 이에 베르는 무릎을 꿇고 왕의 반지에 입맞춤하려 하자, 다시 그가 베르의 양팔을 잡으며 일으켜 세웠다.

"너는 더 이상 종이 아니다."

"나의 왕이시여, 페라 연맹이 붉은 연합군과 손을 잡았습니다. 이를 막을 군사가 턱없이 모자란 상황입니다."

"근심하지 말라. 시대는 점차 더 악해질 것이지만, 우리는 우리가 가진 것으로 싸우면 이길 것이다."

베르는 우리가 가진 것이 무엇인지 그에게 물었다.

"믿음이다. 그리스도를 믿는 자가 아니면 세상을 이기는 자가 누구이겠느냐?"

"그렇지만……."

"일어나라, 함께 밖으로 나가자. 그들이 밖에 오지 않았는가?"

"그들이라니 무슨 말씀이십니까? 델릭 왕이라면 밖에 있습니다. 그의 말로는 곧 다가올 부활절에서 레치아의 성찬식에 당신을 초대하고자 왔다고 했습니다. 하지만 무언가 수상하고, 예감이 불길합니다. 감히 제가 말씀드리는 것이 실례이지만, 레치아 왕이 무언가 꾸미는 것처럼 보입니다."

"아니다. 비로소 검은 왕좌가 내게 왔노라, 나는 반드시 그곳에 앉아야만 한다."

이에 베르는 무슨 의미인지 알지 못해 곤란한 표정을 지었다.

그때였다, 성전의 문이 활짝 열리더니 델릭이 옆에 칼을 차고서는 들어왔다.

"안녕하십니까? 크루치아의 큰 선생님이여!"

이 말을 마치고 델릭은 나아와 그의 손에 입을 맞추었다.

"내가 친구가 아니라 어느새 선생이 되었는가."

"당신은 더 이상 나의 친구가 아닙니다. 그 누구도……."

델릭이 마지막 말을 머뭇거리자, 코르가 말했다.

"밖에 그대의 친구들이 기다리고 있지 않은가? 그대가 행할 일을 하도록 하라."

머뭇거리던 델릭은 이를 꽉 물고 뒤를 돌아서 손짓을 했다. 이어서 무장한 이드루스의 병사들이 성전 안으로 몰려 들어왔다.

이에 놀란 베르 조슈아는 재빠르게 주변을 살피고 서둘러 성전 안에 있는 예식용 칼을 그들에게 겨누었다. 그의 손은 곧게 펴져 있었으며, 적들을 노려보는 눈빛은 맹수처럼 날카로웠다.

"다들 물러서라! 그렇지 않는다면, 모조리 몰살당할 것이다!"

하지만 잠시 후, 그의 경직된 손에는 따뜻한 온기가 느껴졌다. 이에 베르는 놀란 눈으로 왕을 바라보았다. 어느새 왕의 따뜻한 손이 차가운 그의 손을 덮고 있었다.

"내 아들아, 너를 위하여 이 칼을 거두어라. 칼을 가진 자는 모두 칼로 망할 것이다. 이들은 하나님께서 내게 주신 고난의 잔이니, 내가 마셔야만 한다."

이후 병사들 무리가 갈라지더니 그 속에서 이사벨이 당당하게 걸어 나왔다.

"하하, 드디어 크루치아의 왕을 잡게 되었구나, 이것으로 해방군의 반역은 끝이다. 어서 코르를 잡아들여라!"

이에 붉은 연합군의 병사들이 천천히 왕을 향해 다가오기 시작했다.

"오, 나의 왕이시여. 부디 명령을 내려 주십시오! 왕의 이름으로 모두를 처단하고 이곳에서 무사히 빠져나갈 수 있도록 하겠습니다. 나의 아버지, 제발 내게 말씀하소서!"

베르는 이를 꽉 다물고 떨리는 얼굴로 그에게 간청했다.

"좋다. 왕이 가진 전부를 네게 주노니, 이것은 나의 마지막 지상 명령이다. 베르 조슈아, 나의 아들아……."

그는 고개를 돌려 애달프도록 시린 두 눈동자와 온 마음으로 따뜻하고 포근한 왕의 얼굴을 바라보았다. 코르는 늘 아들처럼 생각하던 베르를 향해 아버지와 같은 따뜻하고도 온화한 미소를 지으며 고개를 살며시 끄덕였다.

"네게 다가오는 저들을 사랑하라."

마지막 명령을 받은 베르는 눈동자가 커지고 호흡이 일순간 멈춘 듯했다.

그의 눈은 놀란 채로 미동도 하지 않았고, 왕의 뜻을 알아챈 그의 두 볼에는 뜨거운 눈물이 한 차례 흘러내렸다.

늘 왕을 지켜야 했던 조슈아의 검이 그의 표현하지 못할 사랑 때문에 부르르 떨리기 시작했다. 붉은 연합군의 병사들이 코앞까지 다가왔고, 결국 그는 손바닥을 펼쳐 바닥에 검을 떨어트리고야 말았다. 그리고 순순히 그들에게 잡혔다. 왕의 기사는 금발을 늘어트린 채, 양손이 뒤로 묶였다.

결국, 코르도 저항하지 않고 붉은 연합군 병사들에게 결박되었고, 이어서 이사벨의 손에 넘어갔다.

"성기사는 어떻게 처리합니까?"

연합군 무리에서 한 귀족이 이사벨에게 말했다.

"당연히 그도 죽여라."

그러자 델릭 왕이 그녀에게 베르까지 죽이는 것은 애초에 계약했던 것이 아니라고 강력하게 반발했다.

"그것이 너의 뜻이라면 호의를 베풀어 살려주겠다. 오늘은 기분 좋은 날이니 그 정도는 괜찮겠지……."

그러자 이사벨을 호위하던 피데스가 말을 꺼냈다.

"반드시 처단해야 할 자입니다. 그를 두었다간 큰 화를 볼 수도 있습니다."

그러자 여왕이 살짝 커진 눈으로 그녀를 바라보았다.

"수백의 기사들도 두려워하지 않는 네가 이토록 자신이 없는 모습이라니……. 베르라는 자가 그렇게 무서운 것이냐? 두려워하지 말라. 성기사란 자고로 왕이 없다면 아무것도 할 수 없는 자이니."

그러고는 이사벨 여왕은 다소 재밌는 듯이 웃어댔다.

"그가 두렵진 않습니다. 하지만, 뒷일을 생각해서 신중하게 결정해야 할 문제라고 생각합니다."

그녀는 처음으로 자신의 주장을 내세웠고, 이에 여왕은 적지 않게 놀랐다.

"그렇다면 너를 위해서라도 그를 죽여야겠구나, 그를 위해 재미난 것이 생각났다……." 이사벨은 미소를 드러내며 말했다.

"나와 약속한 것을 지키십시오! 이미 대가는 크루치아 왕으로도 충분하지 않습니까? 이 이상은 허용할 수 없습니다."

델릭이 끼어들었다. 그러자 피데스는 창을 빼 들어 눈에 보이지 않을 만큼 빠르게 돌리더니 순식간에 델릭의 목 앞에 창을 겨누었다.

"이…… 이게 무슨 짓입니까?"

당황한 델릭은 고개를 최대한 젖히며 두 손을 들었다.

"이 일을 방해한다면 그대의 목부터 꿰뚫릴 것이다. 조용히 하라."

그러자 이사벨이 그녀의 창대에 손을 올리더니 창을 내리게 했다.

"레치아와는 이제 동맹 관계이다. 섣부르게 이런 행동을 하다간 자칫 전쟁이 일어날 수도 있다. 진정하라."

그러자 피데스는 즉시 무릎을 꿇고 여왕의 손등에 입을 맞추었다.

"저의 무례를 용서하십시오. 저의 충성은 그대에게 속해 있습니다. 어느 명이라도 따르겠습니다."

"그렇다면 베르의 운명을 저들에게 맡겨보도록 하지……. 병사 10명을 남겨 두고 떠날 것이다. 어떠한가? 델릭."

겁먹은 그는 고개를 끄덕여 이를 승낙했다.

"자, 서둘러 프르그란티아 성으로 가자! 크루치아의 왕을 잡았으니, 이제부터 세상은 붉게 물들 것이다. 더 이상 지체할 시간이 없다."

이사벨은 병사 10명을 제외한 나머지 병력을 철수시켰고, 그녀는 베르 앞에 자신이 가지고 있던 단칼을 바닥에 던져두었다.

"내 두 손이 묶여 있는 것이 보이지 않는가?"

"너무 원망하지 말라. 정말 신이 있다면, 성기사를 이곳에서 죽게 하겠는가?"

그리고는 그녀는 날카로운 웃음소리와 함께 밖으로 나갔고, 이후 비밀리에 50명의 병력을 더 남겨서 베르가 탈출한다면 화살을 쏘아 그를 죽이라는 명을 해두었다.

"우리가 보는 앞에서 그를 확실히 죽여야만 합니다."

피데스가 성전 밖에서 기다리다가 그녀에게 말했다.

"걱정하지 말라. 이미 그가 살아남을 수 없게끔 모든 조치를 해놨으니……."

"저는 이곳에 남아서 행여 라도 그가 목숨을 부지한다면 끊어놓겠습니다."

웃음 가득한 이사벨은 이토록 완고한 피데스의 청을 들어주어 남게 하였다.

붉은 연합군의 여왕은 소수의 병력을 철수시켜 코르를 죽이러 '프르그란티아' 성으로 향했다.

한편, 프르그란티아 성에 도착한 크루치아 왕은 '검은 죽음'을 퍼트렸다는 거짓 증거로 재판장에게 사형선고를 받았다. 그는 모든 시민이 지켜보는 가운데 공회의 한 가운데 굵고 짧은 나무 기둥에 묶여 있었다. 그 위에는 코르의 팔이 쇠사슬에 묶여 나무에 바짝 붙어 있었고, 양팔이 묶인 채 고문은 며칠이 넘도록 이어졌다. 그는 잔인한 살인자들보다 더 잔혹한 고문을 당했는데, 병사들은 그에게 날카로운 쇠가 달린 채찍으로 살점을 찢고 침을 뱉어 모욕하며 수치감을 주기도 했다. 이것을 지켜보는 이들도 그 끔찍함에 눈을 돌릴 정도로 혹독한 고문들이었다. 수많은 채찍과 몽둥이질로 인하여 그의 가슴과 갈비뼈에 붙은 살들은 너덜너덜하게 찢겨 바람에 흔들렸고, 그의 피는 언제 흘렀는지 모를 정도로 포도주처럼 말라 있었다.

방금 맞은 상처에서는 붉은 핏방울이 바람을 타고 넓게 흩어졌다. 병사들은 멀리서 그에게 침을 뱉는가 하면, 그들의 분비물이 코르의 찢긴 살들 사이로 흘러들어갔다. 그가 고통 받는 모습을 보며 즐거워하던 병사들은 옆에서 식사하기도 했다. 열두 살도 안 되어 보이는 한 어린 병사가 호기심으로 그에게 다가왔다. 피 묻은 눈으로 간신히 아이를 바라보던 그는 갑작스레 뺨을 강하게 후려 맞았다. 이에 입안에 가득했던 피를 쏟아냈다.

이 모습을 보고 병사들이 비웃으며 좋아하자, 신난 어린 병사는 그의 너덜너덜한 살점을 손으로 잡고 천천히 뜯어내기 시작했다. 그 순간 말로는 설명할 수 없는 고통이 그의 갈기갈기 육신을 타고 흘렀다. 그는 피가 가득 섞인 입안에서 끓는 고통으로 인해 울부짖으며 탄식했다.

'하나님, 이 아이의 표정을 보십시오. 정말 자신이 한 일이 무엇인지 모르고 있습니다. 제 이름을 생명책에서 지우는 한이 있더라도, 저들을 살려주시옵소서.'

그가 쓰리고 아린 상처들로 온몸이 기력을 다할 때쯤, 한 익숙한 얼굴이 그곳에 도착했다. 바로 델릭였다.

이사벨이 프르그란티아 성에서 아들을 만나게 해주겠다는 약속을 했기 때문이었다. 델릭은 그의 비참한 모습을 보자 마음이 흔들렸고, 고개를 돌려 더는 쳐다보지 않았다.

그는 눈을 감고 이를 꽉 깨물었다. 그리고는 아무 일도 없다는 듯이, 그녀가 서 있는 곳으로 향했다. 멀리서 코르가 고통 받는 모습을 흐뭇하게 지켜보던 여왕은 델릭을 보더니 가볍게 인사를 건넸다.

"섭정이 허락해 주던가?"

그가 약간은 큰소리로 그녀에게 말했다. 그러자 이사벨은 무슨 영문인지 몰라 어깨를 살짝 들어 보였다.

"내 아들 말이다!"

그는 그녀의 태도에 약간 불신을 가지고 말했다.

"아, 그 문제라면 벌써 해결하고도 남았습니다."

"어디로 가면 되는가? 내 아들을 만나려면……."

그러자 이사벨이 살짝 미소를 지으며 말했다.

"잠시만 여기서 기다리십시오. 내가 수페르를 데려오겠습니다."

여왕은 잠시 자리를 비웠고, 델릭은 그가 있는 곳을 쳐다보지 않으려 했지만, 코르가 병사들로부터 고통 받는 소리가 생생하게 귀에 꽂혀왔다.

마치 머리부터 발끝까지 찢긴 살점과 피투성이가 된 코르가 온 마음으로 자신을 쳐다보는 듯한, 착각이 들었다. 레치아의 왕은 그 자리가 고통스러웠고, 마치 그 둘 사이에는 정적이 흘렀다. 병사들의 웃음소리와 채찍소리가 느리면서도 날카롭게 번갈아 들려왔다. 끊임없는 채찍 소리에 그는 자신이 한 일이 과연 신에게 용서 받을 수 있는 일인지 깊이 괴로워했다.

반면, 병사들은 쇠로 된 장갑을 끼고 그를 후려치며 기뻐했다.

"네가 크루치아의 왕일 진데, 한낱 병사들에게 매를 맞는 것은 무슨 이유인가?"

"그 위대한 성기사는 지금 어디 있단 말인가? 네 비참한 꼴을 보아라. 왕이 이렇게 고통 속에 있는데, 어서 그를 불러 너를 해방하게 하라. 하하하."

병사들은 그에게 절하며 조롱하였고, 그 음성은 델릭에게 생생하게 들렸다.

"하나님의 나라는, 절대 무너지지 않는 곳에 세워지리니…… 그의 길을 따르는 이들이 다시 이 땅을 성결의 영으로 온전히 회복시킬 것이다."

그러자 병사들은 그의 허탄한 말에 더욱 연신 웃어댔다, 그러고는 바닥에 침을 뱉어 그를 모욕했다.

"현재의 고난은, 장차 우리에게 나타날 영광과 족히 비교할 수 없도다. 눈물을 흘리며 씨를 뿌리는 자는 기쁨으로 거두리라."

"네가 아직 정신을 못 차렸구나, 내가 고통을 단단히 새겨주마."

그러더니 살집이 있는 병사 한 명이 불에 달군 쇠꼬챙이를 가져왔다. 보기만 해도 열기가 흐르고 쇠에서 붉은빛이 흐르는 쇠막대기는 단숨에 코르의 살갗을 지지기 시작했다. 이미 찢겨 나간 살에 불구덩이가 닿자 연기가 피어올랐고, 극심한 통증과 괴로움에 그는 기절하기 일보직전이었다.

그러한 그를 언제부터인가 델릭이 멍하니 바라보고 있었다. 그는 자신의 배신으로 그렇게 고통당하는 모습을 보자, 자신이 무슨 짓을 한 것인지 깨달았고, 한 차례 그의 이름을 불렀다. 그러자, 얼굴에 피가 쏟아지는 코르 왕이 간신히 고개를 들어 그를 쳐다보았고 이내, 무언가를 말하려 했다.

'배신자, 비열한 왕, 비겁한 겁쟁이……' 이런 말 들을 생각하면서 델릭은 그의 눈빛을 바라보았고, 무엇을 말하든 마음을 준비했다.

상투스는 기력이 다 빠져서 더는 목소리가 나오지 않지만, 최대한 노력해서 그를 안심시키려는 표정과 눈빛을 보냈다. 델릭은 그의 말이 들리지 않았지만, 피투성이 입 모양만으로도 심령에 그의 말들이 들려오기 시작했다.

'두려워 말라.'

"나는 그대에게 또 배신을 저질렀습니다. 더는 나를 위로하려 마십시오."

'다 괜찮다, 너의 모든 부족함조차 십자가에서 그분이 지셨으니.'

"나는 그럴 자격이 없는 자입니다!"

'자격이 없는 자에게 그리스도가 너를 대신하여 자격이 되어주었다.'

'그렇다면, 이러한 죄악을 저지른 나도 용서받을 수 있단 말입니까?'

'그분은 이미 용서하셨다, 십자가에 못 박히심으로…….'

그 둘의 짧은 심령의 소통이 끝난 후, 코르는 조용히 숨을 거두었다. 그 말을 들은 그의 눈에서는 이유 없이 유성과도 같은 눈물이 떨어졌다. 나무 의자에 편안하게 앉아 있는 동안에 그의 입술은 부르르 떨렸으며, 얼른 이 자리를 뜨고 싶었다. 그것도 잠시, 탁 소리와 함께 바닥에 무언가 굴러 떨어졌다.

그가 눈물을 닦고 그것을 쳐다보자, 이내 경악할 수밖에 없었다. 새까맣게 타서 형체를 알아볼 수 없을 정도로 썩은 머리가 그의 발 앞에 놓여 있던 것이다. 델릭은 그 형태를 보자 단번에 자기 아들 '수페르'임을 직감할 수 있었다.

"네가 그렇게 보고 싶어 했던 아들이 거기 있는데 왜 슬퍼하는가?"

이사벨은 손을 털고 슬슬 웃으며 그를 조롱하고 있었다. 그는 아무런 대꾸도 하지 않은 채, 천천히 무릎을 꿇고 두 손으로 검게 탄 머리를 들었다.

수페르의 마지막 표정은 상상할 수 없을 정도로 괴로워 보였다.

"뭐 하고 있는가? 아들에게 입 맞추지 않고…… 하지만 그것이 '수페르'라고 확신할 수는 없다. 불에 탄 시체더미에서 간신히 건져 올렸다. 어떠한가? 결국, 네 믿음대로 아들을 만난 것이 아니냐. 나는 내 믿음대로 코르를 너에게서 얻어내었다."

말한 뒤 이사벨은 통쾌한 표정을 지었다. 아들의 머리를 들고서 조용히 서 있던 그가 이를 꽉 깨물고 떨리는 입술로 간신히 말을 꺼냈다.

"내 아들의 최후는 어떠했는가? 전쟁터에서 명예로운 죽음을……."

이에 여왕이 그의 말을 끊고 외쳤다.

"최후? 명예? 흐흐, 착각하지 말라. 네 아들은 이곳으로 오기 전까지만 해도 토실한 말처럼 키워왔다. 특별히 네가 보고 싶다기에 저기 보이는 코르처럼 고문을 받다가 끝내 머리를 잘라내어 불구덩이에 처박아 넣었지. 짐승처럼 멱을 딴 것이다. 여러 명의 기사와 같이 불태우는 바람에 형체를 알아보기 힘들어졌지만 말이야."

그러자 듣고 있던 델릭은 더는 참지 못하고 눈물을 쏟아내며 괴성을 지르고 그녀에게 달려들었다. 하지만 그녀를 호위하던 병사들이 그의 양팔을 붙잡고 막아 세웠다. 분노에 완전히 잠식된 그가 할 수 있는 것은 짐승 같은 몸부림뿐이었다. 네 명의 병사로도 감당하기 힘들 괴력이 그에게서 솟구치며 폭발했다. 이사벨은 이 모습을 굉장히 즐겁게 보고 있었다.

"어쨌든, 너에게 감사해야겠군. 크루치아 왕도 죽었고, 맘에 들지 않던 수페르도 처리했고 말이야. 이건 그 답례라고 생각해라."

그녀는 주머니에서 반지를 꺼내 그의 입을 억지로 벌려 입안에 쑤셔 넣었다.

"수페르의 반지이니, 시체를 매장할 때 필요하지 않겠는가?"

델릭은 붉어진 두 눈과 끊임없이 흐르는 눈물 그리고 온 얼굴에 핏대를 가득 세운 얼굴로 절규하고 또 절규했다.

코르 왕이 모든 물과 피를 쏟아내고 죽음을 맞았다는 소식은 빠르게 퍼져나갔다. 레치아의 왕인 델릭은 모든 것을 잃은 슬픔에 잠겨 싸울 생각을 하지 않았고, 붉은 연합군에서 해방된 크루치아와 레치아의 병사들은 갈 곳을 잃었다. 그 사이에 이사벨은 다시 그들의 땅을 수복해나가기 시작했다. 세르비티는 이를 저지하려고 병사들을 이끌고 동분서주했지만, 대규모의 붉은 병력이 여러 지역에 쳐들어오는 것을 막진 못했다.

한편, 크루치아에서는 왕의 부재로 인하여 큰 혼란이 일어났고, 모든 것이 멈췄다. 온 도시에 붉은 연합군에 대한 두려움이 극으로 치닫고 있었다.

세르비티의 병사들이 넓은 들판에 천막을 여러 개 설치하고 있었다. 바깥에는 장작에 불을 피우고 병사들이 옹기종기 모여 있었고, 그들의 몸은 고된 전투로 지쳐 있었으나, 다수의 병사가 자신의 칼날과 무장을 점검하며 다음 전투를 위해 준비하고 있었다. 칼날을 다듬는 전사들의 얼굴에서는 듬성듬성 난 짧은 수염보다 굵은 의지가 담겨 있었고, 때때로 웃긴 농담을 주고받으며 화기애애한 분위기를 풍겼다.

"이것 봐, 난 죽은 목숨이었어. 내가 말했잖아 신이 날 지켜 주고 있는 게 분명하다고!"

한 병사가 화살로 뚫린 헬름을 당당히 들고는 다른 병사들에게 보여주며 말했다. 그러자, 앉아 있는 한 병사가 입에 갈대를 물고 놀리는 표정으로 말했다.

"조셉, 너가 특별해서 살아남은 것이 아냐."

"그럼 무엇 때문에 내가 두 번이나 기적적으로 살아남은 건데? 너도 그 이유를 잘 알고 있잖아, 나는 신의 가호를 받고 있어!"

그는 말하면서 신이 났는지 뒷말에 힘을 실어서 강조했다.

"오, 조셉 이런 멍청이 같으니라고, 이리 내놔!"

한 병사가 그가 썼던 투구를 뺐으며 다시 그의 머리에 씌우려고 했다. 안간힘을 써도 배럴헬름이 그의 머리에 맞아 들어가지 않았다.

"이것 봐, 신이 널 보호해준 것이 아니라 단순히 너의 머리가 커서 다 들어가지 않는 거잖아!"

그리고선 그는 배럴 헬름을 뺏고는 바닥에 내팽개쳤다. 이어서 앉아있던 병사들이 웃어댔고 얼굴이 붉어진 조셉 병사는 그들에게 다시 말했다.

"하지만, 지난번 전투에서 모두의 예상과 달리 내가 살아남았던 것은 기억하고 있겠지?"

"그건 세르비티 대장님이 널 지켜주신 거지, 신은 뚱보까지 신경 쓸 여력이 없어."

"분명히 난 알고 있어. 아무리 너희가 시샘한다고 해도 신의 음성이 내게는 들려, 난 그분의 분노도 느낄 수 있다고!"

“그렇다면 지금 나의 분노도 느껴지겠네.”

그 말을 마친 병사가 일어나서 조셉의 머리를 잡고 장난을 쳤다.

“잠시만, 너네도 느껴져?”

그러자 즉시, 앉아있던 병사들은 땅이 미세하게 진동하고 있음을 느꼈다. 그들은 땅에 돌들이 흔들리는 것을 보자 마음이 심하게 요동치기 시작했는데, 돌 위에 올려 있던 쇠 컵은 흔들리더니 바닥으로 떨어져 물이 쏟아졌고, 세워두었던 칼들은 하나둘씩 쓰러져 큰 소리를 냈다. 병사들은 이 광경을 보며 진실로 그가 신의 가호를 받는 줄로 여겼다.

‘신이 정말로 분노했다. 어서 그에게 용서를 구해!’ 한 병사가 외치자, 모여 있던 무리는 조셉을 향해 바짝 엎드려 제발 살려달라고 외쳤다. 갑작스레 병사들의 절을 받은 그는 땅이 더욱 심하게 진동하고 있음을 느끼며 자신도 당혹스러움에 삼켜졌다.

‘이게 도대체 무슨 일이지?’

조셉은 두 손을 살짝 벌린 채 흔들리는 땅에서 균형을 잡으려고 애썼다. 그는 땅을 보다가 우연히 앞을 보았는데 그곳에는 수많은 불이 자신을 향해 다가오고 있었다.

“저길 봐, 우리 기병대들이 돌아오고 있어!”

그러자 엎드려서 눈을 감고 간절히 용서를 구하던 병사들이 하나둘씩 고개를 들고는 다가오고 있는 불들에 시선을 향했다.

“이런 맙소사, 기병대였단 말이야? 그러면 그렇지 신이 분노한 게 아니잖아. 조셉이 우리 모두를 속였어!”

그들은 분노하듯이 그에게 불평을 쏟아냈다. 그러나 그는 여유로운 표정으로 그들에게 말했다.

"침착해, 너희들이 내 말을 믿지 않기에 그분이 믿게 만든 것뿐이야. 신은 사람들을 통하여 자신을 드러내시는 분이라고."

그러자 병사들은 그의 말에 대꾸하지 못했고, 다가오는 기병대를 가만히 바라만 보고 있었다.

한편, 50명이 넘는 기병들이 세르비티 진영에 도착했다. 그들은 말을 묶고서 서로가 수집한 정보를 나누었고, 이를 종합한 배너렛 기사가 세르비티의 천막 안으로 들어갔다. 편안한 차림으로 쉬고 있던 세르비티는 기사를 보자 악수를 청했다.

"고생했네, 날은 점차 추워지는데 얼마나 힘들었는가? 기병들을 천막 안으로 들이고 따뜻한 수프와 차로 몸을 녹여주게나."

세르비티는 그의 어깨를 가볍게 두드리며 말했다.

"병사들이 고맙게 생각할 것입니다. 다른 지역에 붉은 연합군 주둔 병력은 보고한 내용은 5일전과 다름없습니다. 다만, 이드루스 연맹에서 톨레도로 군사를 이끌고 가고 있다는 소식을 접했습니다. 그리고…… 확실한 정보는 아니지만 그 안에 이사벨이 있다는 소문이 돌았습니다. 크루치아와의 연관이 있어 보입니다."

"이사벨이라, 그녀가 소수의 병력을 이끌고 톨레도까지 올 정도라면 정말 중요한 일이거나, 아니면……."

그러자 배너렛 기사는 그의 뒷말을 궁금해 했다.

"만약 아니면 무엇입니까?"

심각해진 배너렛 기사를 보자 세르비티가 웃으며 말했다.

"글쎄, 누군가 우리에게 함정을 놓으려고 이런 소문을 퍼트린 것이겠지.

하지만 이 정보는 비록 함정일지라도 가치는 있네. 사자를 잡기 위해서는 사자 굴에 들어가야 하는 법이지. 오늘은 밤이 늦었으니, 기병들에게 서둘러서 휴식을 취하라고 전하게나.”

“알겠습니다. 충분히 휴식을 취할 수 있도록 하겠습니다.”

“아참, 내일 일찍 다시 이곳으로 오게나. 우리는 그 소문의 진위를 확인하러 떠날 것이네.”

“동이 트면 다시 찾아오겠습니다. 이만 물러나겠습니다.”

칠흑 같던 밤은 구름에 싸인 달빛과 함께 서서히 기울어 갔다. 아직 어두컴컴하면서도 짙푸른 하늘이 지평선 아래서 붉은빛과 함께 타오를 때, 아침 일찍부터 병사들은 부지런하게 차갑게 식은 무장을 착용하고 있었다. 탁상에 펼쳐진 지도위에는 수많은 손이 제각기 움직였다. 세르비티는 고위 기사들과 함께 수집된 정보를 토대로 고심했고, 대부분 그의 말을 따랐다.

해가 떠오르자, 기마 대장은 기사들을 이끌고 톨레도로 진격했다. 그곳에 설사 함정이 있을지도 몰랐지만, 목숨을 걸고서라도 이사벨을 죽일 기회를 놓칠 수 없었다. 그들은 가는 곳곳에 있던 마을에서 정보를 수집하여 여왕이 움직인 방향으로 뒤따라갔다. 아직 그녀가 있는지 확신할 수는 없었지만, 그들은 끈질기게 따라붙었고, 한 외곽에서 이사벨 대신 피데스를 마주칠 수 있었다.

그들은 누가 먼저랄 것도 없이 서로를 보자마자 공격을 감행했다. 이에 황금 들녘에 펼쳐진 장관 속에서 전투가 벌어졌다. 기사들의 말이 서로 부딪히고 칼에 피가 튀기고 창으로 적의 심장을 뚫고 나가는 싸움은 매우 치열했다. 방패로 적을 밀쳐내고 창을 던져 말에서 떨어트리며 그녀는 적은 병사로도 밀리지 않았다. 소수의 병력이지만 강하게 대항하는 세력에 의외로 놀란 세르비티는 전력을 다해 그들을 상대했다.

마침내 피데스와 세르비티가 서로에게 칼과 창을 겨누며 돌진하여 맞붙었다. 맹렬하게 휘몰아치는 피데스의 창은 매우 빠르고 예리하였고, 자칫 방심하다가는 순식간에 죽을 정도로 뛰어난 실력을 갖추고 있었다. 세르비티는 그녀가 휘두르는 창을 칼로 맞받아 내면서 기회를 노렸지만, 그녀는 쉽사리 틈을 허용하지 않았다.

"네 놈이 이곳을 어떻게 알고 온 것이냐?!"

눈에 잔뜩 분노한 얼굴로 그녀가 야수처럼 이빨을 드러내며 세르비티에게 맹공을 퍼부었다.

"소수의 기사로 이렇게까지 버티다니…… 이곳을 필사적으로 지키려는 이유라도 있는 모양이군."

"이유는 네 놈 따위가 알 것 없다!"

세르비티가 양손 검으로 그녀의 창날을 빗겨 치면서 한 번 크게 휘둘렀다. 묵직한 공격이 그녀의 온몸으로 퍼져나가자, 그녀는 휘청거리며 말에서 떨어질 위기에 처했다. 이를 세르비티가 노려보고는 재빠르게 다시 위에서 아래로 일격을 가했다. 피데스는 이를 막으려 간신히 방패를 꺼내어 막았지만, 검에서 뿜어져 나오는 강력한 한방에 방패는 단숨에 부서졌고, 그의 칼날은 그녀의 어깨로 파고 들어갔다.

어깨를 다친 그녀가 고통에 신음하자 그는 검의 자세를 바꾸어 찌르려고 했으나, 그녀가 다친 것을 본 연합군의 기사들이 세르비티에게 훼방을 놓아 실패로 돌아갔다. 월등한 전력 차이로 인해 레치아 기사들은 그들을 쫓아내는 데 성공했다. 몇몇은 포로를 잡았다. 베르를 죽이기 위해 기다리고 있던 호위대장인 피데스는 용맹하게 싸웠지만, 결국 상처를 입고는 몇 명의 기사들과 함께 말을 타고 도망쳤다.

기마 대장은 잡은 포로를 심문하여 그녀의 위치를 알아내고자 했다. 포로는 눈과 입을 가린 채 뒤로 손이 묶여서 병사들에게 끌려 왔다. 세르비티는 그의 입마개를 풀어주었다. 그 포로는 피 섞인 침을 바닥에 뱉어내며 말했다.

"퉤, 죽음은 두렵지 않다. 나는 이사벨 여왕에게 충성을 맹세한 자이다. 너희들에게 정보를 알려준다고 생각하면 오산일 것이다."

그러자 듣고 있던 그가 멋쩍은 웃음을 지으며 말했다.

"우리 군에 이러한 기사도를 가진 자가 있어야 하는데…… 그의 신념이 확고한 것 같으니, 그 어떠한 형벌이라도 두렵지 않겠군. 그의 목과 사지를 잘라내어 병사들에게 본을 보이도록 하라."

그러자 백인 장이 그에게 말했다.

"이 자를 살려두어야 합니다. 그래야 이사벨의 행적을 알 수 있지 않습니까?"

"죽음도 두려워하지 않는 이 자가 말을 꺼낼 것으로 생각하는가? 서둘러 처단하라, 시간만 허비할 뿐이다."

"그러면 마지막으로 한 번만 더 물어보겠습니다. 그럼에도 말을 꺼내지 않는다면 당장 목을 베어버리겠습니다."

그들은 포로가 다 듣는 가운데서 미소를 띠며 이러한 말들을 주고받았다. 얼마 후 눈이 가려진 포로에게 어느 사내의 발걸음 소리가 무겁게 들려왔고, 당황했는지 고개를 이리저리 빠르게 돌리던 그자는 두려움에 압도되어 어찌할 바를 몰랐다.

“잠시만! 잠시만 눈을 풀어주시오. 내가 중요한 정보가 있소. 당장, 당장 말할 테니 이 답답한 것 좀 떼 주시오.”

병사들이 머뭇거리자, 세르비티가 미소 지으며 다시 말했다.

“사람은 죽기 직전에 별소리를 다 늘어놓는 법이다. 신경 쓰지 말고 행하던 일을 계속 진행하라.”

그러자 더더욱 소리치며 포로가 두려움에 사로잡혔다.

“코르 왕이 끌려갔소! 델릭이 그를 팔아넘겼고, 베르 장군도 이드루스 군에게 당했소. 외곽에 있는 교회 건물 안에 그의 시신이 있을 것이오.”

그는 이 소식에 놀란 나머지 가까이 다가가서 포로의 멱살을 잡고 다시 물었다.

“정말 네가 말하는 것이 사실이냐!”

“내 눈과 귀로 직접 보고 들은 것이오. 그러니 사지만은 멀쩡하게 죽여주시오. 목이 잘리면 천국에 갈 수 없다고 들었소. 제발 자비를 베풀어 주시오.”

그러자 분노로 가득 차 떨리는 목소리로 세르비티가 말했다.

“아! 정녕 천국에 이토록 간사한 자도 있단 말인가?”

그는 병사들에게 포로가 풀어줄 것을 명했고 도망치게 두었다. 그리고 그는 눈을 돌려 이드루스의 병사들이 지키고 있던 건물을 향해서 발걸음을 옮겼다.

그들은 마구간이 딸린 작고 허름한 한 교회에 도착했다. 그곳의 문은 안에서 잠겨 있었다. 병사들은 문을 부수었고 가장 먼저 그가 안에 들어갔다. 그곳에는 시체들로 가득했다. 바닥에는 피가 흥건하게 고여 있었고, 해가 색유리를 통하여 사방을 비추며 잔혹하게 더럽혀진 성전을 말끔히 씻기는 듯했다. 이드루스의 병사들이 바닥에 쓰러져 있었는데 눈에 띄게 한 금발의 사내가 예수의 십자가상 바로 아래에서 거의 누운 채로 간신히 숨만 붙어 있었다. 그 남자는 강렬한 햇빛에 눈이 부신지 왼팔로 그의 얼굴을 가리고는 세르비티에게 강하게 외쳤다.

"누구냐 정체를 밝혀라!"

"네가 모셨던 왕이 잡혔다. 이제 죽게 되었으니 마땅히 기사인 너도 이곳에서 죽어야 할 것이다."

"나야 죽는다 해도, 왕을 지키지 못했으니 기사로서 이보다 비참할 수가……"

"그렇다면, 네가 막을 수라도 있었단 말인가?"

"슬프게도 내가 막을 수 있었다. 그러나 절대로 막을 수 없는 일이기도 했다."

허탈한 웃음을 보인 사내는 천천히 몸을 움직였다. 그리고 조용히 한쪽 무릎을 꿇고 머리를 내밀어 자신의 목을 베라고 말했다. 그러자 세르비티가 웃으며 말했다.

"네 머리를 잘라서는 아무도 만족할 수가 없다. 얼굴을 통째로 자를 것이다……."

"어서 쳐라! 애초에 왕의 은총이 아니었다면 죽었을 목숨이었으니……."

즉시, 세르비티는 큰 검을 하늘을 향해 번쩍 들어 올리고 말했다.

"이것은 내가 네게 주는 마지막 선물이다."

그는 검을 들어 바닥에 강하게 내리찍고는 그에게 손을 내밀었다.

"그대는 벌써 해방군에서 같이 싸웠던 친구의 목소리조차 잊어버렸단 말인가."

"자네는……?"

이윽고 그림자가 걷히며 형제 같은 세르비티가 환하게 웃는 얼굴이 보였다.

"지금은 누워있을 때가 아니라네. 예수 그리스도 이름으로 명하노니, 온몸이 이미 회복되었으므로 일어나서 나의 손을 잡게."

그러자 간신히 숨만 붙어 있었던 조슈아의 몸이 급속도로 회복되는 것처럼 몸이 가벼워지기 시작했다.

밝은 햇살에 반응하는 풀처럼 그의 몸은 생기가 가득해졌다. 몇 번이라도 더 싸울 수 있는 것처럼 하늘의 강력한 활기가 그의 몸을 에워쌌고, 몸은 이전과는 비교할 수 없을 정도로 단숨에 회복되었다. 그리고 조슈아는 남은 한쪽 손으로 강하게 그의 팔을 엇갈려 잡았다. 베르는 다시 일어설 수 있었다. 바깥에서 들어오는 빛은 찬란하게 그 두 명이 마주 보고 서 있는 자리를 환하게 비추었고, 어느 때보다 밝았다.

"밖에 병사들은 어떻게 되었는가? 아마도 더 있었을 텐데……."

"그들 중에 다수는 죽었고, 그 자는 남은 몇 명과 도망쳤지."

조슈아는 그녀의 얼굴을 떠올리며 또 만나리라는 불안한 기분이 들었다.

"이사벨이 이곳에서 멀지 않은 '프르그란티아' 성으로 갔네."

"그것을 어떻게 알았는가?"

"그녀는 내가 죽을 것이라 생각했고, 아무렇지도 않게 떠벌리더군, 만약 자네가 나와 뜻이 같다면……."

"생명에 이르는 문은 좁고 그 길이 험하여 찾는 자들이 적으니, 왕의 기사들이 그 길을 가지 않는다면 누가 따르겠는가? 내가 자네로 위장하여 이드루스의 군사들을 끌어내겠네, 그 사이에 자네가 할 일이 있네."

7장

최후의 심판

엎드려 있던 오스텐이 눈을 떴다. 정신은 어지러웠으나, 그의 귀에는 어디선가 익숙한 목소리가 들려왔다. “모두 잘 들으시오! 이것은 둘에게 해당하는 것뿐만 아니라, 여러분에게도 해당되는 것입니다. 왕께서는 ‘자신을 의인이라 생각하는 자는 절대 용서받을 수 없고, 죄인이라 생각하는 자는 회개하여 용서받을 수 있다’라고 하셨습니다…….” “잠, 잠깐만!”

최후의 심판

마을 한가운데에 병사들이 엄숙한 분위기로 경계를 서고 있었다. 그 가운데에는 말에서 내려 나무 기둥이 있는 곳으로 걸어가는 사내가 있었다. 그의 흰옷은 바닥에 질질 끌리어 흙투성이가 되었고, 어깨는 힘없이 축 늘어트리며 가까스로 나무에 다가갔다. 이내 주름진 손으로 나무를 쓰다듬던 교황은 눈물을 떨구어 내기 시작했다. 그 작은 울음으로부터 흘러나온 통곡은 점차 커지며 분노와 뒤섞이기 시작했고, 그의 전신으로부터 퍼지는 떨림은 그치지 않았다. 그를 본 상투스 왕은 말에서 내려 그에게 다가갔다.

"우리 원수의 목이 꺾였는데 왜 슬퍼하고 있습니까?"

"누가 감히 나의 이사벨을 죽였단 말인가! 누가 이러한 짓을……."

가면을 쓴 상투스는 왼손으로 그의 팔에 손을 대고는 말했다.

"나의 이사벨? 왕의 기사들이 해내었습니다. 그들이 싸움을 틈타 성으로 잠입하였고 결국 그녀의 목을 베었죠."

그때였다, 오스텐이 자신이 차고 있던 칼을 단숨에 상투스의 목에 겨누었다.

“그 누구도 내가 허락하기 전까지는 이사벨을 죽일 권리가 없단 말이다! 내 눈에 밟혀왔던 네 녀석이 결국 어리석은 일을 저질렀구나. 어리석은 자는 칼로 다스려야 하는 법이니, 당장에 네 머리를 받아가야겠다.”

격분한 오스텐의 눈에는 흰자위만 가득했고, 보이는 게 아무것도 없었다. 그러자 크루치아의 병사들이 왕을 구하러 달려왔지만, 상투스 왕은 흰 장갑을 낀 손으로 그들을 오지 못하게 막아 세웠다.

“네 놈이 등을 보이며 안심하고 있을 때 칼을 꽂았어야 하는 건데…… 그 일을 하지 않아서 결국 이렇게 되었다.”

오스텐은 거친 숨을 내쉬며 부르르 떨리는 칼을 겨우 지탱했다.

“세상 지혜의 왕이여, 창기와 합한 것이 하나님과 원수 되는 일이라는 것을 아직도 깨닫지 못했습니까?”

상투스 왕이 낀 은색 가면에서 한 줄기 빛이 새어 나오는 듯, 깨끗하고도 순결한 음성이 들려왔다.

“창기라니, 또 하나님과 원수가 무슨 말이냐. 신 앞에서 나보다 깨끗한 자가 세상에 없다. 더러운 것은 바로 너 자신이다.”

“사람들에게 인정받으나, 안으로는 양심이 썩었고 거짓말과 음욕 그리고 불의에 대한 침묵이 가득한 것을 하나님께서 모르실 줄 알았습니까?”

“참람한 말을 더 듣지 않겠다. 네놈은 하나님을 대신하여 내가 직접 심판을 내려주지!”

오스텐 왕은 분노하며 근처에 있던 지휘관에게 크루치아 군을 공격하라는 명령을 내렸다. 그러자 머뭇거리던 지휘관들이 페라의 병사들에게 크루치아 군을 공격할 것을 명했지만, 갑작스러운 일에 어리둥절하던 병사들은 쉽사리 행동에 나서지 않고 눈치만 보고 있었다.

"정녕 그대의 눈으로 보고 마음으로 듣고 깨달아 돌이켜 그리스도에게 고침을 받지 않으려고 심히 애를 쓰는군요."

"그딴 진절머리 나는 말은 집어치우고 내 칼을 받아라!"

오스텐은 가면을 쓴 왕을 향해 쉴 틈 없이 검을 휘둘렀지만, 상투스 왕은 한 손으로도 거뜬하게 그의 공격을 막아 내었다. 강하게 칼을 휘두르던 그는 있는 힘을 다했지만, 기력만 소진할 뿐이었다.

"그대에게 한 가지를 보여드리죠. 그렇게 백번을 휘두르는 것보다야……."

순간, 상투스는 칼을 자신의 몸으로 끌어당기더니 재빠르게 그를 향해 일격을 날렸다. 정확하게 적의 심장을 향하던 칼날은 피할 길이 없이 그의 몸을 향해 뻗었다. 하지만 그의 일격은 외부의 힘으로 튕겨 나갔다.

"정확한 한 번이 나은 법이죠."

어느새 왕 앞에 센티아가 서 있었다. 그가 상투스의 칼을 막아낸 것이다.

"왕께서는 어서 이곳을 피하십시오! 제가 이 자를 막아내겠습니다. 지금 붉은 연합군이 여기서 멀지 않은 곳에 있습니다. 만약 그들이 전투에 합류한다면 우리의 전세가 불리해질 것입니다. 서둘러 도망치십시오!"

센티아는 상투스가 칼로 내리치는 강한 힘을 맞받아치면서 병사들에게 왕을 지킬 것을 명했다. 병사들이 다가와 격분한 오스텐을 끌고 데려갔다.

"당신은 크루치아 왕궁에서 시종을 들던 자가 아닌가?"

상투스 왕이 멈춰 서며 그에게 말했다.

"나는 교황을 위해서 모든 이의 그림자가 되었다. 그러니 모든 것을 알고 있으며 또한, 네놈의 약점도 잘 알고 있지."

그는 말을 마치자, 곧바로 상투스를 향해 맹렬한 공격을 퍼부었다. 한 번

강타하는 칼에는 육중한 무게가 실렸다. 그의 공격은 보는 사람으로 하여금 엄청난 살기를 느낄 정도였다. 이를 맞받아치는 상투스와 센티아의 칼날이 서로 부딪치며 강렬한 불꽃을 사방으로 번졌고, 칼에 붙은 불길은 허공을 날뛰었다.

센티아는 크루치아의 첩자로서 코르 왕의 모든 면밀한 점을 알고 그를 상대했지만, 어떠한 이유에서인지 지금의 공격은 전혀 통하지 않았다. 상투스 왕은 차분하면서도 가볍게 그의 공격을 거뜬히 막아냈다. 센티아가 수십 번이나 맹렬한 공격을 퍼부어도 끄떡없자, 살기 가득했던 그의 손에 점차 힘이 빠져갔다.

"한쪽 팔을 잃었음에도 어떠한 공격도 통하지 않는다니……."

그는 이를 꽉 다물고 더욱 거세게 칼을 휘둘렀지만 맹렬한 불꽃만 튀길 뿐, 제대로 적중하지 않았다.

"성령으로 다시 태어난 이는 이 세상에 속하지 않았으니, 그대가 가진 육신의 검으로는 나를 죽일 수는 있어도, 내 영혼엔 상처하나 내지 못할 것이다."

이후에 구름이 가득 껴 어두웠던 지상에 해가 비추기 시작했다. 상투스 왕은 곧 가면을 벗었고, 그의 찬란한 금발이 드러났다. 코르가 아니라 베르조슈아의 얼굴이 나오자, 그는 적잖이 당황했다.

"어찌하여 이런 일이…… 감히 기사 따위가 왕을 자칭한단 말이냐!"

"아담의 죄 때문에 사망이 들어와 세상의 왕이 되었고, 한 명의 그리스도로 말미암아 생명이 왕 노릇하여 영혼을 구원할 길이 열린 것이다. 악인의 길은 회개치 않으면 필히 멸망할 것이다. 이제 나의 검을 받아라!"

상투스는 막기만 하던 검을 비틀어 잡고는 다시 그를 노려보며 반격에 나섰다. 그의 검 위에 마치 표범이 타고 있는 듯 빠르고 예리했다. 그 칼의 실린 힘은 마치 곰의 앞발처럼 무겁고 거칠어서 센티아가 점차 감당할 수 없었다. 그는 간신히 막아내다가 결국 손에 힘이 빠져 검을 놓기 일보 직전이었고, 이를 안 상투스는 잠시 공격을 거두었다.

"교황을 따라 육신의 정욕을 취했던 자들은 살아 있어도 죽은 것이고, 그리스도를 위하여 땅의 지체를 죽이는 자는 무릇 죽어도 다시 살아날 것이다, 천국과 지옥은 네 선택에 달려 있다."

이 말을 마친 후에 상투스는 그를 향해 과감하게 찔렀다. 너무 빠른 나머지 센티아는 막아낼 재간이 없었고, 들리는 것은 검이 공기를 가르는 소리와 묵직한 소리뿐이었다. 칼날에 몸이 뚫린 그는 고개를 약간 숙인 채, 입에서 피를 쏟고는 간신히 숨을 쉬었다.

"천국과 지옥? 이미 세계는 신에게 버림받은바, 불구덩이로 휩싸인 지옥이 되던 내 알 바 아니다!"

"육에 속한 사람은 하나님 성령의 일을 받지 않는다, 너에게 미련하게 보임이요 또 깨닫지도 못하는구나. 육신대로 살면 반드시 죽을 것이로되, 영으로써 몸의 행실을 죽이면 살 것이다. 여호와의 말씀으로 찔림을 받으라! 어리석은 이 세상의 지혜자여, 신이 인간을 버린 것이 아니라, 교만한 인간이 타락한 자유를 선택하여 신에게서 떠난 것이다. 그대가 과연 영원한 지옥의 형벌을 견딜 수 있을 것으로 생각하는가? 지혜로운 자는 두려워하여 악에서 떠나나 어리석은 자는 방자하여 스스로 믿는다는 말이 이에 응하였도다."

말을 마친 조슈아는 탄식하며 그의 몸에 박힌 칼을 빼내고는 바닥에 던져버렸다. 베르의 길고 무거운 칼은 쇳소리를 내며 땅에 내팽개쳐졌다. 센티아는 힘이 풀려 바닥에 주저앉고는 허한 표정으로 그의 얼굴을 쳐다보았다.

베르의 얼굴에서는 빛나는 승리의 표정이 아니라, 웬일인지 오히려 근심으로 가득했다. 그는 누워있는 센티아를 불쌍하게 쳐다보며 눈물을 흘리고 있었다. 센티아는 그의 눈빛에서 진정으로 자신을 안타깝게 여기는 모습을 보았다. 그러자, 자신도 모르게 마음이 미어진 그는 자신도 뜨거운 눈물을 한 차례 흘렸다. 그리고 가쁜 숨을 내쉬면서도 천천히 말을 이어갔다.

"그대는 진정으로…… 성기사라 칭할 만한 자다…… 그대의 얼굴에 비추는 광채는 이미 이 세상의 것이 아니군. 적인 나를 바라보는 눈동자에 이토록 사랑이 가득하니, 어쩌면 나의 칼로 그대를 벨 수 없었던 것이 당연했을지도……."

그는 지난 일생을 돌아보면서 오스텐의 압제와 억압 속에서 방랑자를 자처하며 각국을 떠돌며 방랑하던 슬프고도 고달팠던 세월을 떠올렸다. 그의 입에서는 마지막 숨과 기억들이 오랫동안 그리고 천천히 흐르고 있었다.

"나는 늘 세상과 교황에 대한 두려움 속에서 살았네. 이제라도 그 악마에게서 벗어나, 나도 네가 가진 영원한 구원을 얻을 수만 있다면……."

그 말을 들은 즉시, 그는 성수를 조금 꺼내어 뿌려 주며 말했다.

"누가 우리를 그리스도의 사랑에서 끊겠는가. 환난이나 핍박이나 위험이나 칼일지라도 너를 향한 그리스도의 사랑은 결코 멈추지 않을 것이다. 그 사랑이 예수를 이끌어 모든 사람을 대신하여 십자가에서 죽게 하였다. 이는 다시는 자신을 위해 사는 것이 아니라, 오직 저희를 대신하여 죽었다가 다시 사신 자를 위하여 살게 하심이다."

"네가 말하는 구원은…… 어찌 이루는 것인가?"

"나의 말을 받으라. 땅 위에서 영원한 구원은 없으니, 날마다 자신의 몸을 쳐서 육을 복종시키고 영을 따르라. 두렵고 떨리는 마음으로 이 순간 구원을 이루라. 그렇지 않으면 구원의 길에서 실족하게 될 것이다. 또한, 몸은 죽여도 영혼은 능히 죽이지 못하는 자들을 두려워하지 말고, 오직 몸과 영혼을 능히 지옥에 멸하실 수 있는 이를 진정으로 두려워하라. 그대의 죄를 씻기 위하여 예수 그리스도께서 십자가에 달려 물과 피를 쏟으셨고, 허물과 죄로 죽었던 인간의 타락한 영혼을 살리셨다. 네 죄를 깊이 회개하고 죄 사함을 받으라."

센티아의 눈동자는 뜨고 있었지만, 이미 초점이 사라져 있었다.

"인간을 지으신 나의 창조주여, 지금 당신께서 내 말을 듣고 계신 것이 이제야 온 영혼으로 느껴집니다……. 내 모든 과거의 죄들을 용서하소서. 그때는 그것이 전부인 줄 착각하며 살았습니다. 비로소 죽을 때가 돼서야 당신을 찾는 이 죄인의 이름을 생명책에서 지우지 마시옵소서."

"이 순간만을 그리스도께서 그토록 기다리셨다! 이제 믿음으로 예수 품안에 있는 자에게는 결코 정죄가 없을 것이다. 이는 그리스도 안에 있는 생명의 성령의 법이 죄와 사망의 법에서 너를 해방하였기 때문이다. 높음이나 깊음이나 다른 무엇으로도 우리 주 그리스도 예수 안에 있는 하나님의 사랑에서 우리를 끊을 수 없으리라."

"더는 앞이 보이지 않아 칠흑 같은 어둠뿐인데, 너무나도 밝은 빛이……."

말을 마치지 못하고 끝내 센티아는 숨을 거뒀으나, 얼굴은 환하게 웃고 있었다. 그의 표정에서는 고통과 근심은 눈 녹듯이 사라져 있었다.

한편, 전투를 지켜보던 오스텐은 점차 기세가 기울기 시작하자, 지레 겁을 먹었다. 그러나 크루치아의 기마병들은 앞에 거대한 십자가를 내세우고 촘촘하게 정렬되어 위엄 있게 다가왔다. 이어서 크루치아의 기마병들이 돌격을 시작하니, 맞서서 돌격하던 페라의 기사 중에 무리에서 이탈하는 자들이 눈에 띌 정도로 많았다. 일부 기사들은 과감하게 돌격했으나, 번번이 그들의 창 앞에 쓰러졌다.

크루치아의 압도적인 화살은 하늘에서 비 오듯 쏟아졌고, 페라 기사들은 방패만으로 막을 수가 없었다. 이 광경을 지켜본 오스텐은 상황이 불리해지자, 매우 불안해했다. 그러자 같이 겁에 질려 있던 바티오 사령관이 말을 걸었다.

“병사의 수는 아군이 월등하게 높지만, 진짜 병사는 적군보다 적습니다.”

“어찌 된 영문인가, 그렇게 용맹하던 페라의 기사들이 저렇게 허무하게 도망치는 이유가 무엇이란 말이냐!”

“성기사 베르가 앞장서서 우리 군을 무찌르고 있습니다. 그를 아무도 저지할 수가 없습니다.”

그러자 오스텐 왕은 그를 쳐다보며 화를 냈다.

“네가 가서 기사들을 타일러 싸우게 만들어야 할 것이 아니냐! 아니면 피데스에게라도 도움을 요청하여 어떻게든 이길 생각을 해야지, 이런 형편없는 놈!”

왕은 반지 낀 손으로 그의 뺨을 후려치고 분노하여 발로 찼다. 바티오는 말에서 낙마했고, 그의 얼굴에는 길게 상처가 나 피가 흘러 흙투성이로 더럽혀졌다.

“어떻게 할 것인가, 네가 총사령관이니 책임을 져야 할 것이다. 어서 말하라!”

얼굴에서 흙먼지를 털어낸 바티오는 어두운 표정으로 그에게 말했다.

"그러면 제가 이곳을 맡아서 싸우겠습니다. 왕께서는 소수의 병사와 함께 도망치셔서 살아남으십시오. 이미 퇴각로를 만들어 놓았습니다. 기마병들이 안내할 것입니다."

오스텐은 주변을 살피며 그를 쳐다보지 않고 말했다.

"물론, 그럴 생각이었다. 이곳을 네게 맡기니, 죽어서라도 승리 소식을 내게 전하라. 그렇지 않으면 살아서 돌아올 생각은 꿈도 꾸지 마라."

신경질적으로 쏟아낸 왕은 살아남은 기마병과 함께 도망쳤다.

바티오는 멀어져가는 왕을 보며 저주를 퍼부었다.

'승리가 나와 무슨 상관이냐, 네가 당하라.'

그가 도망치는 길은 매우 춥고 어두웠다. 음산한 나무들이 양 갈래로 길게 줄지어져 있는 울퉁불퉁한 길을 따라 말들이 속도를 내기 어려웠다. 깊이 들어갈수록 길은 나오지 않고 점점 더 가기 힘들었다. 그런데도 끝까지 다다랐지만, 막상 길이 끊겨 있었다. 하는 수 없이 오스텐은 병력을 이끌고 다시 왔던 길을 되돌아갔지만, 가는 길목에서 기습 공격을 당했다. 자신들을 기다렸다는 듯이 화살이 양 갈래에서 쏟아지자, 그는 단번에 바티오가 자신을 팔았음을 직감할 수 있었다. 그의 눈앞에는 크루치아 왕의 기사들이 비좁은 길을 꽉 채워서 다가왔다.

"이런 어리석고 어리석은! 젠장할 녀석."

그는 자신의 머리를 쥐어뜯으며 통탄했다.

결국 오스텐 왕은 항복 깃발을 들었고, 양팔이 뒤로 묶인 채로 포로가 되었다. 베르가 묶여 있는 그를 보며 다가왔다. 오스텐은 분통해 하는 표정으로 거친 말을 쏟아냈는데, 그의 표정이 흡사 악마처럼 사악함과 혈기가 가득 차 있었다.

"분통하다! 애초에 네 연맹부터 썩은 시체를 보내라고 했어야 하는데……."

그러자 그를 에워싼 보병들이 그의 말을 의심하며 귀를 기울였다.

"양심을 팔고 생명을 대가로 그대가 행한 일은 실로 끔찍하니, 형벌을 면할 수 없을 것이다."

베르가 황금빛 왕관을 쓴 채로 그에게 말했다.

"오직 믿음으로 구원받는 것이다. 나는 이미 구원받았으니, 너희와 같이 사악한 자들을 위해 마련된 지옥 불에서 영원토록 고통 받으라!"

그러더니 오스텐이 갑작스레 웃기 시작하더니 미친 사람처럼 안색이 검붉게 꼴이 변했다.

"자신의 죄도 모르고 있는 귀먹고 눈먼 소경이여! 무엇이 그댈 이렇게 사악하게 만들었단 말인가. 거짓된 구원을 믿으며 양심을 더럽히고 이토록 불의한 자가 입술로는 하나님을 경외한다고 말하는구나. 거룩하고 순결한 하나님의 마음에서 멀어진 교황이 앉을 자리는 루시퍼의 오른편밖에 없다."

"나보다 신실하고 죄를 짓지 않은 자가 있다면 내 앞으로 데려와라! 네놈 따위가 감히 나를 정죄하는 것이냐!"

"신자가 되기 전에, 먼저 사람이 되어라. 판단은 신에게 있을 것이다."

이후에 오스텐은 재미있다는 듯이 계속해서 웃기만 했다.

"이 자를 끌고 가라!"

베르는 병사들에게 그를 끌고 가서 옥에 가두라고 명했다. 병사들은 이에 그의 양팔을 잡고 이끌고 갔다. 끌려가는 도중에 오스텐은 소리를 지르며 말했다.

"놔라, 이런 천박한 것들아. 씻지 않은 더러운 손으로 내 신성한 의복을 더럽히지 말란 말이다!"

그는 양팔을 휘저으며 격렬하게 옷이 더럽혀지지 않으려고 애를 썼다. 하지만 그의 안 외투에 이미 흙과 오물이 가득 묻어 있었다.

한편, 이사벨이 죽고 나서 붉은 연합군의 수장이 된 아베르토는 전군을 이끌고 프르그란티아 근방에 도착하였다. 그는 이사벨의 죽음 이후에 무슨 일이 일어날지 알았다. 세르비티와 싸우다가 도망친 피데스도 아베르토가 그 성으로 간다는 소식을 듣고 부대에 합류하였다.

그들은 크루치아와 페라 간의 싸움이 벌어지고 있는 조금 멀리 떨어진 곳에서 진을 치고 대기하고 있었다. 이에 전투를 준비하던 피데스는 한시가 급한 상황에서 아베르토가 병력을 대기하라고 한 이유를 알고자 그에게 다가가 말했다.

"서둘러 군사들을 준비시키십시오! 당장 이사벨 여왕님을 구하러 가야 하지 않습니까?"

그녀는 화난 얼굴로 아베르토에게 따졌으나, 너무나도 평온한 표정을 짓고 있는 그를 이해할 수가 없었다.

"이곳에서 무엇을 기다리고 있습니까? 지금 여왕님이 계신 성이 함락될 위기에 처했는데, 왜 돌격하지 않고 기다리는 것입니까."

"재촉하지 마라. 이 상황을 너의 지혜로는 알 수 없다. 우리는 저들이 실컷 싸우다가 지쳐 있을 때쯤에 공격할 것이다. 붉은 연합군이 결국 이 싸움에서 최종 승리를 거둘 것이니 때를 기다려라."

"이사벨 여왕님이 지금 우리를 간절히 기다리고 있습니다!"

"이사벨이라, 그녀가 살아있다는 확신이 어디 있지?"

"…… 무슨?"

"말 그대로이다. 그대는 여왕이 살아 있다는 확신이라도 있는 것인가?"

자꾸 물어봐서 짜증난다는 듯이 아베르토가 말하자, 그녀의 안색이 변하며 아무 말도 없이 잠잠해졌다.

'조금만 기다려라, 곧 모든 세상이 내 발 앞에 무릎 꿇을 테니. 이제 곧 내 세상이 올 것이다.'

아베르토는 예전부터 간절히 바라왔던 욕망을 코앞에 두게 되자, 너무나 설레어 눈을 번쩍였다.

"이사벨 여왕님은 당신을 믿고 기다렸습니다!"

"그녀가 그렇게 신경 쓰인다면 말해주지. 너의 여왕이자 붉은 연합군의 수장인 그녀는 이미 죽었을 것이다. 저기 성이 검은 연기로 불타는 것이 보이는가? 이미 성은 함락된 지 오래다. 누가 보아도 여왕은 죽었다고 생각하는 것이 합리적이겠지. 증거는 또 있다. 왜 오스텐이 상투스와 싸우고 있는 줄 아는가? 여왕은 생전에 자기 죽음을 예비하여 마지막 유산을 남겼다. 그것은 즉 오스텐이 상투스 왕에게 원한을 품을 수 있도록 하는 것이었지. 마침내 그 일은 성공했고, 네 눈앞에 보이는 전투가 바로 그 증거이다! 나는 그녀의 죽음을 내 마지막 무기로 꺼내 들었다. 이제 정말 승리가 눈앞에 있다. 즐거워하고 기뻐하라! 이제 세상은 나의 것이 된다."

뿌듯해하며 아베르토는 팔짱을 낀 채로 그들의 전투를 구경했다.

"그렇게 즐겁습니까?"

피데스가 조용히 물었다. 그러자 그는 의문의 표정으로 그녀를 바라보았다. 그가 마지막으로 본 것은 눈물을 흘리고 악을 지르며 자신을 향해 칼을 휘두른 그녀의 모습이었다. 그의 머리는 놀란 표정 그대로 몸에서 떨어져 바닥을 뒹굴었고, 이어 몸도 곧 말에서 떨어졌다. 바닥에 놓인 그의 얼굴은 입을 크게 벌리고 상상할 수 없을 정도로 괴로운 표정을 짓고 있었다.

"표정을 보아하니 딱히 즐겁진 않나 보군……."

붉은 연합군의 병사들은 아베르토의 죽음을 보고 놀라 아무 말도 할 수 없었다. 피데스는 멀리서 페라 연맹국에 승리하여 환호하는 크루치아의 군사들을 보고는 뒤돌아섰다. 이에 한 지휘관이 그녀에게 왜 돌격하지 않냐 묻자, 그녀가 답했다.

"볼 필요도 없다. 우린 이미 저들에게 패배했다. 모두 철수하라!"

몇 개월 후, 나보나 광장에는 수많은 인파가 몰려 있었다. 사람들은 조금이라도 볼 수 있을까 싶어 까치발을 들기도 하고 슬쩍 뛰어 보기도 했다. 광장은 무척 크고 넓었지만, 사람들로 북적여 발 디딜 틈이 없을 정도였다. 이날은 오스텐과 델릭의 공개 재판이 있는 날이었다. 광장의 한복판에는 덩그러니 죄인들의 의자 두 개와 재판관들의 단상이 놓여 있었다. 거기에 머리가 하얗게 센 오스텐과 단정한 차림의 델릭이 앉아 있었다. 그 주변에는 원형으로 병사들이 에워싸 사람들의 출입을 막았다. 세 명의 재판관이 들어와 앉았고 곧 그들의 죄에 대해 심문했다.

"라헤므 오스텐은 전 신성로마제국의 왕이자, 교황으로서 끔찍한 죄를 짓고 이 자리에 선 것을 인정하는가?"

가운데 있는 재판관이 그에게 말했다.

"저는 평생을 하나님을 위해 살아왔습니다. 그분이 나를 아십니다! 내가 얼마나 헌신적으로 교회를 섬기고 봉사를 하며 살아왔는지를 안단 말입니다. 그러므로 나를 심판하는 그대들은 반드시 심판을 받을 것입니다!"

그가 핏대를 세우며 재판관들을 몰아세웠다.

"도무지 들으려하지 않으니, 저를 누가 가르친단 말인가."

그러자 머리가 다 풀린 오스텐이 해괴한 웃음을 터트리며 말한다.

"감히 나를 가르칠 자가 있단 말입니까? 땅 위에는 나를 가르칠 자도 따라올 자도 없으며 모든 사람이 내게 있는 지혜의 말을 배우고 돌아갔습니다. 나는 내 옆에 앉아있는 죄인과는 격이 다른 의인이란 말입니다!"

그는 옆에 가만히 침묵하던 델릭에게 손가락질을 하며 열변을 토했다.

"거룩한 분 앞에서는 우리가 모두 죄인인 것을, 그대는 어찌하여 자신을 의롭다고 생각하는 것인가?"

가운데 앉아 있는 재판관이 말했다.

"내가 평생 43번이나 금식을 했고, 십일조와 각종 헌금을 얼마나 드렸는지 알고서 말하는 것입니까? 다 같은 죄인일지라도 나는 그대들의 모양만 갖춘 재판관들과는 다른 몸입니다. 그러니 어서, 나를 풀어주십시오, 그렇지 않으면 하늘로부터 큰 화가 있을 것입니다."

"그대가 무엇을 행했든 간에 그것은 자신을 위했던 것이지, 결코 하나님의 뜻을 위함이 아니었던 것 같군……."

재판관 세 명은 서로의 눈빛을 교환하더니 고개를 살며시 끄덕여 동의를 표했다. 여태 가만히 침묵하던 델릭에게 가운데에 앉은 재판관이 물었다.

"그대는 왜 아무 말이 없는가? 자, 마지막으로 그대를 위해 말하라."

여태 가만히 앉아서 땅을 바라보던 그는 수척해진 얼굴로 고개를 들어 재판관들을 간신히 바라보았다.

"제가 아무 말도 하지 않은 것은 할 말이 없기 때문입니다. 나는 절망에 빠진 레치아를 구해준 코르 왕을 배신하여 죽음에 이르게 했습니다. 명백한 죄인입니다. 죽어야 마땅한 괴물이며 배신자입니다."

그는 더 이상 말을 잇지 못했고, 눈물을 흘리며 가슴을 쳐 통곡하기 시작했다.

'하나님이여 나를 불쌍히 여기소서. 나는 지극히 큰 죄인입니다.'

구슬픈 그의 음성은 떨렸고 델릭은 속으로 이 말만 되뇌었다.

"모두 저자의 말 대로입니다, 스스로 자백했으니 모든 사실이 밝혀진 것 아닙니까? 다들 뭐 하고 있습니까! 빨리 델릭에게 판결을 내리십시오!"

기쁜 듯한, 얼굴로 오스텐은 의자에 묶여 있는 몸을 반쯤 들며 떠들어댔다.

"죄인은 조용히 하라! 그대가 말하는 것을 허용하지 않았다."

오른쪽에 있던 재판관이 다소 강한 어투로 말하자, 시끌벅적하던 사람들도 조용해졌다. 세 명의 재판관은 잠시 조용히 얘기를 나누더니 결론이 났는지 다시 말을 꺼냈다.

"레치아의 국왕이자 전 해방군의 지휘관이었던 델릭 알론소는 크루치아의 상투스 왕을 붉은 연합군의 수장인 이사벨 여왕에게 팔아넘겨 죽음에 이르게 한 혐의가 있다. 이를 인정하는가?"

"예, 그렇습니다."

"같은 해방군으로서 수장을 적에게 넘기어 판 죄는 헤아릴 수도 없이 큰 것이 명백하므로, 사형에 해당한다. 이를 받아들이겠는가?"

"그렇습니다. 그는 내게는 동지이자, 친구였고 아버지 되는 분이었습니다. 그가 겪은 고통에 비교한다면 아주 보잘것없지만, 어떤 형벌이든지 달게 받겠습니다."

그러자 가운데에 있던 재판관이 다시 그를 쳐다보며 말을 꺼냈다.

"페라의 왕이자 교황인 라헤므 오스텐은 붉은 연합군의 수장인 악한 이사벨에게 군사를 지원하여 협력하였고, 나중에는 여왕이 죽음으로 위기에 처하자 반란을 일으켰다. 이를 인정하는가?"

"군사를 지원한 것은 사실이지만, 그것은 내 뜻이 아니었습니다! 나는 강제적으로 군사를 빼앗긴 것이고, 그 책임은 모두 이사벨에게 돌려야 마땅합니다. 반란이라뇨? 마땅치도 않습니다. 그 전투야말로 제가 타당하다는 증거입니다. 평소 페라 연맹국과 크루치아는 친밀하게 지내왔던 사이였습니다. 그 과거를 모두 잊어버리고 단순히 그 전투만 본다면 이보다 어리석은 일이 없을 것입니다."

"그대가 하고 싶은 말이 무엇인가?"

"죄인은 달게 벌을 받아야 마땅하겠지만, 법대로 한다면 나는 아무런 잘못이 없는 무고한 사람이라는 것입니다. 여기 모인 모두가 붉은 연합군에게 페라 연맹이 속국이 되어 군사를 빼앗겼다는 사실은 익히 알고 있을 것입니다. 여기 모여 있는 자 중에 어느 누가 그것이 옳지 않다고 말할 수 있으며 비겁하다고 욕할 수 있겠습니까?"

그러자 많은 사람이 그를 동정하였고, 지지하는 사람들은 풀어달라고 요구했다.

"저기 보십시오, 많은 사람이 저를 지지하고 있습니다!"

"물론, 속국이 되었기에 군사를 제공한 것인지의 여부는 알 수 없다. 하지만, 이사벨의 죽음을 목격 이후에 전투가 시작된 것은 명백한 사실이며, 그것이 그대가 붉은 연합군에 속했다는 증거이다."

오스텐은 재판관의 말을 듣다가 웃음을 참지 못했다. 재판관은 병사들에게 그를 정숙하라고 했다. 그는 간신히 웃기를 멈추고 재판관에게 말했다.

"제가 붉은 연합군에게 속해 있었다면, 이사벨의 죽음을 보고 왜 싸웠겠습니까? 내가 그녀의 편이었다면 붉은 연합군이 무너진 것을 보고 도망치는 것이 당연하지 않습니까?"

그러자 세 명의 재판관은 그의 항변에 대답하지 못하여 묵묵히 듣고만 있었고 대중들도 오스텐의 말에 귀를 기울였다.

"그렇다면 무엇이 제 양심을 찌르지 못하고 그곳에 있게 만든 것입니까? 바로 저 스스로가 떳떳하기에 할 수 있었던 것입니다! 저는 여왕의 죽음을 목격하기 이전에 상투스 왕을 보며 무언가가 이상하다고 느꼈습니다. 그는 평소에 쓰지 않던 은빛 가면을 쓰고는 심지어 오른팔마저도 없었습니다. 저는 우스꽝스러운 광대가 왕을 자처했다고 생각했고, 함정이라는 판단 하에 공격을 감행한 것뿐이지, 다른 의도는 전혀 없었습니다. 이것이 어떻게 죄가 되겠습니까?"

"그대는 코르 왕이 죽었다는 사실을 알지 못하였는가?"

"저는 전혀 알지 못했습니다!"

그의 표정은 진실 되어 보였다. 세 명의 재판관들은 죄를 물을 이유가 사라지자 당황했다. 오스텐은 그들의 표정을 확인하고는 속으로 비웃었지만, 얼굴에선 눈물이 뚝뚝 흘러 진실 되어 보였고, 그를 따라서 우는 군중들도 생겨났다. 사람들 속에서 그를 풀어달라는 외침이 서서히 일기 시작하더니 이는 파도처럼 크게 일어났다.

'그를 풀어줘라!'

사람들은 크게 소리 지르며 그에게 자비를 베풀 것을 말했고, 재판관들은 흔들리기 시작했다. 그러자, 가운데 앉아있던 재판관이 사람들에게 말했다.

"조용히 하시오! 일부가 원한다고 법을 어기고 무죄를 내리면 과연 시민들이 재판장이란 말입니까? 사람들의 요구가 법 위에 서서 질서를 어지럽히는 일은 붉은 연합군이 사람들을 학살하기 위해 저지른 수법이었습니다. 우리는 그들과 같아질 수 없습니다!"

그러자 시민들의 언성은 급격하게 줄어들었고 잠잠해졌다. 하지만, 군중들은 여전히 오스텐에게 넘어간 상태였고, 얘기를 마친 세 명의 재판관은 오스텐의 사형은 내리기 어렵다고 판단하여 최종통보를 내리려 자리에서 일어섰다.

"그렇다면 지금부터 판결을 내리겠습니다. 페라 연맹의 수장이며 전 신성로마제국의 황제이자 교황인 라헤므 오스텐은 혐의가 있는 모든 죄의 항목에 대한 타당한 이유가 있으므로 경죄에 해당하여 막대한 추징금을 취할 것입니다. 그리고 델릭 알론소는 죄에 대한 명백한 증거가 있고 이를 자백하였으니 판결처럼 가장 무거운 사형에 처할……."

"저기요!"

최종 판결을 듣는 무척이나 고요한 정적이 흐르는 가운데 한 명랑한 꼬마의 목소리가 울려 퍼졌다.

재판관은 주변을 살폈으나, 어디에도 아이의 모습은 보이지 않았다.

"잠시만요, 저 좀 지나갈게요."

군중 무리를 비집고 한 금발의 아이가 손에 종이를 가지고 병사를 뚫고 들어왔다. 하지만 아이는 얼마 가지 못하고 병사에게 잡혀서 꼼짝 못 하게 되었다.

"어서 아이를 밖으로 보내시오!"

"잠시만, 저 할 말 있다고요! 성기사님께서 저에게 이걸 보여주라고 했단 말이에요! 꼭 보여줘야 해요."

아이는 손에 꽉 쥔 종이를 펼쳐 보이며 재판관을 향해 손을 흔들었고, 호기심이 생긴 그들은 아이를 데려오게 했다. 갈색 머리 아이는 신났는지 두 명의 죄인을 지나치고는 가운데에 있는 재판관을 향해 달려갔다. 숨차게 달린 아이는 그에게 종이를 주고는 기대에 찬 표정으로 옆에서 기다렸다. 그것을 건네받고 조심히 읽어가던 재판관은 눈을 휘둥그렇게 뜨고는 끝까지 읽어 내렸다.

"이것은 정말 성기사님께서 보내신 것이 맞구나. 그런데 이렇게 중요한 문서를 왜 너에게 주셨니?"

"그분이 전에 날 구해주셨어요. '아이가 아니면 아무도 믿을 수 없다'라고 하셨어요! 정말 또 만나게 될 줄은 몰랐어요, 히히."

재판관은 따라 웃으며 조용히 아이의 머리를 쓰다듬어 주었다.

"무슨 내용이기에. 그렇게 놀란 표정을 하십니까?" 다른 재판관이 물었다.

그러자 그것을 읽은 재판관의 눈이 빛났고, 크게 결심한 듯 한차례 숨을 들이마시고는 말했다.

"이것은 모든 법을 뒤바꿀 새로운 왕의 법이라네."

재판관은 손으로 입을 막고 가볍게 기침을 하더니 다시 말을 시작했다.

"시민들은 잘 들으시오! 이것이 베르 왕께서 내린 새로운 지침이며 판결입니다. 왕을 대신하여 읽겠습니다. '델릭 알론소와 라헤므 오스텐 둘 중 자신의 죄를 인정하고 자복하는 자는 모든 죄를 불쌍히 여기어 이를 탕감하여 주고, 자신의 죄를 뉘우치지 못하고 다른 이유를 꺼내어 변명하는 자는 사형에 처하라'라고 말입니다. 베르 왕의 명에 따라 판결을 다시 내리면 델릭 알론소는 무죄가 될 것이고, 라헤므 오스텐은 사형에 해당됩니다."

그러자 양팔이 묶인 오스텐은 짐승처럼 격노하며 의자를 들고 일어나 재판관을 향해 달려들었으나, 병사들에 의하여 곧 넘어졌다. 그는 땅에 얼굴을 처박고 그대로 쓰러졌다.

"이러한 괴기스러운 법이 어디 있단 말이냐. 사람들이 저토록 원하는데! 법 위에 양심을 세워 법을 더럽히다니 용서받지 못할 것이다!"

"모두 잘 들으시오! 이것은 둘에게 해당하는 것뿐만 아니라, 여러분에게도 해당되는 것입니다. 왕께서는 '자신을 의인이라 생각하는 자는 절대 용서받을 수 없고, 죄인이라 생각하는 자는 회개하여 용서받을 수 있다'라고 하셨습니다. 높으신 분의 뜻은 늘 선하므로 이상, 모든 재판을 마치겠습니다."

한동안 오스텐은 광장이 떠나갈 듯이 고함을 질렀지만, 누구 하나 돌아보는 이 없었고, 그곳에 몰렸던 수많은 인파는 그 자리를 떠나갔다.

얼마 지나지 않아서, 델릭 알론소는 베르 왕에게 죄를 탕감 받고 다시 레치아연맹으로 돌아갔다.

반면에, 죄수는 도축되는 소처럼 처형장으로 끌려갔다. 온갖 더럽혀진 의복을 입고 죄수는 처형장 앞에서 무릎을 꿇렸다. 곧 날카로운 도끼를 들고 온 집행자가 그의 머리를 향해 조심스럽게 날을 갖다 대었고, 곧 큼지막한 도끼를 하늘만큼 높이 들어서 단숨에 내리찍었다.

"아악!"

사형장에서 죄수의 목이 날카로운 칼에 잘려나가는 순간, 그는 살아온 나날들에 대한 마지막 짧은 비명을 질렀다. 그러자, 그의 두 눈동자에는 신기한 빛이 보였다. 그 빛은 너무나 영롱해서 눈을 감고 있어도 모든 것이 투시될 정도로 밝았다. 빛은 자신의 몸을 향해 비추고 있었는데, 단숨에 모든 과거를 보여주었다. 애써 헤아리지 않아도 될 정도로, 수치스러운 모든 것들이 한눈에 다 들어왔고, 그는 차라리 죽고 싶을 정도로 고통스러웠다. 너무나 부끄러워 쳐다보지 않으려 했지만, 어딜 둘러보아도 자신이 저지른 죄악들이 명백하게 보였다. 점도 흠도 하나 없는 그 깨끗한 빛은 계속하여 그의 허물을 비추었고 살아왔던 일생을 기억나게 하였다. 또한, 그가 남에게 고통을 주었던 순간들을 떠오르게 했다. 그는 보지 않으려 저항했지만, 귀를 막고 고개를 돌려도 눈을 감아도 아무런 소용없었다. 자신의 모든 과거를 끝까지 다 보았을 무렵에, 그는 탈진하여 아무것도 생각할 수 없었다.

그러한 상황 속에서 빛이 단번에 사람의 형상을 이루더니 공중에 떠있었다.

그 밝고 거룩한 빛에서 깨끗한 물과도 같은 순결한 음성이 흘러나왔다.

'빛 속에서 너의 모습을 보았느냐?'

"예, 보았습니다. 너무나 부끄럽습니다."

'빛이 비추면 만물이 드러나, 벌거벗은 모습이 된다. 빛은 따뜻하고 행복한 것이기도 하지만, 한편으로는 더럽혀진 만큼 고통스러운 것이다.'

"제게 이런 허물들이 있지만, 그래도 제가 주님을 따라 살았습니다. 분명히 주님을 믿었으니, 제겐 어떠한 천국이 예비 되어 있습니까?"

'…….'

아무런 대답을 듣지 못한 오스텐은 불길함을 지울 수 없었고, 섬뜩함이 온몸의 혈류를 타고 흘렀다.

"주님! 어떻게 제가 천국에 못 간단 말입니까? 저는 교황입니다! 교회를 수백 개를 세웠고, 그 누구보다 기도를 오래 했으며, 평생 당신을 위해 살았던 사람입니다. 제가 천국에 못 들어간다면, 그 누가 천국에 들어갈 수 있단 말입니까? 말도 안 됩니다! 제발 말씀해주십시오!"

'사람의 행위가 자기 보기에는 모두 깨끗하여도, 나는 너의 심령을 감찰하노라. 네 안에 숨어있는 그 어떠한 동기도 내게서 도망칠 수 없다.'

"나는 구원받은 줄 알았습니다. 구원의 확신이 있었단 말입니다! 내가 아니라면 천국에는 누가 들어간단 말입니까?"

'네게 묻고 싶구나. 너는 땅에 살면서 진정 천국을 원하였느냐? 천국은 원하는 자들의 것이니라.'

"천국을 원했습니다!"

'그렇다면, 진정으로 천국의 가치를 알고 있느냐? 천국에 거하는 자들은 모든 것이 갖추어진 그곳에서 영원한 기쁨을 누리게 된다. 사랑과 행복과 영광이 온 땅 위에 흘러넘치는 이 무한한 삶에 대하여 내게 감사해본 적이 있느냐? 나는 너희에게 구원을 편하게 주지 않았다. 나를 따르려면 자신을 부인하고 날마다 정욕을 십자가에 못 박고 자신의 모든 소유를 버리고 세상보다 나를 사랑하라고 말하였다.'

"이 모든 것들이 너무 벅찼습니다. 솔직하게 나는 세상과 타협했지만, 그래도 천국에 갈 수 있다고 믿었습니다."

'이 모든 대가를 치르고도 남는다.'

"무엇이 말입니까?"

'이 땅에서 너희가 겪을 모든 고난을 합칠지라도, 천국의 지극히 작은 꽃 하나와도 그 크기를 비교할 수 없다. 나의 자녀들에게 주는 구원은 지극히 큰 구원이다. 너희는 죽어서 천국에 온다고 생각하지만, 세상을 버리고 나를 좇는 자는 이미 천국을 맛보았을 것이다. 육신의 삶이 끝나면 자신이 가지고 있던 천국의 크기대로 그대로 인도받고 생명수로 씻어 거룩하게 된다.

그 이후 수천억 년을 티끌처럼 여기시는 하나님의 거룩함과 선함과 사랑과 기쁨을 날마다 배우며 예수를 닮아갈 것이다. 이것이 너희에게 주는 가장 큰 상급이다. 네가 온전히 예수가 되어 간다는 것은 아무리 말해도 설명할 수 없는 지극히 영광스런 천국의 특권이다. 천국의 들어갈 자격은 바로 '사랑'이다. 진정 사랑을 배우지 못하고 천국에 온다면 지옥보다 견디기 어렵다. 나는 너를 천국으로 인도하기 위해 단 한 가지만을 물을 것이다. 이 땅에서 네게 주어진 시간 동안 사랑하는 법을 배웠느냐?'

그는 당장이라도 사랑하는 법을 배웠다고 말하고 싶었지만, 입에서는 그 말이 떨어지지 않았다. 그는 말이 뱉어지지 않아, 무척이나 괴로워서 악을 질러야 했다. 그리고 결국 포기한 오스텐의 입에서는 다른 말이 나왔다.

"주여. 당신의 이름은 너무나도 잘 알지만, 도대체 사랑이 무엇이란 말입니까?"

그러자 빛이 푸른색으로 변하며 차가워졌다.

'슬프구나, 나를 진정으로 원하는 자들은 사랑의 근본인 나를 닮게 된다. 사랑은 사람을 바꿔 놓는다. 사랑은 온유한 것이다. 사랑은 교만하지 않으며, 무례하지 않은 행동과 얼굴 표정에 모두 나타난다. 사랑은 자기를 생각하지 않고 그저 네가 가진 전부를 주는 것이다. 사랑은 받기를 바라지 않고 온갖 선물을 주기 원하는 것이다. 사랑은 모든 것을 견딜 수 있는 힘이며, 모든 것을 바랄 수 있는 능력이고, 모든 것을 참을 수 있는 나의 성품이다.'

"나도 사랑을 구했고, 기도도 오래했습니다. 나에게 무엇을 더 원하십니까?"

'오직 너의 뜻이 아니라, 하나님의 뜻만이 서야 하리라. 누구든지 목마르면 나에게 오라고 하지 않았느냐? 너희는 원하는 만큼 마실 수 있다. 사랑을 적게 원하면 적게, 많이 원하면 그대로 이루어졌을 것이다. 진정 사랑을 깨달은 사람은 생각이 다르다고 같은 형제를 핍박하지 않는다. 불의를 보면 하나님을 위해 행동했을 것이고, 늘 진실만을 보려 했을 것이다. 입술로 나를 사랑한다는 자들은 많다. 아무리 울며 애통해 할지라도, 마음에 세상이 남아 있는 자들은 내가 그들의 눈물을 결코 받지 않으리라. 내가 너를 보는 모습이 어떠한지 아느냐?'

"…… 어떻습니까?"

'마귀의 형상에 가깝구나, 이는 진실로 마음을 내게 주지 않아 자꾸만 세상을 품는 것이다. 진실로 마음을 내게 준 자는 도무지 이처럼 살 수 없노라.'

"인간이 어떻게 정결하고 거룩하게 살 수 있습니까? 나도 처음에는 다 해보았습니다. 온갖 노력을 다 쏟았지만, 얼마 버티다가 매번 죄에 넘어질 뿐이었습니다. 당신은 도저히 안 되는 일을 우리에게 요구하고 있습니다."

'나는 그토록 말해주었는데, 너는 내 말에 귀 기울이지 않았다. 사람으로서는 할 수 없으되 하나님으로서는 다 할 수 있느니라. 이 말이 무엇이라고 생각하느냐? 나는 너희를 결코 홀로 두지 않았다. 십자가에서 그리스도가 죽고 약속된 성령을 보내었다. 이는 나약한 모든 육신들이 예수처럼 거룩하고 의롭게 살 수 있게 돕는 성령이자, 하나님이다. 성령 하나님은 모든 사람이 구원을 받으며 진리를 아는 데에 이르기를 원하시느니라. 그런데도 너는 마치 너의 속에 하나님의 성령이 없는 것처럼 여기며 평생을 살아갔다.'

"그렇다면 왜 하나님은 나를 이렇게 되도록 내버려두시고, 다른 이들은 구원에 이르도록 사랑하셨습니까! 살아생전에 내가 바뀌도록 돕지 않았냐는 말입니다!"

'나는 자비롭고 은혜롭고 노하기를 더디하고 진실이 많고, 풍부한 사랑이며 동시에 공의이다. 부유하나 가난하나 또는 지위가 높으나 낮으나 간절히 찾으면 누구든지 나를 만날 수 있다고 네게 약속했다. 이러한 내가 하물며 너의 기준에 못 미치겠느냐? 나는 늘 네가 바뀌기만을 기다렸다. 태초에 나의 형상으로 창조한 자녀들이 굳게 잡았던 나의 손에서 벗어나 악으로 물들고, 그들은 결국 빛 한줄기 들어갈 수 없는 어둠이 되었다. 나는 내게 오지 못하는 수많은 아들과 딸들이 지옥에서 고통 받는 것을 이 두 눈으로 영원히 지켜보아야 한다.'

"사랑이라면서 어찌 우리를 지옥에 버려두십니까? 사람도 차마 하지 못할 일을 하시는 당신은 이토록 잔인할 수 있단 말입니까!"

'죄를 짓는 이들을 보면 매 순간 나의 마음은 미어터질 듯이 아프다. 너무나 고통스러워 울부짖은 날이 헤아릴 수도 없이 많았다. 너희가 진정 나의 마음을 아느냐? 네가 이 슬픔을 조금이라도 헤아릴 수 있단 말이냐? 네가 빛을 싫어하고 어둠에 머무르길 원했는데, 어찌 빛인 내가 어둠이 되겠느냐? 내가 바라는 단 한 가지는, 너희의 마음뿐이다. 나는 네게 완벽을 바라지 않았다. 내가 온 우주에서 너 하나만을 바라보며 매 순간을 보내고 있다는 것을 아느냐? 처음부터 나에겐 너 하나였다. 그러나, 이제는 너의 시간이 다했노라. 너를 내 손에서 떠나보내야만 한다.'

"신이시여! 당신은 절대로 인생들의 고통을 모릅니다!"

'결코 아니다! 나는 너희의 모든 연약함까지도 전부 헤아렸다!'

그 음성이 들리자마자, 오스텐의 눈동자에 지난날 나사렛 예수가 십자가에 못 박혀 매달려 있는 모습이 보였다. 예수는 날카로운 가시 면류관에 이마가 찢기고 잘려나가 고통 속에 신음하고 있었고, 머리에서부터 발끝까지 붉은 피가 흘러서 바닥에 뚝뚝 떨어졌다. 그도 십자가 앞에 서 있었다. 도무지 사람의 형상이라고 생각되지 않을 정도로 온몸이 찢겨나간 예수를 그저 바라만 보았다. 그러자, 예수가 천천히 고개를 들어 그를 바라봤다. 예수의 얼굴에는 피가 계속 흐르고 있었다. 예수는 피가 잔뜩 묻은 입술을 간신히 뗐으나, 소리가 너무 작아 들리지 않았다.

'내가…… 너희를…….'

오스텐은 괴로워하는 예수의 표정을 보며 자신도 모르게 말이 터져 나왔다.

"그렇게 고통스러우면 말씀하지 마십시오. 최대한 말을 아끼란 말입니다!"

예수는 대못에 손의 뼈가 완전히 뭉개져서 고통스러워하면서도 필사적으로 매달렸다. 그는 너무나 힘들고 괴로워서 마음껏 울기라도 하고 싶었지만, 그럴 수 없었다. 한번이라도 마음이 나약해지면 포기할 것만 같았기 때문이었다. 예수는 이를 악물고 '십자가에서 내려달라'는 말을 틀어막았으며, 필사적으로 매달려 있었다. 자신이 실패한다면 온 인류가 실패하는 것임을 알고 있기에, 그는 절대로 포기할 수 없었다.

그의 등과 옆구리는 뼈가 보일 정도로 찢겨 있었고, 사람들이 보는 가운데 완전히 벌거벗겨져 예수는 수치심으로 가득했다. 그러나, 자신의 희생이 사람들을 살린다는 생각으로 그는 매순간을 인내했다.

그는 십자가에 매달림과 동시에 하나님께 간절히 기도로 매달렸다.

'나의 아버지여, 너무나 힘들고 아픕니다. 그러나, 내가 포기하지 않게 도와주십시오. 내 굳건한 마음이 무너지지 않도록 붙드소서. 이들은 진정으로 자기가 한 일이 무엇인지 모르고 있습니다. 불쌍히 여겨 용서하여 주십시오. 내가 이들도 너무나 사랑하나이다.'

모든 기운이 빠진 예수는 간신히 입을 떼서, 그에게 다시 말을 건넸다.

오스텐은 자신도 모르게 그의 말을 듣고자 하여 더 앞으로 다가갔다. 결국 그는 예수의 말을 들을 수 있었고, 너무 놀라 한동안 숨 쉬는 것조차 잊었다.

'내가…… 너희를 불쌍히 여기노라.'

"주여, 십자가에 매달린 건 당신인데, 왜 나를 불쌍하게 여기시나이까?"

'너희가 십자가에 달린 나를 보듯…… 나 또한 이곳에 달려 땅 아래에 있는 인생인 너희를 보았노라. 십자가에 달려서야, 너희들의 고난을 온전히 헤아릴 수 있었다.'

"무엇을 헤아렸단 말씀입니까?"

'생명…… 너희의 생명은 잠깐 보이다가 없어지는 안개와 같다. 나는 너희를 살리기 위해 이 땅에 내려왔고, 결국 이렇게 십자가에 달렸다. 세상의 어떤 것으로도 너희의 공허한 마음과 필요를 채울 수 없음을 내가 알았노라.'

"그렇다면 우리에게 무엇이 있어야 한단 말입니까?"

'오직 아버지의 선한 긍휼하심이다. 자비가 풍성하신 하나님께서 너희를 얼마나 사랑하시는지를 진심으로 깨달아야 한다. 너희가 죄인 되었을 때에, 나를 보내어 대신 달리게 하신 이 십자가의 은혜와 사랑. 그 선하신 자비를 간절히 깨닫고 또 깨달아야 하노라. 너희는 오직 지극히 큰 하나님의 사랑과 자비를 맛보아 알아야 한다.'

"나도 그 사랑과 자비를 깨닫고 싶습니다."

'부디, 내게 약속해라. 나를 잊지 마라. 오랜 시간이 흘러가도 너희를 사랑한 내가 이 땅에 왔었음을 기억하라. 그리고 십자가를 통하여 나를 기념하라. 나의 희생을 너의 마음에서 끊임없이 묵상하며 인생을 승리해야 한다. 너희가 죄를 이길 수 있는 힘은 오직 십자가의 은혜이다. 죄가 더 이상 너희를 주관하지 못하게 하라. 죄 없는 내가 이토록 수치를 겪는 것은 네가 겪었어야 할 수치심이며, 내가 이렇게 자유를 빼앗긴 것은 네가 죄에게 빼앗겼던 그 자유이다. 내 아들아, 더 이상 좌절과 패배감에 빠지지 말라. 내가 너를 사랑하여 너의 죄까지 다 짊어지었노라.'

그리고 예수는 고개를 서서히 내리며 조용히 숨을 거뒀다. 오스텐의 눈에서는 한 방울씩 눈물이 떨어졌다. 그러자, 빛의 음성이 다시 들려왔다.

'나는 예수를 통해 이 땅에 왔었다. 그는 근본 하나님의 본체이나, 자기를 비워서 종의 형체를 가져 사람이 되었다. 예수는 자기를 낮추고 죽기까지 하나님께 복종하여 십자가에 달렸다. 그리고 너희들의 부모로서 이 땅에 살아가면서 겪는 인생들의 모든 아픔과 슬픔, 그리고 패배감과 좌절까지…… 모든 이의 종이 되어 질고를 버텨야 했다. 내가 버티지 못한다면, 나의 뒤를 따를 수 있는 자녀가 아무도 없기에. 그렇기 때문에 절대로 실패할 수 없었다. 결국 나는 성공했고, 내 핏값으로 죄인들에게 유일한 구원의 길을 열어주었다. 오직 그리스도 예수만이 하나님께로 올 수 있는 길이요, 진리요, 생명이니라.'

"도무지 이해할 수가 없습니다! 들풀과도 같이 사라질 인생들이 도대체 무엇이기에! 당신 같은 고귀한 왕께서 사람의 종이 되어 왜 이토록 고통을 겪어야 했단 말입니까?"

'만일 내가 이 땅에 오지 않았더라면…… 내가 너희를 진정으로 이해한다고 말할 때, 너희가 나의 말을 믿을 수 있었겠느냐? 내가 너희의 진짜 부모라면, 자식이 아픈 것을 어떻게 그저 지켜만 보고 있겠느냐? 내가 대신 아파줄 수 있는데 어떻게 지켜볼 수 있겠느냐? 자녀 대신 아프고 싶은 것이 부모의 마음이다, 자식을 사랑하는 부모는 결코 자녀를 버려둘 수 없느니라.

나는 아브라함의 하나님, 이삭의 하나님, 야곱의 하나님이며 또한, 너의 하나님이고, 너의 진짜 아버지이다.'

"이런 맙소사. 주여, 주여, 살려주십시오! 나는 연약했습니다. 당신께서 진짜 나를 사랑한다면 한 번만 내게 기회를 주십시오. 나도 당신을 진실로 사랑한다고 생각했습니다. 나는 그저 죄에 넘어졌을 뿐입니다!"

'사람이 무엇으로 심든지 그대로 거두는 것이다. 네가 죄를 넘어진 것뿐이라고 하지만, 정말 그러했느냐? 너의 마음속 깊은 곳을 내가 항상 감찰하고 있었다. 스스로 양심에 찔리면서도 마치 못 본 것처럼 넘어가는 그 순간에도, 내가 너와 함께 있었다. 나를 의식하면서도 죄를 짓고 있는 너의 모습을 보았다. 이제는 더 이상 스스로 속이지 말라! 부패한 네 진실을 마주하라! 나 여호와는 인간의 폐부 깊숙한 곳까지 마음을 감찰하며 만홀히 여김을 받지 않노라. 너는 애초에 결코 나를 한 번도 속일 수 없었다. 네 마음속에는 항상 이미 올바른 답을 알고 있었음에도, 지금 나와 대면하는 이 순간조차, 내게 거짓을 말하고 있구나. 네게 세상 정욕과 재물에 대한 욕심과 이생의 자랑이 마음 깊숙한 곳에 뱀처럼 똬리를 틀고 있다는 것을 아직도 깨닫지 못하였느냐?'

"아, 아닙니다! 나는 당신에게 거짓말하지 않았습니다!"

'더 이상 도망치지 말라! 피하지 말라! 숨기지 말라! 나 여호와의 입에서 나오는 말씀으로 찔림을 받을지어다!'

이후에 하나님은 아주 살짝 더 강한 빛을 그에게 비추기 시작했다. 빛 속에서 그는 거울로 자신의 더러운 얼굴을 보는 것처럼 모든 것이 드러났다. 자신의 모든 동기와 숨은 생각이 벌거벗겨졌고, 그로인해 죽을 만큼 두렵고 떨려서, 슬피 울며 이를 갈았다. 그는 자신을 속였던 아주 가증스럽고 교활하며 만물보다 심히 부패한 양심과 처음으로 마주했다.

그것을 보게 된 그는 뒹굴며 까무러쳤고, 모든 일생을 후회하고 또 후회했다.

'자기 모습을 보는 것은 그렇게 유쾌한 일이 아닐 것이다. 늘 네가 진실을 마주하고 회개하기를 기다렸지만 끝내, 이 실체를 만나지 못하고 내게 왔구나. 믿는 자여, 스스로 질문해보아라. 네게 예수의 흔적이 있느냐? 사람들에 너에게서 예수의 모습을 보았느냐? 네가 지극히 작은 자를 대접할 때, 그 사람이 바로 나였다는 것을 눈치 챘느냐? 너를 스쳐간 모든 사람에게 한 것이 곧 나에게 한 것이었다. 네 안에 있는 예수의 형상만이, 심판대에서 무죄를 선고받을 수 있는 유일한 증거이다! 눈이 보이는 형제조차 사랑하지 못하는데, 어찌 네가 보이지 아니하는 하나님을 사랑한다고 내게 거짓을 말하느냐? 주 너의 하나님을 마음을 다하고 목숨을 다하고 뜻을 다하고 힘을 다하여 사랑하라. 이것이 전부이다. 음욕, 우상숭배, 간음, 동성애, 양심을 팔아넘기고 불의해진 자들은 진정 하나님을 깊이 사랑하지 않음에서 비롯되는 것이다. 나를 사랑하는 자들은 나의 계명을 지키는 자들이다. 이들은 정녕 회개치 않는다면 천국에 들어갈 수 없을 것이다.'

"오 이런, 내가 무슨 짓을 하고 살았다는 말입니까! 살려주십시오. 부디, 나를 천국의 가장 작은 곳이라도 데려가주십시오!"

오스텐은 엎드려 울며 머리를 쥐어짜고 괴로워했다.

'이 땅에서 천국의 평안과 희락을 누리지 못한 자가 어떻게 죽어서 천국에 들린다고 생각했느냐? 천국의 가장 영광스러운 곳은 네가 상상한 모습이 아닐 것이다. 영광의 보좌에 있는 예수를 두 눈으로 똑똑히 보아라.'

이후에 여호와께서 그에게 천국 영광의 보좌를 보여주었다. 그곳은 황금

구름이 경이롭게 펼쳐져 있었다. 해는 눈부시게 맑았고 깨끗한 하늘과 티를 찾아볼 수 없는 온전한 땅 그리고 모든 것이 완전무결한 영혼의 세계가 드러났다.

하지만 영광의 보좌에는 아무도 앉아 있지 않았다. 허다한 천군, 천사들이 환희에 찬 표정으로 경배하기 위해 그 앞에서 기다렸다. 그들은 보좌에 앉을 예수를 기다리고 또 기다렸지만, 결국 나타나지 않았다.

여호와는 그 보좌 뒤편을 보여주었다. 영광스럽고 밝고 환했던 앞과는 달리, 차갑고 왠지 슬픈 곳이었다. 그곳에서 한 남자가 무릎을 꿇고 눈물을 흘리며 기도하고 있었다. 그의 손과 발에는 대못 자국이 선명했다. 그가 흘린 눈물이 고여 있는 웅덩이에는 온갖 사람들이 수없이 죄를 짓는 장면이 끊이질 않고 나타났다. 그 앞에 큰 강물이 흐르고 있었는데, 무수히 많은 사람이 떠내려가고 있었다.

"이분이……?"

'예수는 영광의 보좌 뒤편에서 십자가에 달린 이후부터 지금까지 밤낮으로 너희를 위해 무릎 꿇고 기도하고 있다. 그는 너희를 사랑하기 때문에 모두가 구원받기 전까지 이 자리를 떠날 수가 없다. 오직 사랑만이 온 열방을 취할 수 있다. 예수가 너희를 사랑하는 그 사랑을 제대로 알게 된다면, 너희는 결코 지금처럼 살아갈 수 없을 것이다.'

"도대체 왜……."

'그는 날마다 사랑하는 자녀에게 외면 받고 짓밟히고 있다. 사람들은 하나님이 없다며 세상으로 떠나갔고, 그마저도 나를 믿는 자들은 무자비했다. 생각해보아라, 내가 네게 맡긴 가족들에게 네가 얼마나 무자비했는지를. 또한, 생각이 다르다는 이유로, 외모가 이상하다는 이유로 같은 형제를 마음으로 얼마나 판단하였는지를. 나는 너의 꿈과 마음 그리고 사람을 통하여 찾아갔으나, 모두 네 손으로 뿌리쳤다. 전지전능하여 시간과 공간과 모든 자연 세계를 초월하는 무소불위의 나이지만, 네가 나를 거부한다면 나는 네게 다가갈 수 없다. 나는 오래 참았노라. 너희를 향한 나의 지극히 높은 사랑만큼……. 그러나, 아직도 나는 진실하고 뜨겁게 나누었던 너와의 그 첫사랑을 기억하고 있다.'

그러자, 그에게 처음 하나님을 만났을 때의 감동이 밀려들어왔다. 청년인 오스텐이 자살 도중에 하나님을 만나고 그의 사랑을 깨달아, 오직 하나님만 원한다고 고백했던 그 뜨거운 첫사랑의 장면들이 주마등처럼 떠올랐다. 이 모습을 보며 하나님은 온 세상을 얻은 것보다도 그의 마음 하나에 절절한 눈물을 흘리고 있었다. 그리고 오스텐은 하나님께서 그 순간에 얼마나 행복하고 기뻤는지를 느낄 수 있었는데, 그 사랑은 너무나 행복해서 당장이라도 그를 위해 죽어도 여한이 없을 만큼 지극히 완전했다. 그 사랑의 크기와 높이와 길이는 도저히 헤아릴 수 없을 만큼 광대했다. 이것을 안 오스텐은 참회의 눈물을 흘렸고, 그러한 그에게 음성이 들려왔다.

그러자, 오스텐은 엎드려서 머리를 쥐어뜯으며 통곡하기 시작했다. 하나님은 그러한 그를 불쌍하게 여겨, 잠시 그와 다른 곳으로 갔다.

엎드려 있던 그가 숨을 쉬자, 식도로부터 발끝까지 마치 모든 세포 하나하나가 불에 타는 듯 고통스러웠다. 그곳의 바람이 그에게 스치기만 해도 모든 골수와 관절을 찔러 쪼개어 비명을 지를 수밖에 없었다.

"아버지여, 이곳은 지옥입니까? 제발 살려주십시오!"

'고개를 들고 눈을 떠 보아라, 이곳은 네가 그토록 원하던 천국이니라.'

그는 엎드린 채로 간신히 눈을 떠서 천국의 아름다움을 보았다. 그러나,

그의 눈은 뜨자마자 불에 타버렸고, 이내 죽을 것 같은 고통에 몸부림치며 뒹굴었다.

"제발 살려주십시오! 부디, 나를 이곳에서 벗어나게 해주십시오, 차라리 나를 지옥으로…… 지옥으로 보내주십시오. 그곳이 내게 편하겠습니다. 제발!"

'네가 육신으로 살아가는 동안의 천국의 크기가, 바로 이곳에서 네가 지내게 될 천국의 크기이다. 너는 아주 작은 천국의 꽃밭도 감당하지 못할 정도로 나를 경외하지 않는 삶을 살았다.'

그는 지옥으로 가고 싶다는 말을 하는 자신이 너무나 괴로웠다. 그러나, 그는 끊임없이 하나님에게 지옥으로 보내달라고 간구할 수밖에 없었다.

하나님은 그를 불쌍히 여겨 다시 심판대로 이끌고 왔다.

'이제는 내가 심판을 내리노니, 그 뜨거웠던 첫사랑이 식어버린 자여. 온 세상과 우주보다 더 큰 사랑을 내게서 받았지만, 끝까지 이 땅에서 사랑과 용서를 배우지 못한 자여. 나는 생명책에서 네 이름을 도무지 찾지 못했다. 네가 있어야 할 곳은 본래 속한 흙과 어두움이므로, 그곳으로 다시 돌아갈 것을 명하노라.'

재판을 마친 하나님의 눈에서 눈물이 쉴 새 없이 흘렀다. 눈물이 고인 곳으로부터 푸른빛이 강력하게 뿜어져 나오더니, 곧 모든 것이 사라져 버렸다.

재판이 끝나자마자, 빛이 완벽히 사라지고 어둠이 뒤덮기 시작했다. 그 시간에 죽은 영혼들은 아래로 빨려드는 것처럼 바닥 밑으로 쭉 내려가기 시작했다. 마침내 그들은 지옥의 밑바닥에 다다랐다. 그곳에서는 무서운 마음이 들지 않았다. 단지, 그곳에 있는 1분 1초가 금방이라도 죽을 것 같은 공포에 사로잡힐 뿐이었다. 용암보다 더 뜨거운 열기가 사방에서 튀었고, 숨 쉬기 힘들 정도로 빽빽한 습기는 온 몸에 달라붙어 답답하기 그지없었다.

그곳에는 역사상 유명했던 악인들도 모여 있었는데, 그들은 칼로 고기를 다루듯 잘려나갔다. 마귀들은 죄인들의 살을 재미로 찢으며 고통의 축제를 벌였다. 죄인들의 신음과 비명은 그곳의 유일한 노랫소리였다.

한편, 그들이 서 있는 거대한 지하구덩이 안에는 온갖 더러운 핏물과 종기와 진물 그리고 끈적이는 누런 오물들이 온몸에 달라붙었다. 그것들은 냄새를 맡기만 해도 구역질이 나는 악취를 풍기며 사람의 모든 구멍으로 들어가서 눈과 코 그리고 입으로 흘러나왔다. 그 고통은 인간으로서는 참을 수 없는 것들이었고, 이러한 괴로움은 무한히 반복되었다.

짙은 흑암을 천장 삼고 절대 꺼지지 않는 유황불을 바닥 삼는 곳에는 육신의 모든 감각이 더 멀쩡하게 살아 있었다. 평생에 지은 죄들은 하나같이 날카롭고 거친 고문이 되어 온 가죽을 벗기고 찢고 또 찢었으나, 통증은 매번 줄어들지 않고 오히려 이전보다 더 생생하고 심해졌다. 고통 끝에, 죽었다고 생각하는 순간이 찾아오면 언제 그랬냐는 듯이 처음 그대로 모든 것이 되살아났다.

다른 곳에서는 불길 속에 갇혀, 전신의 살가죽과 뼈마디가 타들어가면서 고통 속에 몸부림을 치며 춤을 추는 사람들이 죽고 싶어도 죽지 않는 고통을 끝없이 버텨야 했다. 살아생전 아무리 마음이 완악하고 담대한 사람일지라도, 그 영원한 고통에 무너지지 않는 사람은 한 명도 찾아볼 수 없었다.

살아생전 부모들은 지옥에서 만난 자기 아들과 딸들의 머리를 짓뭉개서라도 유황불의 뜨거움을 잠시나마 피하고자 발버둥 쳤다.

모든 이들이 백 년도 안 되는 짧은 생에 죄로 가득 채우다가 지옥에 떨어져 영원히 후회하며 지내야 했다. 그곳에서 한때 인간들의 칭송을 받던 수많은 성직자들이 있었다. 자칭 그리스도를 위해 평생을 살았지만, 양심을 버리고 불의를 묵인한 성직자들은 수를 헤아릴 수 없을 정도로 많았다.

지옥에서 가장 거대하고 무자비하며 엄벌을 받는 사람들은 지독한 악인이 아니라, 오히려 하나님을 믿은 성직자들이었다.

그들은 도저히 자비라고는 찾아볼 수 없을 정도로 심하고 잔인한 고문을 받으며 수없이 도륙되었다. 그들에게는 하나님 심판의 분노가 아무런 여과 없이 그대로 짓이겨 내렸다. 그들은 산산조각이 나고 소멸하였다가 다시 살아나는 무한의 과정을 겪으며, 순결한 하나님의 말씀을 그대로 전하지 않아서 하나님이 사랑한 수많은 영혼을 지옥으로 이끈 것에 대한 죗값을 무겁게 치러야 했다.

그들은 '주여, 주여 하는 자마다 다 천국에 들어갈 것이 아니요, 다만 하늘에 계신 내 아버지의 뜻대로 행하는 자라야 들어가리라'라는 말씀을 알았지만, 이를 행동으로 옮기지는 않았다. 그들 중 대부분은 자신에게 거룩하게 살아야 천국갈 수 있다는 이 말 한마디만 해줬더라면, 이곳에 오지 않았을 것이라고 괴성을 지르며 몸이 잘려나갔고, 그렇게 영원을 보내야했다.

그러한 광란이 하루도 빠짐없이 지속되면, 오래된 지옥의 죄수들은 처음 들어오는 신입들을 보는 것만이 그곳의 유일한 낙이었다. 그들에게는 고통을 나눌 새로운 사람이 절실히 필요했다. 그들은 지옥에 떨어질 한 명을, 제발 당신을 이곳으로 보내달라고 간절히 기도하며 지금도 땅 아래에서 비명을 지르고 있다. 그곳에서의 인생은 제각기 달랐지만, 모두 살아온 평생이 우주의 먼지만큼 작았다. 천년의 고통의 시간이 흐르면, 다시 거꾸로 천년을 줄여나갔다.

그중에서도 가장 고통스러운 것은 고문이 아니었다. 단지, 그곳에 아무런 희망이 없다는 사실이었다. 또한, 고통도 언젠간 끝날 것이라는 희망이 없었다. 온갖 악인들과 영원토록 고문을 받는 것을 생각하면, 비명은 절로 터져 나왔다.

칠흑 같은 지옥에서 그들에게 날마다 시작은 있으되, 영원토록 끝은 없었다.

젊은 절름발이가 도무지 할 수 있는 일은 없었다. 인생이 힘들었고 모든 공부와 사업은 결국 실패했다. 좌절하고 낙담한 오스텐이 나무에 밧줄을 묶고 있었다. 그에게는 아무런 희망도 없었다. 절망에 사로잡혔고, 이내 밧줄에 자신의 목을 걸고서 지상으로 뛰어내렸다. 그의 얼굴에는 끝없이 눈물이 흐르고 있었다. 1초…… 2초…… 3초……, 그는 오랜 시간동안 매달려 있었다. 하지만 마음속으로는 살려달라고 울부짖고 있었다. 그러한 그에게 어떠한 음성이 들려왔다.

'내가 너를 불쌍히 여기노라.'

그는 눈을 뜨고 주변을 살폈으나, 아무도 없었다. 그는 숨이 막혀서 점차 의식을 잃어갔다. 그러자, 음성이 또 들려왔다.

'내가 너를 불쌍히 여기노니, 이제 내 사랑하는 자녀를 놓아주어라.'

그 말이 끝나자, 밧줄이 묶여 있던 단단한 나무가 단숨에 부서졌다. 그는 바닥으로 떨어졌는데, 의문이게도 두 다리로 멀쩡히 짚고 설 수 있었다. 그렇게 오스텐은 처음으로 하나님의 존재를 느낄 수 있었고, 신의 존재를 깨달은 그때부터 간절히 하나님을 찾기 시작했다. 그러자, 그는 결국 하나님을 만날 수 있었다. 마치 탯속에 있는 아이가 눈으로는 어머니를 볼 수 없지만, 어머니의 음성을 듣고 사랑을 느낄 수 있는 것처럼 인간은 하나님을 결코 눈으로 볼 수 없지만 하나님의 음성을 듣고 그분의 사랑을 느낄 수 있었던 것이다. 하나님은 그의 태속에서 온 지구를 여전히 사랑으로 품고 있었다. 그때부터 청년 오스텐은 오직 하나님만 원한다고 고백하며 정결을 지키고 살아가려 했고, 그 사랑의 크기와 높이와 길이는 도저히 헤아릴 수 없을 만큼 무한했다. 이것을 안 오스텐은 참회의 눈물을 흘렸고, 그러한 그에게 음성이 들려왔다.

'나의 자녀야, 왜 쓰러져 있느냐?'

"……."

'네가 실패했다고 느끼느냐?'

"예, 주님. 저는 실패한 인생입니다."

'너의 모든 것이 끝났다고 생각하느냐?'

"예, 처참하게 끝났을 뿐만 아니라, 실로 사랑을 배우지 못한 비참한 인생이었습니다. 이젠 죽었으니, 돌이킬 수도 없게 되었습니다."

쓰러져 울고 있는 그에게 순결하고 아름다운 예수가 다가와 그를 일으켜 세워주었다. 그리고 그와 눈을 맞추며 따스한 말을 건넸다.

'내가 왜 나의 자녀가 불완전하고 유약하다는 것을 모른다고 생각하느냐? 내가 너의 모든 형질을 지었는데 왜 모르겠느냐? 나는 너에게 완벽을 바라지 않았다. 너에게 해주고 싶은 것은 그저 너의 손을 잡고 다정하게 나와 걸어가는 것, 그것뿐이다. 내가 가는 길은 선한 길이니, 내 자녀가 부모의 사랑을 듬뿍 받고 자랐으면, 아버지처럼 선하게 살아가길 바라는 것이다. 내가 원하는 건 오직 그것뿐이다. 그러나, 선한 길을 따라 오려거든, 반드시 나의 심장을 가지고 불의와 싸워야 한다. 사랑과 공의가 네게 줄 나의 유전자이다. 이것이 없이는 아무도 나의 자녀가 될 수 없노라.'

"나는 당신의 자녀가 될 자격이 없습니다. 당신은 도대체 누구시기에 이토록 나를 끝까지 포기하지 않는단 말입니까!"

'사랑하는 내 자녀야, 내가 너를 얼마나 사랑하는지 아느냐? 내가 너희를 너무나 사랑해서 늘 눈물을 흘리고 있다는 것도 알고 있느냐? 지금 나의 모습을 보아라, 내 눈에는 눈물이 늘 마르지 않는다. 너희를 너무 사랑해서, 다 해주고 싶은데 줄 수가 없어서 눈물만 흘린다. 온갖 선한 선물들을 다 주고 싶은데, 정말 내가 가진 전부를 다 주고 싶은데, 도리어 너희에게 독이 될 걸 알기에, 줄 수 없는 나의 비통한 심정을 헤아려 보아라. 너희에 대한 나의 사랑은 나도 멈출 수가 없다. 그래서 나도 너희에게 조금만이라도 사랑받고 싶다. 내가 너를 사랑하는 그 천분의 일만큼이라도 나도 너에게 사랑받고 싶다. 이제 너와 사랑을 하고 싶다.'

"당신은 왜 이토록 나를 사랑하셨습니까?"

'그냥 네가 좋아서……. 너라는 온 존재가 내 마음에 가득 차서……. 오 이런, 내 마음대로 너를 깊이 사랑해서 정말로 미안하구나. 나는 너의 모든 것을 알기에 너무나 깊이 사랑에 빠져서 미안하다.'

"오, 내 사랑하는 주님, 부디 그런 말 마십시오! 이제 조금 알게 되었습니다. 내 인생에서 사모할만한 분은 오직 당신뿐이라는 것을……. 사랑하는 내 신랑이여, 나도 더 이상 악을 방관하지 않겠습니다. 불의에 목숨을 걸고 싸우겠습니다. 진심으로 나의 죄를 비통해합니다. 용서하소서. 나의 용기 없음을 주님께 회개합니다. 나를 고쳐주소서. 오, 나의 구원자! 나의 그리스도, 나의 빛, 나의 사랑, 나의 예수여!"

그러자 예수가 감격에 겨워 떨리는 목소리로 말을 꺼냈다.

'그 말 한마디면 되었다. 이런 너를 위해서라면 백번도 넘게 십자가의 고통을 견디겠노라. 그곳에 달릴지언정 너를 향해 늘 미소 지을 것이다……. 너에겐 내 모든 피와 땀이 아깝지 않다. 전혀 아깝지 않노라.'

예수는 그를 꼭 자신의 품에 안았고, 서로는 슬프도록 뜨거운 눈물을 흘렸다.

'이제 다 이루었노라.'

엎드려 있던 오스텐이 눈을 떴다. 정신은 어지러웠으나, 그의 귀에는 어디선가 익숙한 목소리가 들려왔다.

"모두 잘 들으시오! 이것은 둘에게 해당하는 것뿐만 아니라, 여러분에게도 해당되는 것입니다. 왕께서는 '자신을 의인이라 생각하는 자는 절대 용서받을 수 없고, 죄인이라 생각하는 자는 회개하여 용서받을 수 있다'라고 하셨습니다……."

"잠, 잠깐만!"

에필로그

어두운 방 안에 하얗고 얇은 천으로 가린 침대 위에 이사벨이 잠들어 있었다. 그녀의 이마에는 식은땀이 가득했고, 무언가 불편한지 자꾸 몸을 뒤척였다. 꿈속에서 자꾸 죽은 이들이 나타나 그녀의 온몸을 손으로 붙잡고는 이리저리 넘기며 서로 죽이려 덤볐다.

그러한 악몽 속에서 이사벨은 '타첸다'의 이름을 크게 부르며 잠에서 깨어났다. 창밖에 푸른 밤 속에는 달빛이 은은하게 흐르고 있었고, 선선한 바람이 창문을 통해 흘러들어왔다. 창밖 멀리에서는 세르비티의 기사들이 성벽 주위로 돌며 나팔을 부는 소리가 며칠 동안 이어졌다.

그녀는 목이 말라 시종을 부르려 했으나, 목소리가 나오지 않았다. 누군가가 뒤에서 자신의 입을 손으로 틀어막은 것이다. 그녀는 갑작스러운 상황에 놀란 눈으로 그곳에서 벗어나려 했지만, 이미 손과 발이 끈으로 묶여 있는 상태였다.

어두컴컴한 침실에 숨어있던 사내의 그림자가 그녀 앞에 섰다. 이사벨은 마치 그 모습이 타첸다처럼 느껴져 두려움을 감출 길이 없었다. 몸을 부르르 떨던 그녀가 간신히 제 호흡을 되찾을 무렵, 앞에 있던 사내가 말을 걸어왔다.

"붉은 연합군은 그대의 죽음으로 인해 무너져 내릴 것이다. 이제 모든 것이 끝났다."

이 말을 들은 그녀는 조용히 고개를 저었고, 할 말이 있는 듯 웅얼거렸다. 베르 조슈아는 그녀에게 큰 소리를 내면 바로 목을 벨 것이라고 경고한 후에 입막음을 풀어주었다.

"엄청난 착각에 빠져있군."

여왕이 미소 지었다.

"그것이 무슨 말인가?"

"어리석은 기사여, 과연 나를 죽인다고 해서 이 모든 것이 끝날 것 같은가? 선조들의 역사를 보아라, 후손들은 갈수록 사악해질 것이다. 이 땅에서 서로를 증오하며 끝내 살인에 이르는 인간의 역사에는 전쟁이 끊임없이 일어났었고, 앞으로도 계속 일어날 것이다. 악에 길들여진 인간은 피 맛에 절대 만족할 수 없지. 말세에는 자기를 사랑하고 돈을 사랑하며 교만하고 패륜을 저지르고 입에는 온갖 욕이 가득하게 될 것이다. 또한, 거룩을 잃어버리고 무자비하며 서로 물어뜯고 배반하고 쾌락 사랑하기를 너의 하나님보다 더 사랑하게 될 것이라는 말을 듣지 못 했는가? 보아라! 나의 죽음은 이제 겨우 시작일 뿐이다. 너희는 오히려 나의 죽음 이후를 기대해야 할 것이다."

"너의 죽음 이후에 무엇이 준비되어 있는가, 어서 말하라!"

베르는 그녀의 목에 칼을 대었고, 이에 여왕이 한참동안 웃었다.

"가소롭군, 안다고 해서 막을 수 있을 것 같은가?"

"너희들의 협박 따위는 통하지 않는다!"

"협박? 내 말을 듣고도 그런 말이 나오는지 두고 보지. 네게 비밀한 일을 알려줄 테니 두려움에 벌벌 떨지어다! 우리는 이슬람을 사람을 죽이는 종교로 개종하여 집단살인 무기로 쓸 것이다. 또한, 가톨릭을 모든 우상들과 연합시켜서 거대한 하나의 종교로 탈바꿈시킬 것이다. 그들은 선하게만 살면 구원받는다고 외치며 수많은 영혼을 지옥으로 끌고 갈 계획이다. 우리가 이것만 준비한 줄 아는가? 온 나라는 붉은 깃발에 서서히 물들 것이다. 그들의 사상은 사람의 자유를 빼앗고 이에 반대하는 자를 옥에 처넣고 유린하며 죽여야 하는 것이다. 그러기 위해선 교회를 무너트리고 성서를 없애야 한다. 그것만 성공한다면, 결국 세상에 악을 막을 유일한 방법은 사라지게 된다! 한편, 우리는 수백 년 동안 아무리 노력해도 성서를 없앨 수 없었지. 그러나 우리는 드디어 방법을 찾았다!"

베르는 더욱 칼을 죄이며 이사벨에게 말했다.

"당장 예수 그리스도 이름으로 명하노니 내게 말하라!"

그러자 이사벨이 괴로워하며 비명을 질렀고, 한참을 버티다가 결국 토로했다.

"바로, 창조질서이다. 너의 하나님이 만든 '창세기' 안에 바로 열쇠가 있었다. 남녀가 아닌 남남, 여여 간의 섹스와 결혼으로 생명의 창조가 파괴된다면, 성서를 무용지물로 만들 수도 있다.

그리고 너희에게 곧 두 번째 선악과를 먹게 만들 것이다. 하나님이 아닌 인간이 왕이 되어 다시금 선악을 구별하게 만들 것이다. 그들은 모든 악의 경계선을 없앨 것이고, 모든 금지되었던 것들이 역으로 금지될 것이다! 아동 성해방, 근친상간, 수간, 살인 등 도덕과 양심 따위는 찾아볼 수 없도록 세상을 파괴시킬 수 있는 힘이 바로 선악과이다. 그리고 네 하나님이 창조한 성별까지 없애버린다면, 성서 자체를 부정하는 것이고 곧 없애는 일도 가능하다! 평화를 위장하여 너희에게 이 두 번째 선악과를 먹일 수만 있다면, 인류는 곧바로 멸망에 이르게 된다. 마지막 심판 날이 다가오기 전에 한 명이라도 더 지옥으로 끌고 가기 위해서 우리는 몇 백 년이라도 더 인내할 것이다."

이사벨은 날카로운 이빨을 드러내며 광기 서린 눈빛으로 말했다.

"슬프게도 맞는 말이다……. 하지만 그 때에도 주의 백성이 남아있다. 모든 인류가 악을 택하여도, 하나님의 백성들, 즉 후손들이 여전히 남아있다. 그들은 엎드려 하나님께 기도할 것이다. 하나님은 이 백성을 보고 그 선한 긍휼을 베풀어 기다려주실 것이다."

"과연 누가 이 싸움에서 이기겠는가? 첫 인류는 이미 세계를 악에게 넘겼다!"

"후손들은 악에 대항하여 싸워왔고 또 싸워나갈 것이다. 그리스도께서 흘린 피를 믿고 의지하는 싸움은 결코 멈추지 않을 것이다. 귀신의 군대가 밤낮으로 이 세상 문화에 악을 퍼트리기 위해 노력하듯이, 그들도 선한 싸움을 하며 만유가 회복될 때까지 그리스도의 성품을 세상에 빛처럼 보여줄 것이다."

"세상은 이미 붉은 깃발이 장악하고 있다. 나약한 인간이 포기하지 않는다고? 이기적인 조상으로부터 흐르는 더러운 피가 매번 앞길을 막을 것이다. 그래도 자신 있는가? 이 멍청한 것들아 계속 어두움에 머물러라, 그러면 우리가 세상에서 부유하게라도 살 수 있게 해주지 않는가!"

이사벨의 얼굴은 혈기로 가득 찼고, 그를 물어뜯을 기세로 강력하게 외쳤다.

"그대도 단단히 착각하였군."

그러자 이사벨의 표정의 심상치 않게 놀란 표정이었다.

"단순히 승패를 결정짓는 싸움은 이미 끝났다. 그리스도께서 친히 십자가에 달려 모두 이루셨지. 그의 이름을 믿는 자에게는 하나님의 자녀가 되는 권세가 주어졌다. 세상이 그로 말미암아 지어졌으니, 그러므로 하나님의 백성은 이 땅의 권세자이다. 당장은 불리해보여도, 결국 백성이 엎드려 하나님을 움직일 수 있다면 반드시 승리할 것이다."

그러자, 검붉어진 얼굴의 이사벨이 베르에게 침을 뱉었다.

"포기하라, 인간들이여! 적당히 거짓말하고 불의를 보고도 모른 척하란 말이다! 조금만 죄를 허용한다면 세상을 편하게 살아갈 수 있지 않은가? 바로 그것이 우리가 인류에게 퍼트린 세상의 흐름이고 문화이다. 죄의 법에 굴복하여 편하게 살란 말이다! 조금만…… 아주 조금만 양심에 길을 내준다면, 결국 모든 것이 편해질 것이다. 이처럼 쉬운 길을 두고 끝까지 굴복하지 않겠단 말인가? 그 지겨운 싸움을 평생토록 할 것이냔 말이다! 한 번뿐인 삶에 힘겨운 일을 그만두고 조용히 어두움에 머물러라, 그것이 네 첫 조상부터 한 일이 아니냐!"

"그렇게 할 수 없다. 참으로 하나님의 십자가 은혜를 깨달은 자는 양심을 저버릴 수 없다. 나는 그리스도와 함께 십자가에 못 박혔다. 그런즉 이제는 내가 산 것이 아니며 오직 내 안에 그리스도께서 사신 것이다. 이제 내가 육체 가운데서 사는 것은 나를 사랑하사 나를 위하여 자기 몸을 버리신 하나님의 아들을 믿는 믿음 안에서 사는 것이다. 그리스도 예수의 사람들은 육체와 함께 그 정과 욕심을 십자가에 못 박았다."

"왜…… 도대체 왜이냔 말이다. 너희가 처한 상황을 보아라, 더 이상 희망이 없다는 걸 아직도 모르겠는가?"

"사단아, 거짓말로 속일 생각마라! 귀신의 무기는 거짓으로 사람의 자유를 빼앗고 생각을 사로잡아, 더는 방법이 없어서 어쩔 수 없이 죄를 짓게 만들지 않는가? 죄를 짓게 할뿐 아니라, 죄지은 자에게 참소하고 낙담하여 자살에 이르게 한다는 것을 알고 있다. 그러나, 너의 말대로 우리는 스스로 거룩함을 이룰 수 없게 되었다."

"그렇다면 거룩을 잃어버린 인간이 가야 할 길은 지옥밖에 없다!"

"하지만, 그리스도의 죽음으로 우리의 옛 인류도 같이 죽었다. 그분은 죽음에서 승리하여 부활하셨다. 하늘에 올라가시고 새 인류에게 하나님 성령을 주셨으니, 이제 능히 죄를 이길 수 있다고 말씀하셨다. 하나님은 사람이 아니시니 거짓말 하지 않으시고 인생이 아니시니 후회가 없으신 분이다. 어찌 그 말씀하신 바를 행치 않으시겠는가?"

그러자, 여왕이 악을 쓰며 발버둥 쳤다.

"우린 절대로 너희를 포기하지 않을 것이다! 한 명이라도 더 지옥으로 끌고 가기 위해 훗날 너희들의 모든 문화를 빼앗아갈 것이다. 남자들의 눈을 음란으로 빼앗고, 여인들에게는 음란한 옷을 주어 유혹하게 만들겠다. 또한, 눈길을 사로잡는 것을 쥐게 만들어 하루 종일 고개를 처박게 할 것이다. 절대로 하늘을 보고 잎사귀를 보며 자연을 만든 너의 창조주를 깨달을 수 없게 할 것이다!"

"남아있다……."

"이제 너희에게 절망 말고 무엇이 남아있단 말이냐?"

"하나님께서 권세를 주신 진리의 터 위에 세워진 교회가 아직 남아 있다. 그들이 선포하는 순결한 여호와의 말씀만이 이 전쟁을 끝낼 것이다. 사단아, 나사렛 예수의 이름으로 명하노니 내게서 떠나가라!"

그의 강력함 외침에, 여왕은 비명을 지르다가 결국 정신을 잃었다.

동시에, 창밖에서 천둥처럼 커다란 소리가 나며 대지가 심하게 흔들렸다.

이어서 세르비티의 병사들의 우렁찬 함성이 들려왔다.

'적의 성벽이 무너져 내렸다!'

베르 조슈아는 그리스도의 말씀이 새겨진 성검을 뺐다. 그리고 그녀를 베기 위하여 칼을 높이 들었다.

그때, 이사벨이 눈을 떴다. 그녀의 눈은 온통 검었다. 그리고 마지막으로 속삭였다.

"젠장, 끝까지 악에 버티는 그리스도의 후예 놈들!"

그는 망설이지 않고 한 번에 독사의 머리를 잘라내었다.

이로써 붉은 깃발로 열방을 물들이려던 여왕의 계획은 무산되었다.

또한, 여왕이 죽고 난 후에 흑사병은 점차 줄어들었고, 3년 후에는 전 유럽에 걸친 흑사병이 완전히 역사 속으로 자취를 감추어 평화가 찾아왔다.

흑사병으로부터 600년이 흘렀다. 예수가 죽고 부활한 지는 이천년이 지났다.

하지만, 아직도 땅 위에서는 인간이 세상의 지식으로 모든 것을 판단하며 살아가고 있다. 만물에 창조의 역사가 분명히 드러남에도,

타락한 인간에게 있어서 신의 존재는 없다고 믿어야 하는 종교가 되었다. 만일 정말 신이 있고 죽어서 심판을 받게 된다면, 지금처럼 죄를 짓고 편하게 살 수 없기에……. 오늘도 인간은 모든 수단과 방법을 쓰며 신을 부인하며 살아간다. 하나님께서 이미 알고 계셨다. 인간이 육신으로 사는 한, 세상에는 악이 퍼질 수밖에 없다는 것을. 그리고 하나님은 인류의 모든 미래를 내다보고는 약속을 주셨다.

보라. 내가 오늘날 생명과 복과 사망과 화를 네 앞에 두었나니,

네 하나님 여호와를 사랑하고 그 모든 길로 행하며 그 명령과 규례와 법도를 지키라 그리하면 네가 생존하여 번성할 것이요, 네가 가서 얻을 땅에서 네게 복을 주실 것임이라. 그러나, 네가 만일 마음을 돌이켜 듣지 아니하고 유혹을 받아서 다른 신들에게 절하고 그를 섬기면 내가 오늘날 너희에게 선언하노니 반드시 망할 것이라…….

–신명기 30장 15~18절

이 세상의 지혜로는 인간이 도무지 지극히 크신 하나님을 볼 수도 없으므로, 하나님은 전도라는 미련하고 단순한 것을 택하셨다. 이는 인간이 머리가 아니라, 어린아이 같은 단순한 믿음으로 무한하신 하나님을 알게 되기를 기뻐 받으신 것이다.

그리고 '간절히 나를 찾는 자는 반드시 나를 만날 것'이라 약속하셨다.